王女の初恋

ミランダ・ジャレット 作

高田ゆう 訳

ハーレクイン・ヒストリカル・ロマンス

東京・ロンドン・トロント・パリ・ニューヨーク・アテネ・アムステルダム
ハンブルク・ストックホルム・ミラノ・シドニー・マドリッド・ワルシャワ
ブダペスト・リオデジャネイロ・ルクセンブルク・フリブール

Princess of Fortune

by Miranda Jarrett

Published by Harlequin K.K., Tokyo, 2009

◇作者の横顔

ミランダ・ジャレット　ブラウン大学で美術史を学ぶ。もし作家になっていなかったら、アーティストかデザイナーになっていたと語る。二人目の子どもの産休中に初めて書いた作品をハーレクイン社に送ったことがきっかけとなり、作家への道を歩み始めた。ゴールデン・リーフ賞受賞やＲＩＴＡ賞のファイナリストなど、数多くの実績を持つ。

主要登場人物

イザベラ・ディ・フォルトゥナロ……モンテヴェルデ王国の王女。
ロマーノ公爵……モンテヴェルデ王国国王の側近。
アンナ……イザベラのメイド。
トーマス・グリーヴズ……海軍大佐。愛称トム。
エドワード・クランフォード……トーマスの上司。海軍大将。
ラルフ・ダーデン……バンリー公爵。トーマスの幼なじみ。
レディ・ウィロービー……ヴォーン伯爵夫人。エドワードの妹。
ペッシ……モンテヴェルデ出身の老人。

1

一七九六年　モンテヴェルデ王国

この世で唯一の安全な避難場所がロンドンだなんて思ってもみなかった。

ロンドン――あの邪《よこしま》で成金趣味の野蛮な町にわたしを逃がそうだなんて、父や母はいったい何を考えているのだろう？

イザベラは寝室の窓から外を眺めながら深呼吸をした。胸に広がる不安と恐れは消えようともしない。この景色を見るのもこれが最後かもしれない。この部屋を出て、王宮での暮らしを捨てて、わたしは旅立たねばならないのだ。帰ってこられる保証はない。

いつもは活気に満ちた王宮も、今はひっそりと静まりかえっている。父と兄はすでに王宮を出た。使用人もほとんどが山のほうへ逃れたあとだった。

次に出ていくのはイザベラだった。トランクはすでに運び出してある。イザベラは、上着の袖《そで》に並ぶボタンをメイドのアンナに留めてもらいながら、生まれた家で過ごす最後の時間が砂時計の砂のように容赦なくこぼれ落ちていくのを感じていた。手のひらは柔らかなキッド革の手袋のなかで不安に汗ばみ、胸に渦巻く恐れが心臓の鼓動を速めている。

だが、わたしはモンテヴェルデ王の一人娘、フォルトゥナロ家の王女だ。家族の名に恥じないよう、強く勇敢で高貴であらねばならない。常に決然とした態度を忘れず、王女としての誇りを示さなくてはならないのだ。イザベラは息を吸い込み、胸を張って顔を上げた。

「イザベラ、じっとしていなさい」母親がいつものように苛立《いらだ》った口調で叱《しか》った。母が今夜のうちに王宮を逃げ出すとは、だれも思っていないだろう。彼女は周囲の目をあざむくために、いつもどおりに華々しく着飾り、念入りに髪を結っていた。お気に入りのルビーの首飾りをつけ、目元に厚く化粧を施した美しい顔は、蝋燭《ろうそく》の光で見るとイザベラの姉といっても通用するほど若々しい。「そんなふうにそわそわしていたら、アンナが困るでしょう。おかしな着つけになったら、イギリス人ではなくて、卑劣なコルシカ人に率いられたフランスの軍隊にあなたを引きわたすことになりますよ」

イザベラは身を固くした。母の言うとおりだ。もう十八歳なのだから、子どものように落ち着かない態度でいてはならない。ナポレオンが迷惑な戦争を始めてイタリアじゅうの王家を追い散らしていなければ、すでにわたしはしかるべき相手との縁組みの話が決まっていて当然の年齢なのだ。

「こんなことになるとは」ロマーノ侯爵が険しい口調で言った。侯爵は、最後に王宮に残った父の相談役で、母の最も親しい友人でもある。もうかなりの年齢で、視線も虚《うつ》ろで、金の柄のついた杖《つえ》にすがって歩く老人だったが、明敏な頭脳はいっこうに衰えてはいなかった。「フォルトゥナロ家の王女が怯《おび》えた盗賊のように逃げ隠れせねばならんとは、まったくもって不憫《ふびん》なことだ。野蛮なイギリス人の慈悲を涙ながらに乞《こ》わねばならんとは――」

「よしてちょうだい、ロマーノ」母親が柔らかい口調で言った。「イギリスはナポレオンに捕らえられずにすむ唯一の国よ。この娘《こ》にとって、あそこ以上に安全なところはないわ」

侯爵は磨き上げられた床を杖でこつこつと叩《たた》きながら言った。「イギリス人たちは、われわれの愛する王女に心を奪われるでしょうな」彼は美術品を鑑定するような目でイザベラの顔を見つめた。「この愁いを含んだ美しい顔に、イギリス人のだれもが恋心を抱くでしょう」

「ただきれいなだけではないわ、ロマーノ」母親が厳しい口調で言った。「この娘はわたしの娘よ。絶世の美女と言ってもいいわ」

「もちろんです」侯爵は母親をなだめるように穏やかな口調で言った。「イギリスにはこれほど美しい女性はおりますまい」

イザベラは、まるで目の前に並んだイギリスの淑女たちと対決しているかのように顔を上げ、堂々とした態度を崩さないようにした。だが、彼女の胸のなかには暗い気持ちが広がっていた。モンテヴェルデの軍隊はすでに度重なるフランス軍の攻撃に敗走し、今では城壁の門を守る一軍を残すのみとなって、フィレンツェ、ナポリ、ヴェネチア、さらには偉大なるローマと同じく屈辱的な降伏を余儀なくされようとしている。イザベラはこれから、イングランド王の庇護《ひご》の下に、フォルトゥナロ家の誇りを一人で背負わなくてはならないのだ。

でも、どうしてわたしがその役目を果たさなくてはならないの？　どうしてわたしだけが無事に生き延びるために遥《はる》か遠くの国へ送られなくてはならないの？

遠いイギリスへの危険で孤独な航海を思って、イザベラの心はいっそう重くなった。

彼女の疑問に答えるように、ふたたび無数の銃声が聞こえた。フランス軍はいよいよ城壁に迫っているようだ。

「時間よ」母親が乾いた声で言い、カシミアのショールを優雅に肩に巻き直し、イザベラの肩に手を置いた。「行くのよ。イギリス兵が臆病《おくびょう》風に吹かれて引き上げてしまっては大変でしょう？　自分がだれなのかを忘れてはだめよ。フォルトゥナロ家の名誉を守ってちょうだい」

イザベラは無言で大きくうなずいた。母のように勇敢になろう。道に迷った子どものように泣いていてはいけない。イザベラは左右の頬を向けて母のキスを受け、お返しに同じようにキスを返した。

「ママと離れるなんて、寂しいわ」イザベラは声をつまらせ、涙をこらえて瞬《まばた》きをしながら言った。「ママに神さまの祝福がありますように。それに、パパとジャンカルロにも」

「もちろん、神さまはわたしたちの味方よ、イザベラ」母親は明るくほほ笑みながら娘の頬を撫《な》でた。「フォルトゥナロ家はいつも神のご加護を受けているでしょう？　ロマーノとわたしは行かなくてはならないわ。お別れよ、イザベラ。王女としての自覚を持って、フォルトゥナロの名誉を守るのよ」

母親は香水の香りだけを残して足早に立ち去った。大理石の床を打つ母のエナメルのヒールの音と、ロマーノが杖をつく音が遠ざかっていった。イザベラは二人に背を向けた。もちろん、泣いていたわけではない。泣いたりすれば、母に叱られる。だが心のなかでは、自分がこの宮殿と同じく空っぽで捨てられた存在であるかのように感じていた。

母は最後まで親子の愛よりも王家の一員としての義務と名誉のことばかり言っていた。もっと温かい言葉で別れを惜しんでくれていたら、イギリスまでの危険な船旅に耐える心の支えにすることができたのに。娘が心細い気持ちでいることを母が認めてくれたら、どれだけ気持ちが楽になるだろう。だがそれは、モンテヴェルデの王女には決して許されない望みなのだ。

「お妃《きさき》さまは、心の冷たい方ですわ」アンナがイザベラに聞こえるようにつぶやいた。「なんて薄情なんでしょう」

「やめて、アンナ」イザベラは鋭い口調で言った。この年取った女性がメイドとしてついていてくれるのは、ほとんどの使用人が慌てて王宮を逃げ出した今となっては、むしろ感謝すべきことだ。異国の船に乗るのであれば、彼女の存在は心強くもある。だが、王家の者に対して使用人がなれなれしい態度をとるのは、どんな場合にも許されることではない。

「あなたは母の陰口を言える身分ではないわ。裏切り者と言われたいのなら別だけれど」

「裏切り者……」アンナはそうつぶやいて、災いを振り払うような動作をした。そのしぐさは、靴下からスカーフまで黒ずくめの格好をしたアンナを、ますます年老いたからすのように見せた。「フランス人の悪魔たちが攻めてきてからというもの、忠義も何もあったものではありません」

「卑しい暴徒のことを言ってもしかたないわ」イザベラは、フランス軍を指すときの父の言葉を引用して言った。フォルトゥナロ家にとっては、ナポレオンのような成り上がり者は軽蔑《けいべつ》にも値しないほど卑しい存在だったのだ。「わが国の勇敢な軍隊は、あんな暴徒たちを恐れたりしないはずよ」

アンナはあきれたように鼻を鳴らした。「お帽子をかぶっていただかなくては」

アンナが頭に帽子をかぶせると、イザベラは彼女が顎の下でシルクのリボンを結べるように顔を上げた。イザベラは恐ろしくて震えそうだった。フォルトゥナロ家の女性は、美しいだけでなく強いことでも知られているはずだ。母から信頼を受けるに値する人間だということをぜひとも証明しなくてはならない。

「お妃さまは急ぐようにおっしゃっていました」アンナが急《せ》かすように言った。「王女さまもお聞きになったでしょう？　お妃さまが、急ぐようにと——」

「指図するのはやめてちょうだい！」イザベラは母親と同じ口調で叱りつけるように言った。「わたしが母の言葉に従わないとでも言うの？　わたしがぐずぐずしているとでも思っているの？　着替えに時間がかかったのは、わたしのせいではないのに」

「お許しくださいさい、王女さま。わたしが不器用なばかりにお着替えに時間がかかってしまいました」アンナは口のなかでもぐもぐとそう言って、謝罪の意味で何度も頭を下げた。お辞儀をする彼女の胸で安っぽい小さなペンダントが躍った。三本の小枝が赤い糸で三角形に結ばれ、黒い革紐《ひも》で首から下げられている。

「首にかけているのはなんなの、アンナ？」イザベラは疑うような声で言った。「異教徒のお守りを身につけるのは宮廷では禁じられているのよ」

アンナは慌ててペンダントをボディスのなかにねじ込んだ。「これは邪教とは関係ありません。教会とも関係のないもので、わたしの家族のしるしのようなものです」

「だったら、ここにはしてこないでちょうだい。そんなもの、二度と見たくないわ。さあ、あのランタンを取って。出発よ」

イザベラは急いで階下に向かった。この大理石の階段を下りるのも、これが最後かもしれない。衣服の内側に縫いつけた金や宝石の重みで思うように速く歩けなかった。二人は階段を下りると、暗くて狭い廊下を通り、斜面の下の庭に出る地下道に入った。庭を下りれば浜辺に出る。日が落ちてからこの通路に入るのは初めてだ。使用人を一人しか連れずに、ランタンの弱い光を頼りに暗闇《くらやみ》のなかを浜辺に下りていくなどという経験は、ただの一度もなかった。蜘蛛《くも》の巣が衣服にへばりつき、ランタンの光に驚いて逃げるねずみの足音がした。イザベラは小声で祈った。陰気な暗闇のなかにどんな危険が潜んでいようとも、神のご加護がありますように。だが、浜辺に下りたあとには、もっと危険な旅が待ちうけているかもしれない。

「こちらです、王女さま」アンナが息を切らしながら通路を抜けるドアを開けた。「イギリス人の水兵が浜で待っている約束です」

イザベラはうなずき、重たいスカートを持ち上げてドアをすり抜けた。エナメルの靴が柔らかい砂を踏んだ。海辺の外気は潮を含み、ひんやりとしていた。十メートルほど離れた波打ち際に目をやると、長艇《ロングボート》の暗い影が横たわっていた。ボートには人影が見える。船尾に立つ二つの人影は、イザベラが姿を現すのを待ちながら、生まれの卑しげな荒っぽい言葉で何やら話し合っているようだ。

「何をしているの、アンナ」イザベラは物陰に身を隠しながら、小間使いに不安を気取られないよう厳しい口調で言った。「あの人たちのところへ行って、わたしにきちんと挨拶《あいさつ》をしに来るように言ってちょうだい」

アンナは動かなかった。黒のスカーフに囲まれたしわくちゃの顔が仮面のように見えた。「ご自分で行ってください、王女さま。わたしはここで失礼します。王女さまとはご一緒したくありません」

イザベラはぎょっとして小間使いの顔を見つめた。「よくもそんなに無礼な口がきけるわね、アンナ。すぐにわたしの言うとおりにしてちょうだい！」

アンナは首を振り、真正面からイザベラの顔を見た。「わたしはモンテヴェルデを離れるつもりはありません、王女さま」アンナのしわがれた声は呪《のろ》いの言葉のようにイザベラの耳に響いた。「あなたのような質《たち》の悪いわがままな娘と、だれが一緒に異国へ行きたがるものですか」

イザベラは衝撃のあまりあえいだ。これほど無礼な言葉は、使用人はおろか、だれからも言われた記憶がない。「アンナ、よくもそんな――」

アンナはすでにドアの向こうに消えていた。

「待って！」イザベラは必死になってドアの取っ手をつかんだ。「アンナ、すぐに開けなさい！　聞こえたでしょう。すぐに開けるのよ！」

ドアの向こうで閂《かんぬき》が閉まった。そして、アンナの足音が遠ざかっていくのが聞こえた。彼女がいなければ、わたしは一人で運命と向き合わなくてはならない。

「アンナ！」イザベラは叫び、拳《こぶし》を握って何度も激しくドアを叩いた。胸のなかを恐怖がせり上がってくる。「アンナ、戻ってきて！」

「お嬢さん」

背後からの声にイザベラは反射的に振り向いた。心臓が音をたてて打ちはじめた。イギリス人の水兵とおぼしき男が彼女を見下ろしている。顔は陰になっていてはっきりと見えないが、三角帽を脱いで手に持っているところを見ると、いちおうの礼儀はわきまえているらしい。海軍軍人に特有の濃紺の長い上着のせいで、いっそう大きく威圧的に感じられはするが、帽子についているモールや靴に光る真鍮《しんちゅう》のバックルから見て、おそらく将校だろう。イギリス人のあいだでは、紳士《ジェントルマン》と言われているのかもしれない。その男の横には、伸ばした後ろ髪をしばって背中に垂らした男が立っていた。粗悪なカンバス地のズボンと、くたびれた横縞《よこじま》のメリヤスシャツを着ているところから、下級の水兵であることがわかる。

この二人がわたしの救い主なの？　ママ、どうして？　ひどいわ。

「怖がらせてしまったのなら謝りますよ、お嬢さん。いや、シニョーラとお呼びしたほうがよろしいですね」将校が言った。「確認のためにおうかがいしますが、あなたは――」

「プリンセス・オブ・フォルトゥナロよ」イザベラは精いっぱい背筋を伸ばし、相手の言葉をさえぎって、尊大な口調で英語で答えた。勇敢で誇り高くあらねばならない。恐れの気持ちは、家族の名誉のために決してあらわにしてはならないのだ。「お嬢さんと呼ぶのは失礼よ。王女さまと呼んでいただかなくてはならないわ」

「かしこまりました」将校は三角帽の縁に手を滑らせながら誠実な口調で言った。イザベラが英語を話せるのがわかって安心している様子だった。「わたしは英国海軍大尉グッドウィンです。王女さまをイングランドまでお連れしにまいりました」

イザベラは無言でうなずいた。どういう言葉を返すのが適当なのかがわからなかったからだ。しかしイザベラが何かを言うよりも、むしろイギリス人のほうから思いやりと敬意に満ちた言葉があってしかるべきだろう。少なくとも、王女に対して丁重にお辞儀をするのが当然ではないかしら。わざわざ英語で名前を伝えたのだから、それ以上の気遣いを示す必要はないはずだ。だが、相手は礼儀を知らないことで有名なイギリス人だ。ハノーバー家の王の時代から彼らは野蛮人として知られている。

「側仕《そばづか》えというか、同行者はいないのですか？」イギリス人の将校は、そう言いながらイザベラの背後のドアに目をやった。それが、どれほど思いやりのない言葉かということには気づいてもいないらしい。

「使用人というか」

「いないわ」イザベラは激しい孤独感を覚えながら言った。「信頼できる者は一人もいないの」

「お世話をしてくれる侍女やメイドもいないんですか？」将校は驚いた様子で尋ねた。「あなたのようなレディは見たことがありませんよ。無骨な水兵ばかりがいる船に女性一人で乗り込もうとするなんて」

イザベラはさげすむような目で将校を見て言った。「レディではないわ、大尉。わたしはフォルトゥナロ家の王女よ」

「そうでした。おっしゃるとおりです」将校は慌てて言った。「乗船のご用意はよろしいですね、王女さま？　手まわり品の積み込みは完了しています。ボートはすぐにでも漕《こ》ぎ出せるように待機させてあります」

イザベラは眉をひそめた。母がわたしをロンドンに送ると決めてからは、特に熱を入れて英語の勉強に励んできた。それなのに、わからない言葉ばかりだ。乗船、積み込み、手まわり品、漕ぎ出す――そんな言葉は、家庭教師が与えてくれた初等教本には載っていなかった。このイギリス人は、いったい何をわたしに尋ねているのだろう？

将校は、うなり声のような耳障りな音をたてて咳《せき》払《ばら》いをした。「これ以上、船を待たせておくわけにはいきません、王女さま。いつまでもこうしていては危険です。急がなければ潮の流れが変わってしまいます」

船や潮といった言葉ならイザベラにも理解ができた。波打ち際のボートの遙か向こうに、沖合に浮かぶイギリス艦船の灯火が見えた。こうして離れたところから見ると、その船影はあまりに小さく、聖史劇の舞台の背景に描《か》かれた小舟のように頼りない。あの船でほんとうにわたしと船員たちを無事にロンドンまで運ぶことができるのだろうか？

「王女さま？」大尉が肘を曲げ、うながすようなしぐさをした。自分の腕を取るように誘っているのだろう。イギリス人にとっては、これが精いっぱいの礼儀なんだわ。「まいりましょう」

神さま、お願いです。わたしに強さと勇気をください。フォルトゥナロ家の王女の名に恥じないだけの強さをお与えください！

イザベラは深く息を吸い、まっすぐに背筋を伸ばした。

大丈夫よ。わたしにはできる！

イザベラは胸を張り、大尉の差し出す腕を無視して、スカートの裾《すそ》を足元の砂から引き上げると、波打ち際のボートに向かって一歩ずつ砂浜を歩いていった。

未来に向かって。そして、ロンドンに向かって。

2

英国海軍大佐トーマス・グリーヴズ卿《きょう》が心に描く輝かしい夢は、ヴォーン伯爵夫人の屋敷の居間の壁に投げつけられた磁器製の猿が砕け散った瞬間に露と消えた。

もちろん、トム・グリーヴズ自身は、そのことには気づいていなかった。

「そろそろ婦人が」居間の隣にある客間で海軍大将エドワード・クランフォードが楽しげな声でトムに言った。「妹のレディ・ウィロービーに案内されてこの部屋にやってくるころだ」こう言っておけば、先ほどの騒音の説明はつくといった口調だ。

トムはクランフォードの無意味な言葉に愛想よく

うなずいた。海軍大将のクランフォードが、こうして一介の大佐を官庁街《ホワイトホール》の海軍本部ではなくバークレー・スクウェアの妹の屋敷に呼ぶというのは、まったく異例のことだった。特にそれが女性も交えた集まりであることを考えれば、ますます不自然に感じて当然なはずだった。

　しかしトムは、さしたる疑問も抱かずにレディ・ウィロービーの屋敷を訪れた。野心のある男は、不遇の時期には必死になるものだ。その必死さが、彼の勘を鈍らせていたのだ。

「わたしに新しい任務を与えてくださるとおっしゃいましたね？」トムはクランフォードに言った。会話が別の方向に流れていってはたまらない。「どの船でしょうか？　乗船はいつごろになりそうですか？」

　クランフォードは言葉を探した。よからぬ前兆だ。

「任務というほどのものでもないのだが」彼はもってまわった言い方をした。「船の任務ではなく、海軍本部からの割り当てられた仕事だ。つまり海軍は、きみの能力と経験と家柄の高さを評価して、この仕事をぜひグリーヴズ大佐にと言ってきている」

　トムは喉まで出かかった不満の言葉をのみ込み、顔に表れそうになる苦々しい気持ちを必死で抑えた。どんな仕事なのかはだいたい想像がつく。軍港のある町に派遣されて水兵の強制徴募の指揮を執るといった誘拐者まがいの仕事か、そうでなければ、軍の造船所のうまみのあるポストを与えられ、来る日も来る日も机の前に座ってぶくぶくと太っていくかのどちらかだろう。

　だが、それも当然の処遇といえるのかもしれない。二十八歳という若さや伯爵家の四男であること、さらには、女性の気を引くのに十分なくらいには健康で颯爽《さっそう》としているのはたしかだが、そうした点ばかりが評価され、海軍の将官として満足な仕事ができないと判断されたことがトムには納得がいかなかった。なぜ海軍の上層部は、わたしに対するそうした見方を変えようとしないのだろう？

一年以上前に瀕死《ひんし》の重傷を負って以来、トムは一度も海に出ることなく、辛抱強く治療と回復に努めてきた。あれだけの怪我《けが》をしても立ち直ったのだ。いかなる逆境にも打ち勝つ強さがあることを彼は証明したはずだ。なぜそのことを軍司令部は評価してくれないのだろう？　国家のためにふたたび命を懸けて働く用意はできている。今すぐにでも船に乗り、フランス軍との戦いの場に出ていきたいという気持ちでトムの心はいっぱいだった。わたしは世界最強を誇る海軍の大佐だ。しかし船や水兵を与えてもらえなければ、濃紺の将校服も、金色のモールも金ボタンも胸に輝く勲章も、彼にとってはなんの価値もなかった。

「特別にご配慮くださって感謝いたします」トムは努めて礼儀正しい口調を崩さないようにして言った。「しかし、そのような恵まれた役目は、わたしには向きません。軍人としての資質をお考えくださるなら、わたしにどのような任務がふさわしいか、ご理解いただけるはずです」

クランフォードは頬を膨らませて顔をしかめた。太く豊かな白い眉が日焼けした血色のよい顔の上で逆立っている。「これはわたしではなく軍が決めたことだ。それくらいは、きみにもわかるだろう、グリーヴズ？」

「しかし、司令長官ともなれば、この種の決定はいくらでもくつがえすことができるはずです」トムは言った。彼はこれまで人生の半分を海軍で過ごしてきた。上官に向かって強い言葉を吐くのがどれだけ危険なことかを知っている。彼は苛立《いらだ》つ気持ちを必死に抑えていた。だが、軍人としての将来が手のひらから滑り落ちてしまうかもしれないのだ。とても冷静ではいられない。「帆の数にはこだわりません。とにかく船に乗せてください！　戦時下にふさわしい任務があるはずです」

「その健康状態では、海に出すわけにはいかん。あきらめろ」

「お願いです。しっかりとその目で見てください！　わたしが怪我人に見えますか？」トムは大きく両腕を広げた。軍服の上からでも、全身に力がみなぎっているのがはっきりと見て取れるはずだ。「怪我する前よりも健康なくらいです。グリニッジの医者はみな、奇跡的な回復だと言っています。神の力が働いたとしか思えないと言われているんです。それでも任務に就くには不適格だとおっしゃるなら、いったいわたしはどうしたら――」

「医者どもの話では、きみは二年はおとなしくしていなくてはならないということだ」クランフォードはきっぱりと言った。「きみの胸にはマスケット銃の弾丸が入っているんだ。最低でも二年は様子を見なくてはならん。健康に不安を抱えた将校に任務を与えるわけにはいかんだろう。心臓の横にフランス軍の鉛の弾が埋まっているとなれば、なおさらだ」

「しかし、わたしはこのとおり、健康そのものです！」トムは自分の言葉を証明するかのように拳《こぶし》を握り、脇《わき》のテーブルを強く三度も叩《たた》いた。「このとおりです。雄牛にだって負けません。嘘《うそ》だという者がいたら、殴り飛ばしてやりますよ！」

「それならわたしをぶちのめしたらどうだ、グリーヴズ」クランフォードは厳しい口調で言った。「きみの命を危険にさらすわけにはいかん。それに、いつ船上で倒れるかもわからない男に艦船の指揮を任せたら、乗組員の命まで危険にさらすことになる。現在の戦況を考えれば――」

クランフォードの言葉は、一人の若い女性の登場によってさえぎられた。客間に続く両開きのドアが荒々しく開き、背の低い若い女が部屋に飛び込んできたのだ。娘はほぼすべての指に指輪をはめた手をしっかりと拳に握り締め、身を震わせて興奮している。真昼のバークレー・スクウェアには似合わない金の刺繍《ししゅう》があしらわれたワインカラーの贅沢《ぜいたく》なベルベットのドレスを身につけ、ルビーやパールのネックレスやブレスレットをしてはいるが、豊かな黒髪は絡み合って乱れたままだ。娘が怒りに任せて地団駄を踏みながら足を踏み出すたびに、その黒髪は背中のあたりでゆさゆさと揺れた。

「クランフォード将軍！」彼女はそう叫ぶと荒々しく歩を進め、まっすぐに海軍の最高司令官の前に迫った。クランフォードは丁寧に頭を下げて彼女を迎えた。彼女の英語には外国人に特有の訛《なまり》があった。「あなたがいてくださって、よかったわ。この家の使用人は何もわかっていないの。最低よ！　よくもここまで頭の悪い女性ばかり集めたものだわ」

レディ・ウィロービーが慌ててその女性のあとを追うように部屋に入ってきた。陶磁器の猿の頭を手に持ち、悲しげに口をすぼめている。

「あのメイドは、だれからも評判がいいんですよ」レディ・ウィロービーは、すがるような声で言った。「ケント公爵夫人や、彼女のお嬢さん方の髪を結っていたんです。ケント公からは最高の紹介状をいただきました。だから、きっとあなたも気に入ってくださると思って」

「でも、わたしは、その公爵夫人じゃないわ。違うかしら？」娘はそう言って肩から落ちる髪を邪魔そうに後ろに払った。「その人の娘でも息子でも、やかましく吠《ほ》えたてるテリアでもない。ああ、そうだわ。あのできそこないのメイドには犬の相手がぴったりよ。あんな人には犬の世話でもさせておけばいいわ。クランフォード将軍、わたしがどんな扱いをされているかわかるでしょう？　ここの使用人は、客のわたしになんの敬意も示さないのよ!」

トムは呆然《ぼうぜん》と娘の様子を眺めていた。まるで道化芝居だ。クランフォードは、もうじきご婦人方が加わると言っていたが、まさかこんな高飛車な女性がやってくるとは思わなかった。その生意気な娘が魚市場の女房のような言葉で海軍大将に食ってかかるのを見ながら、トムは必死で自分の感情をなだめようとしていた。

「あのメイドは立派なレディにお仕えするために雇ったんです。犬の世話をするためではありません」レディ・ウィロービーが困ったように言った。「お兄さま、わかっているでしょう? お客さまに無礼を働くつもりはなかったのよ!」

「無礼を働くつもりはなかった、ですって?」娘が意地の悪い声でレディ・ウィロービーの言葉をくり返した。半分だけ閉じられた目に鬱積《うっせき》した感情が暗くたぎっているようだった。「それなら、わたしの頭が鳩《はと》の卵のようにつるつるになればいいと言うのね? あのメイドに髪をいじらせたら、一本残らず抜けてしまうわ。それがあなたの敬意の示し方なんでしょう?」

「勘弁してやってくれませんか? 妹に悪気はないんです。わたしが保証しますよ」クランフォードは努めて陽気な口調で言った。「われわれは、あなたに喜んでもらえるように、できるだけのことをしたいと思っているんです。その髪も、すぐにきちんと結ってもらえますよ」

娘は派手なため息をついて両腕を上げ、天を仰いだ。ドレスの下で驚くほど豊かな胸が揺れた。

「愚かな人や卑屈者ばかりだわ」彼女はイタリア語で小さく吐き捨てた。「知恵のかけらもありはしない!」

その言葉を聞いて、トムはいよいよ我慢ができなくなった。

「この屋敷の人間は、みな知恵のある者ばかりだ」彼は女に向かって粗野な水兵に語りかけるときのようなぶっきらぼうなイタリア語で言った。「そんな汚らしい言葉で非難されるいわれはないと思いますがね。あなたこそ、犬と同じように世話をしてもらうのがお似合いなんじゃないですか？　どんな雌犬だって、あなたほど下品なふるまいはしないでしょうよ」

娘は息をのんでトムに顔を向けた。「だれなの、あなた？　わたしに向かってよくもそんな口がきけるものだわ」彼女は疑わしげな目でトムを見ながらイタリア語で言った。「わたしがだれなのか、知らないとでもいうの？」

「わたしは英国海軍大佐トーマス・グリーヴズ卿です、お嬢さん」彼はほほ笑み、形だけの礼をした。「あなたがだれなのかは知りません。特に知りたいとも思いませんが」

「さすがだ、グリーヴズ。きみならそうやってあちらの国の言葉を使って、そのレディの心をつかむだろうと思っていたよ」クランフォードが心から感心したような顔をして英語で口をはさんだ。「正式に紹介しておいたほうがいいだろう。王女さま、こちらはロード・トーマス・グリーヴズ大佐です。大佐のことはお話ししましたね？　まさに、英雄中の英雄ですよ。グリーヴズ、こちらはモンテヴェルデ王国のイザベラ・ディ・フォルトゥナロ王女だ」

「光栄です、王女さま」光栄だとはまったく思わなかったが、トムはそう言った。いっぱい食わされたような気分だ。モンテヴェルデの王女？　いったいクランフォードは何を企《たくら》んでいるのだろう？　モンテヴェルデはイタリアで最も長い伝統を持った王国だ。しかし、フォルトゥナロ家といえば、最も怠惰で堕落した王室だと言われている。あの王国では、ヨーロッパ大陸のほかの諸国を合わせたよりも多くの汚職や不正行為が当たり前のように行われているという話だ。そのモンテヴェルデの王女が、どうしたわけで哀れなレディ・ウィロービーの屋敷の客間にいるのだろう？　トムは二度、三度と深く息を吸い込み、気持ちを落ち着かせた。「どうかお手柔らかに、お嬢《マ　ー　ム》さん」

イザベラは返事をせず、ただ背筋を伸ばしてトムを見つめただけだった。背の低い女性だ。だが、どんな男でも、その赤いベルベットに包まれた丸みを帯びた肉感的な体に気づけば、背の低さは気にならなくなるに違いない。

決して美人とは言えない。少なくとも、抜けるような白い肌に薔薇《ばら》色の頬をしたイギリス人女性のような美しさを持っているわけではない。気の強そうなはっきりとした顔立ちで、横から見ると、古代の貨幣に刻まれた人物の横顔のようだ。絡み合う黒髪のかかる肌は淡い黄金色のようにも見え、頬と唇は深みのある薔薇色だ。それにしても、この王女はじっとしていることができないのだろうか？　常に立ち位置や体の向きを変え、身をくねらせ、せわしなく手を動かしている。絶えず周囲の視線を集めておくにはどうしたらいいかを本能的に知っている女優のようだ。

この娘は、イギリス人の女性とはまったく違っている。彼女の美しさは、もっと濃厚で上等だ。イギリス人女性が紅茶だとしたら、この娘はさしずめボルドー産の赤ワインにたとえることができるだろう。飲みすぎると翌朝には頭痛に襲われ、ひどく後悔することになる。

「英語がお上手ですね」トムはイタリア語で言った。イザベラがふたたび屋敷の人間を侮辱するつもりなら、レディ・ウィロービーやクランフォードが理解できない言葉を使わせたほうがいい。「感心しました」

彼女は口元だけを緩めてほほ笑んだ。「あなたのイタリア語は、農家の庭にぴったりよ、大佐」イザベラはそう言って耳元で揺れるルビーのイヤリングに手をやった。「そのおかしなイタリア語は、どこで覚えたのかしら？」

トムはほほ笑んだ。ゲームだと思えば腹も立たない。いかなる挑戦も受けて立ってこそ、フリゲート艦の艦長だ。たとえ相手が、気のない様子を装って胸元のネックレスに指を走らせ、豊かな胸に男の目を引きつけようとする若い娘だとしても、戦いを挑まれて引き下がっては軍人として失格だ。

「わたしが子どものころ」トムは説明を始めた。「父が古代ローマの建築家ウィトルウィウスに興味を持ちまして、家族を連れて三年間ローマで暮らしたことがあるんですよ。イタリア語はそのときに覚えました。海軍に入ってからは、それが大いに役立っています。地中海沿岸のどの港でも、たいていはイタリア語が通じますからね」

「ローマですって」イザベラはふふんとせせら笑った。「どうりでおかしな言葉を話すわけだわ」

「あなたこそ」トムは気軽な調子で言った。「いかにもモンテヴェルデの王女さまですよ」

トムは平手打ちを食らうかもしれないと予期していた。だが残念なことに、イザベラは歯ぎしりをして苛立ったような声を出し、深紅のスカートをひるがえして、ぷいと横を向いただけだった。

「あなたがいてくれてよかったわ、大佐」レディ・ウィロービーが感極まった声で言った。安堵《あんど》のあまり泣き出しそうになっている。「王女さまは、ほんとうにお寂しいのよ。ここには話し相手もいないし、それで、ときどき度が過ぎたことをおっしゃるのでしょう。あなたがいれば、彼女のロンドンでの生活もずいぶんと違ったものになるわ。あなたのような方と一緒なら、これからは彼女も楽しく暮らせるはずよ」

　だが王女の表情は楽しそうなものには見えなかった。浮かれた気分になれないのはトムも同じだった。この屋敷には、新しい任務と新しい船を与えられることを期待してやってきた。それなのに、そのどちらもあきらめなくてはならないのだ。楽しい気分になど、なれるはずがない。

「お役に立てて光栄です、レディ・ウィロービー」トムは英語に切り替えて言った。これ以上ここにいてもしかたがない。彼は別れを告げることにした。

「さて、そろそろわたしは、おいとまさせていただくことにします」

「わたしに断りもなしに帰るのは許されないわ、大佐」王女が刺々《とげとげ》しい口調で言った。「まだ帰らないでほしいの」

　トムは疑うような顔で彼女を見つめた。「わたしは英国海軍の将官です。あなたの臣下ではありませんよ」

「臣下なら、今ごろはその無礼な態度をとがめられて、わたしの父に鞭《むち》で打たれているところよ」彼女は胸の上で腕を組んで言った。「でも、そんなことはどうでもいいわ。あなたはわたしの付添人よ、大佐。このロンドンにいるあいだは、わたしの護衛を務めてもらいます。わたしを傷つけようとする悪漢が現れたら、命を投げ出してでもわたしを守るのがあなたの役目よ」

「まともな紳士であれば、みなそうするとは思いますが」トムは冷たくあざけるように言った。「しかし、なぜわたしがあなたの言うとおりにすると思うんです？」

「なぜなら、それは王女ではなく、きみの上官からの命令だからだ、グリーヴズ」クランフォードは鋭い口調で言うと、トムの腕をつかんで部屋の隅に連れていった。「まだわからないのか、グリーヴズ？」

クランフォードは声をひそめて言った。「プリンセス・ディ・フォルトゥナロは、英国海軍の艦船によってナポレオンの魔手から救い出されたんだ。したがって、イングランドにいるかぎり、海軍は彼女を守らなくてはならない。そう決めたのは、国王陛下だ。あの王女でも、わたしでもない。きみには選択の余地はないのだ、グリーヴズ。なにしろこれは、陛下が決めたことなのだからな」

「了解しました！」トムは背筋を伸ばし、引き締まった表情で答えた。それは、上官の命令を受ける際に軍人に許される唯一の姿勢と表情だった。「全力で任務に当たります」

「そうしてくれ」クランフォードは乾いた声で言った。「王女がここを出ていくまで、きみもこの屋敷で暮らしてもらう。彼女が出かけるときには、かならず同行しろ。銃の携帯を忘れるな。常に彼女の安全に注意するんだ」

「わかりました」王女の護衛をするくらいなら、造船所の事務官のほうがましだった。最悪の任務と言っていい。「王女の護衛に当たるのがわたしの任務なのですね？」

「ほかにもある」クランフォードは言った。「彼女のエスコート役として夜会や舞踏会に行ってもらう。宮廷の有力者を訪問する際にも、もちろんきみが同行する。貴族のきみでなければ不可能な任務だ」

「そこまでするほど、彼女には危険が迫っているのですか？」

「彼女は反ナポレオン陣営の力を証明するシンボル的な存在だ」クランフォードはきっぱりと言った。「現在のような不安定な状況では、そうしたシンボルは大きな意味を持つ。彼女の命は常に危険にさらされている。だからこそ、その彼女がロンドンの町を自由に出歩く姿を敵の刺客に見せつけてやることが重要なのだ」

「了解しました」トムは陰鬱《いんうつ》な気分で新しい任務を受け入れた。なぜ、海軍大佐が陸で暴漢と戦わなくてはならないのだろう？

クランフォードはトムの肩を叩いた。「元気を出せ、グリーヴズ。まんざら悪い話ではないだろう？こんなに楽しい任務がほかにあるか？　今は社交シーズンの真っ最中だ。毎日きれいな若い王女に付き添って夜会や舞踏会に出かけるんだ。せいぜい楽しんだらいい」

トムは気が重くなった。あの甘やかされた小娘の横に張りついて、来る日も来る日も大勢の人間が集まるやかましいパーティーに行くのかと思うと、自分の心臓にピストルの弾を撃ち込みたくさえなった。

トムは目の前のクランフォードの肩越しに見えるイザベラの姿に目をやった。モンテヴェルデの王女は暖炉の前に立ち、鏡を見ながら髪をいじっていた。

「あの軍艦に乗せられているあいだ、髪も自分一人で整えなくちゃならなかったのよ」イザベラは器用な手つきで長い髪を編み上げ、あっというまに頭の上に結い上げた。「ここに来ても、まともなメイドがいないから、結局は自分でしなくてはならないわ」彼女はメイドからボンネットを受け取り、自分で頭にのせた。

客のいる部屋で、イザベラが堂々と髪を整える姿を見て、トムは新鮮な驚きを感じた。彼女には見る者の心を動揺させるほどの気楽さがある。そうした無防備な態度と王家の娘にふさわしい儀礼的な堅苦しさとが、妙に魅惑的な調和を取って彼女のなかに同居しているのだ。イザベラが頭にのせた帽子を両手で直すあいだに、さっきよりさらに高く突き出された彼女の豊満な胸に、トムの視線は否応《いやおう》なく釘《くぎ》づけになった。

「言ってくだされればよかったのに」レディ・ウィロービーが恨みがましい声で言った。「ご自分で整えることができると……いいえ、つまり、どんな結い方がお好みなのかを聞かせてもらっていれば、メイドたちもきっと――」

「どうしてわざわざ言う必要があるの？　自分でできるからといって、自分でしなくちゃいけない、というわけではないのよ」イザベラはメイドからペーズリー模様のカシミアのショールを受け取り、肩にかけた。「またそういうことを言いたくなったら、その前に、わたしがだれなのかを思い出してほしいわね」そう言ってから彼女はトムのほうを向いた。「さあ、行きましょう、グリーヴズ大佐。外で馬車が待っているわ」

「出かけるつもりですか？」もうさっそく任務が始まるのかと思うと、トムはげんなりした。「どちらへ？」

　イザベラは腕組みをした。ショールの左右の長い房が膝のあたりで揺れている。「どこでもいいわ。この牢獄《ろうごく》みたいな家の外なら、どこだってかまわない」

　そう言ってからイザベラはトムの返事も待たず、トムがついてきているかどうかを確認もせず、さらにはレディ・ウィロービーが慌ててあとを追ってくるのも気にせずに、優雅な歩調で部屋を出て玄関に向かった。

「まったく、女という生き物は」クランフォードが首を振った。「ピストルは持っているか、グリーヴズ？」

「いいえ、あいにく持っておりません」今日から武装した付き人のようになって、あのわがままな王女とロンドンじゅうを巡るのかと考えると、トムは暗《あん》澹《たん》たる気分になった。

「この程度のもので十分だろう」クランフォードはサイドボードの引き出しを開けて長い箱を取り出すと、蓋《ふた》を開けてトムの前に差し出し、好きな拳銃《けんじゅう》を選ぶようにと言った。

　最初からすべて計画ずみだったのだ――トムはそう思いながら、普通の水兵が持ち歩くようななんの変哲もない拳銃を選んだ。握ってみると、手にしっくりとなじみ、不思議と心が落ち着いた。

「それほど使う機会はないかもしれないがね」クランフォードが言った。「ここはイタリアではなく、ロンドンだ。いざというときのための用心のつもりで持っているといい。王女に危害を加えようとする悪党は、たいていは腰抜けだろう。きみが横についているだけで怖がって寄ってこなくなるはずだ」

「任務はかならず遂行します」トムはクランフォードが差し出した革のベルトを腰に巻き、拳銃を差した。

　クランフォードはうなずいて言った。「きみが義務を怠るとは思っていないよ、グリーヴズ。国王陛下に仕える軍人なのだから、任務を遂行するためには労を惜しまないはずだ。王女と出かけているあいだに、きみの自宅に連絡を入れて、身のまわりのものをここに運ぶように言っておこう。従者はいるかね？」

「はい、ジョン・カーという者がおります」こんなことになったと知ったら、カーもひどくがっかりするだろう。彼もトムと同様、海に戻りたいと思っているのだから。

「それならば、その従者が寝泊まりする部屋も用意するよう妹に言っておこう」クランフォードはサイドボードにのっていたポートワインの栓を抜き、中身を二つのグラスに注《つ》いで、一つをトムに差し出した。「飲んでくれ。ちょっとした景気づけが必要だろう？」

　トムはグラスを手に取った。窓から差し込む太陽の光を浴びて、赤いワインが手のなかでルビー色に輝いている。医者からは酒を控えるようにと言われていた。アルコールが心臓に致命的な負担をかけるかもしれないというのだ。だが、馬車のなかで待っている王女のことを考えて、彼はあえて危険を冒すことにした。酒を飲んでこの場で死ねば、あの娘のお守りをしなくてもよくなるのだ。

「国王陛下、万歳！」クランフォードがグラスを上げた。「フランス人どもに混乱を！」

「フランス人どもに混乱を！」トムはそうくり返してグラスを上げ、深紅色の液体をいっきに飲み干した。アルコールが全身の血管に広がっていく。彼はグラスを手にして、じっと立ったまま、心臓に意識を集中した。

何も起こらなかった。痛みも衝撃も襲ってはこなかった。庭の薔薇園からは相変わらず鳥のさえずりが聞こえ、クランフォード将軍の鼻は赤いままだ。そして、トーマス・グリーヴズ大佐も、これまでと変わりなく生きていた。

「そろそろ行きたまえ、グリーヴズ」クランフォードはグラスを置いて手で口を拭《ぬぐ》った。「あの王女は待たされるのが好きではなさそうだ」

もちろん、そうだろう。トムはクランフォードに一礼し、拳銃の重みを腰に感じながら玄関に向かった。クランフォードが言わんとしていることは、トムにもよくわかっていた。プリンセス・イザベラ・ディ・フォルトゥナロの警護という重荷から、彼は逃れることはできないのだ。

3

イザベラは苛立《いらだ》つ心を懸命に抑えながら、レディ・ウィロービーの玄関ホールの真んなかに立っていた。ドアも窓もしっかりと閉められたホールは風が通らず、戸口の上の明かり取りから午後の光が差し込み、耐えられないほど暑かった。黒のレースの手袋をした手は汗ばみ、ボンネットを飾る長い羽根が首筋にちくちくと当たり、いっそうイザベラを苛立たせた。背丈よりもはるかに高い箱形の大時計が一秒、また一秒と無駄に過ぎていく時を刻んでいた。

イザベラは待つのが好きではなかった。そもそも王女であるかぎり、待たされるのが好きであってはならない。だが、今回だけはトーマス・グリーヴズ大佐に特別な猶予を与えるつもりだった。遅れているのは、おそらく大佐のせいではないだろう。あの海軍大将が、意味もなく彼を引き止めているに違いない。ばかな老人だわ。イザベラは、最初のうちは大佐には寛容な態度を示し、できるかぎり忍耐強く接することにしようと決めていた。

しかし、あと一度でもこんなふうに待たせられたら、そのときには双方の立場の違いをわからせなくてはならない。

「大佐はもうすぐいらっしゃるはずですわ」レディ・ウィロービーがいつものように気弱なほほ笑みを浮かべて言った。「見るからに、とても思いやりのある紳士ですもの」

イザベラはせせら笑った。「彼は思いやりを示すために呼ばれたわけではないわ。わたしを守るためにやってきたのよ」

彼女はドアの横の長窓に目をやった。光沢のある緑と灰色に塗られたレディ・ウィロービーの馬車が玄関先に停《と》まっている。この屋敷は監獄と同じで、イザベラはそこに閉じ込められた囚人だった。三週間前の夜に連れてこられて以来、イザベラは一度たりとも屋敷の外に出ていなかったのだ。

「ごめんなさいね、王女さま」レディ・ウィロービーがイザベラの気持ちを察したかのように言った。「二人で外出したいでしょうけれど、そういうわけにはいかないんです。あなたのためなんですよ。大佐がいらっしゃるまで、待っていただかなくてはなりません」

イザベラは体の大きな二人の従僕に視線を向けて、眉をひそめた。二人とも彼女が逃げ出さないように戸口をふさいで立っている。

「そのくらい、言われなくてもわかっているわよ。うるさい人ね」イザベラはイタリア語でつぶやいた。こうすれば、相手に気づかれずに苛立ちをぶつけることができる。

レディ・ウィロービーは愛想笑いを浮かべた。「大佐と一緒なら、とても楽しい外出になるでしょうね。あの方が来てくださって、ほんとうによかったわ」

イザベラはほほ笑みを返し、もう一度イタリア語でつぶやいた。「あなたこそ、よかったわね。わたしのお守りを大佐に任せられるようになって、さぞかしうれしいんでしょう」

グリーヴズ大佐には、この手は通用しない。それにしても、まさかクランフォードがあれほど流暢《りゅうちょう》にイタリア語を話すイギリス人を連れてくるとは思わなかった。彼の口から聞き慣れた祖国の言葉を耳にしたときには激しい郷愁を感じ、驚きのあまり言葉を失い、思わず涙が出そうになった。だが、フォルトゥナロ家の王女として、そうした感情を周囲に気づかれてはならない。あのときわたしがイタリア語を聞いてどれだけ驚いたか、そしてわたしがこれまでどれほど寂しい思いをしていたかは大佐にも気づかれてはいないだろうし、さらには彼の整った顔をひと目で気に入ってしまったことも、もちろんだれにも気づかれてはいないはずだ。

グリーヴズ大佐は、故郷からの長い船旅で見た顔に傷跡のある粗野で言葉の汚い歯の抜けたイギリス人の水兵たちとはまったく違っているし、この屋敷に来てからクランフォードが連れてきた年寄りのさえない軍人たちとも違っていた。あの大佐だけが、堂々としていて誇り高い気品を備えている。濃紺の軍服はぴったりと体に合い、広い肩と厚い胸板と平らに引き締まった腹筋が透けて見えるようだ。そのうえ、あの大佐は激しい情熱を心に秘めているようだ。それは、挑戦的な光を放つ青い目や、辛辣《しんらつ》な刺《とげ》を隠したほほ笑みを見ればわかる。そして何よりも、彼はわたしを恐れていない。そういう人間は珍しかった。そのことが、イザベラの気持ちを彼に引きつけるのだった。

たしかに、彼は王女に対してしかるべき敬意を示そうとはしていなかった。だが、それについては、これから教えていけばいい。彼はイギリス人だ。この国では、グリーヴズ大佐のような貴族であっても、モンテヴェルデの宮廷の洗練された細かい礼儀作法を最初から理解するのは難しいだろう。だが、彼は頭の悪い男ではなさそうだ。孤独な数週間を過ごしてきたあとでは、彼のような男に礼儀を教え込むのも楽しみにさえ思える。ナポレオンが敗れ、わたしが宮廷に戻れるようになるまでのいい娯楽になるだろう。

背後からグリーヴズの規則正しい足音が近づいてきた。レディ・ウィロービーが小鳥のさえずるような声をあげ、グリーヴズに駆け寄った。なんと卑屈で意気地のない女性かしら！　イザベラはグリーヴズに背を向けたまま、あえて振り向こうとしなかった。

グリーヴズに教えなくてはならない。彼が姿を現したとたんに小躍りして駆け寄るような真似《まね》をしてはならない。彼のほうから近づいてきて、恭しく挨《あい》拶《さつ》をしなくてはならないのだ。

「どうしてこんなに時間がかかったの、グリーヴズ大佐?」彼が近づいてこないことに業を煮やして、イザベラは背を向けたまま問いかけた。「わたしがすぐに外に出たがっていたのは、わかっていたはずよ」

グリーヴズが、その問いかけを無視するはずはないとイザベラは確信していた。彼の目には、イザベラの立ち姿が神々しいばかりに輝いて見えているはずだからだ。イザベラは母親から、王家の人間として自分を演出する方法を学んでいた。ホールの中央に立っていたのは、ちょうどそこが戸口の上の明かり取りから差し込む光を受ける位置だったからだ。今、彼女の真っ赤なベルベットのドレスは後光を受け、白い大理石の床の上に鮮やかに燃え立ち、まぶしく輝いているに違いない。グリーヴズの目は、否《いや》応《おう》なくわたしに引きつけられるはずだ。ひょろひょろと背の高い女ばかりがいるイングランドで、背の低いわたしがひと目で周囲の注目を集めるのは容易なことではない。だからこそ、こうした周到な演出が必要なのだ。

彼女は、さらに演出効果を高める意味で、グリーヴズに沈黙の時間をもう少しだけ与えておいてから、ふたたび口を開いた。

「答えないのね、大佐?」彼女は、ほんの少しだけ振り向いた。肩越しに横顔を見せるだけで十分だ。ほほ笑みは浮かべないほうがいい。「わたしを待たせておいて、なんの説明もないのかしら?」

彼は頭を下げた。緩やかなウエーブのかかった髪が、はらりと額に下りた。「どう説明しても、あなたは納得しないでしょう、お嬢さん《マーム》?」

「そうね。たしかにそうだわ」イザベラは、自分の質問に彼が質問で答えるとは思ってもいなかった。だけど、どうしてクランフォードのせいだと言わないのかしら? それとも、何か別の理由があるのだろうか?「黙っていても弁解にはならないわよ」

「もともと弁解するつもりはありませんよ、マーム」トムは従僕の一人から金色の縁取りをした帽子を受け取り、鏡も見ずに慣れた手つきでまっすぐにかぶった。「馬車は来ていますね、レディ・ウィロービー?」

「ええ、大佐」レディ・ウィロービーは不安げな表情で窓の外をのぞいた。見張っていないと、玄関前に停めた馬車が盗賊に盗まれてしまうとでも思っているかのようだ。「でも、あなたがいらっしゃるまで王女さまを玄関からお出ししないようにと、兄に言われていたものですから」

「いい加減にしてちょうだい!」イザベラはついに苛立ちを抑えきれなくなった。「あなたたちは、わたしを閉じ込めておくことしか考えないのね。いっそのこと、わたしを鉄格子のついた地下牢《ちかろう》にでも入れておくといいわ!」

「そうなったら、わざわざ外に出かける必要もなくなりますね」トムはそう言いながらイザベラの腕を取った。その瞬間、二人の従僕が左右に下がり、ドアを開けた。イザベラは腕を引こうとした。最初に彼のなれなれしい態度を許してしまうと、今後のためにならないからだ。だが、トムは彼女の腕を取ったままドアに向かって歩き出した。イザベラは、彼に引きずられるようにしてドアの外に出た。

自由だわ! イザベラは自分の腕をつかむ手のことを忘れて空を見上げ、その明るさに瞬《まばた》きをした。ロンドンの空にはモンテヴェルデのような明るさはない。故郷の空の抜けるような青とは違って、この国の空は石炭の煙に覆われている。それでも彼女は、ショールの房を揺らすそよ風を感じながらほほ笑まずにはいられなかった。

だが、そんな幸福感に浸っているのはイザベラだけだった。「行きましょう」トムが強引にイザベラの腕を引き、玄関前の階段を下りるようにうながした。つかんだイザベラの腕を、まるで船の操舵《そうだ》か何かと勘違いしているようだ。「建物の外に立っているのは危険です」

彼女は不満げにため息をついてから、トムのあとについて馬車に乗り込んだ。しかたがない。肘のあたりをつかまれただけで彼がどれだけ自分よりも大きくて力が強いかを実感させられ、抵抗する気をなくしたのだ。わたしを守るのは海軍大佐としての任務だ。礼儀正しい態度とは言えないが、王女を守るための行動なのだから、許してもいいだろう。それにしても、自分が暴漢の標的になるとは、故郷にいたときには考えもしなかった。

「有蓋《ゆうがい》馬車を選んだのは、あなたなのね、大佐？」馬車に乗り込むとイザベラは言った。馬車は昼間の日差しを浴びて停まっていたせいで、車内の柔らかな革張りの座席は温かくなっていた。「これまでずっと外に出るのを我慢してきたのだから、屋根のない馬車にしてほしかったわ。そのほうが風を感じられるでしょう。それなのにあなたは、わざわざこんな馬車を選んだんだわ」

「それでは、窓を開けて走りましょう」トムは静かな通りに視線を走らせ、怪しい人影が見えないことを確認した。「この馬車を選んだのは、クランフォード将軍だと思いますが」

「窓を開けたくらいじゃ、屋根なしの馬車のようにはならないわ」

「閉めたままでいるよりは、ましでしょう」トムは硬い表情のまま向かい合わせた座席に腰かけ、事務的な口調で言った。「無蓋馬車のほうが気持ちいいのはわかります。しかし、この馬車は正しい選択ですよ。屋根なしの馬車では、あなたの姿は丸見えになります。射撃の名手に狙《ねら》われたら、一撃で命を失うことになるでしょう」

この言葉にイザベラは衝撃を受けた。鮮やかな赤と黒のドレスが人目につかないはずがない。イザベラは大佐の軍人としての経験を頼もしく感じながらも、自分の置かれた現実の恐ろしさを知って身をすくめた。父も母も、わたしには事態の深刻さをあまりはっきりと話してくれはしなかった。だが、フランスの王家があのような悲惨な運命に見舞われたのだ。一国の王も、もはやかつてのような絶対的な権力を与えられてはいないのだろう。そのことは、イザベラ自身がこんなふうにロンドンに送られたことを考えても容易に想像がついた。

従僕がドアを閉め、掛け金をかけた。馬車は動き出し、ようやくロンドンの町を走りはじめた。イザベラは窓に顔を寄せ、熱心に町の景色を眺めた。

「さて、どこに行きましょうか?」トムが尋ねた。

窓越しに見えるロンドンの建物は、イザベラにはどれも同じように見えた。

「ロンドンは初めてなのよ。どこに行ったらいいかなんて、わかるわけがないでしょう?」イザベラは途方に暮れた。自分が愚かな女性に思える。自由になりたくてしかたがなかったのに、実際に外に出てみると、どうしていいかわからないなんて。「あの陰気な屋敷のほかに、わたしはこの町のことは何一つ知らないのよ」

「あなたは囚人じゃない。バークレー・スクウェアの邸宅に招かれた客ですよ」トムは辛抱強く作り笑いを浮かべていた。その様子を見て、イザベラはますます自分が愚かに思えて悲しくなった。「レデイ・ウィロービーの屋敷を牢獄のように感じる人はいませんよ」

「わたしには牢屋と同じだわ」イザベラは顎を震わせた。「一日じゅう監視されているのよ。自由もないわ」

「だからといって、あの人たちを困らせることはないでしょう?」トムは言った。「レディ・ウィロービーは、あなたにずいぶんと気を遣っています。それなのに、髪のことで癇癪《かんしやく》を起こすなんて、わがままが過ぎますよ。わたしの母は、そんなわがままは許しませんでした。ブラシを手渡して、自分でしなさいと厳しく言ったに違いありません」

「あなたの母親は国王の妃《きさき》ではないわ」

「もちろん違います」トムは親指を帽子に当て、後ろにずらした。「しかし、彼女はイングランドの伯爵夫人です。モンテヴェルデの王妃と格の上でそれほど違いはありません」

イザベラは眉をひそめた。こういう場合、わたしの母ならどうするだろう? どんなふうに言い返すかしら? 「でも、レディ・ウィロービーも使用人たちも、とても不親切なのよ、大佐。わたしを客人として扱っているとは思えないわ。だって、あの人たち、わたしのトランクの中身を調べて、ドレスをしわだらけにしたのよ」

「あなたを憎む者が、手まわり品のなかにいつのまにか危険なものを紛れ込ませた可能性も考えなくてはなりません。それを調べるには、トランクのなかを引っかきまわす以外にないでしょう?」トムは言った。「すべてあなたを守るための行動です」

イザベラはあざけるように笑った。「あの人たちは、わたしのところに来た招待状や手紙を隠しているわ。従兄弟《いとこ》たちや、あなたの国の王さまのジョージやお妃のシャーロットからの手紙まで隠しているのよ」

「レディ・ウィロービーがそんなことをするはずはありません。特に国王陛下からの私信を隠すだなんて、考えられませんよ。陛下は国務に忙殺されています。あなたに手紙を書きたくても、たぶんその時間がとれないでしょう」

「わたしが言いたいのは、そういうことではないわ」イザベラは内密の話でもするかのように急に小声になって言った。「あの人たちにとって、わたしは外国人よ。だから、だれもわたしを信用しようとしないの。最初からわたしを疑っているのよ」

トムはいぶかるような表情で片方の眉を上げた。

「信じられませんね。ばかなことは言わないでください」

「嘘《うそ》じゃないわ。ばかげた話に聞こえるかもしれないけれど、ほんとうよ」イザベラはそう言ってから、トムに顔を近づけ、イタリア語に切り替えて、すがるように言った。「大佐、あなたはわたしを信用してくれる？」胸の前で祈るように手を合わせる彼女の肩からショールが滑り落ちた。

だが、トムは口をつぐんだままだった。そして、イザベラの言葉は耳に入らない様子で、あらわになった彼女の首や腕や胸元を視線でたどった。モンテヴェルデの女性たちは、周囲の注目を集めるために、恥ずかしげもなく自分の肉体を人目にさらす。イザベラは、レディ・ウィロービーや彼女の屋敷を訪ねてくるイギリス人の陰気な友人たちに比べて、自分のドレスの胸元がはるかに大きく開いていることに気づいた。さらに今、トムもそのことに気づいたのがイザベラにはわかった。

わたしの母なら、こうやってトム・グリーヴズのような男性を思いどおりにしていくのだろう。だがイザベラは、そんな方法で彼の気を引きたくはなかった。グリーヴズ大佐だけは、ほかのどの男とも違っていてほしかったのだ。

「モンテヴェルデを出てから、わたしには信用できる相手が一人もいないのよ、大佐」彼女はショールを肩にかけ直した。もう一度だけグリーヴズにチャンスを与えるつもりだった。「でも、あなただけは、ほかのイギリス人とは違うわ。ほんとうよ。あなたなら、信用できるような気がするの。もしあなたが、わたしを信用してくれさえすれば、だけれど」

トムは咳払《せきばら》いをして、ようやく彼女の顔に視線を戻した。「わたしは国王陛下に仕える軍人です。わたしは軍人として、常に名誉を重んじて行動しています」彼は言った。「ですから、わたしのことは信頼してくださってかまいません」

「あなたは軍人である前に人間よ」イザベラは視線を落とし、ショールの房を手に取った。彼女にとって、トム・グリーヴズは軍人ではなく人間だった。だが残念なことに、彼自身の考えは違っているらしい。「さあ、答えて、大佐。わたしを信用してくれる？　もしそうなら、わたしはあなたを信じることができるわ」

「言ったとおりです、マダム。わたしは軍人として――」

「大佐」イザベラはトムの言葉をさえぎった。「軍人だから信用できるなんて嘘よ。ほかの人たちも将校だったのよ」

「ほかの将校とは？」

「あなたの前にも、三人の大佐が呼ばれたのよ。みんな白髪の年寄りで、偉そうに金モールをひけらかす人ばかりだったわ」彼女は自分の肩に手をやり、金の階級章をひらひらさせる身振りをした。「彼らは三人ともイザベラの父親役にでもなったつもりなのか、彼女の行動や服装に文句をつけてばかりいたのだという。

トムは顔をしかめた。「その三人はどうなったんです？」

彼は自分が最初に呼ばれたわけではないということを知らなかったようだった。自分が第一候補ではなかったということを知って、衝撃を受けているのかもしれない。イザベラが先の三人のことを話題にしたのは、トムが四人のなかで飛び抜けてすばらしい男性だということを伝えるためであって、四番手だと言いたいからではなかった。男性の自尊心というものが、こんなにも傷つきやすいものだったなんて！

「クランフォードに頼んで屋敷に来ないようにしてもらったわ」イザベラは、ほかの三人のことは気にも留めていないといった口調で言った。そうすれば、トムは自尊心を取り戻せるだろう。「三人とも、信用できなかったからよ」

「あなたが追い返したんですね？」トムは呆然《ぼうぜん》とした表情で言った。「長年にわたって国王陛下に仕えてきた海軍の将校を、つまり、敬意をもって接するべき白髪の紳士を、あなたは追い返したんですね？」

「わたしじゃないわ」イザベラはトムの反応に驚いた。少なくともトムは貴族の生まれだ。しかし、ほかの三人は平民で、王女の世話役にふさわしい身分ではなかったのだ。「クランフォード将軍の判断よ。でも、どうしてわたしに選ばせてくれないのか――」

「結局はあなたがしたことです」トムは言った。「あなたの気まぐれのせいで、その三人は任務をまっとうできなかった。あなたのせいで、彼らの軍人としての経歴に大きな傷がつくことになったんです」

「あの人たちがだめだったのは、わたしのせいじゃないわ！」

「では、だれのせいなんです？」トムはつめ寄るように言った。「あなたはレディ・ウィロービーにもわがままばかり言って、あげくに叱《しか》りつけているでしょう？　それだけでは足りなくて、三人の立派な将校を、自分にはふさわしくないというだけの理由で、破滅に追いやったんです」

「わたしは、あなたが信用できると思ったのよ」イザベラは弁明するような口調で言った。「わたしと同じように不満そうに見えたわ。だから、わたしのこともわかってくれると思ったの」

「わたしにはなんの不満もありませんよ、マーム」

「ごまかさないで！」イザベラは手袋をした手を振って、トムの言葉をさえぎった。「あなたも、わたしと同じだわ。ロンドンにいるのが嫌でならないはずよ。泥棒やすりを集めたような乱暴な水兵と一緒に、悪臭を放つ海軍の船《ボート》に乗って海に戻りたいと思っているのよ」

「船《シップ》と言ってください」トムは言った。「英国海軍の戦艦はボートではなくて――」

「わかったわ、大佐。覚えておくわ。あなたは、わたしのお守りをしてこんな馬車に乗っているよりも、海軍のシップの指揮をしたいと思っている。そうでしょう？」イザベラは揺れる座席で背筋を伸ばし、天井を拳《こぶし》で叩《たた》いた。「馬車を止めて！　今よ！　ここで止めてちょうだい！」

トムは腰を浮かせた彼女の腕をつかみ、急停止する馬車の揺れで彼女が転ばないように座席に引き戻してやろうとした。窓の外では馬車が行き交い、軒を連ねる商店の前を身なりのいい紳士や淑女が通りすぎていくのが見える。ここが上流階級の人間が集まる通りであることは、イザベラの目にも明らかだった。

「少し待ってください」トムは腰を浮かせたままのイザベラに座席に戻るように言った。「もう少し落ち着いたらどうです？」

イザベラは息をのんだ。これまで他人からこんなふうに指図されたことはない。

「落ち着いてなんかいられないわ！」彼女は早口に言った。「どうして落ち着かなくちゃならないの？」

「おとなしくすると約束するまで、馬車のなかにいてもらいます」トムはイザベラの腕を優しくつかんだ。それでも、彼の握力の強さは十分に伝わってきた。「怪我《けが》をされると困りますからね」

「わたしに怪我をさせる人がいるとしたら、それはあなたよ」彼女はトムの手を振りほどこうとしたが、無理だった。彼の手は思ったよりも大きく、イザベラの腕を怖く思えるほどがっしりと握っていたからだ。イザベラは奇妙な興奮を感じた。「その手を放しなさい、大佐。命令よ、すぐに放して！」

「わたしは海軍の命令を優先します」トムは暴れるイザベラを傷つけないよう気をつけながら、どうにか彼女を座席に戻そうとした。その必死な様子を見て、イザベラは思わず笑い出しそうになった。「いい加減にしなさい。どうして言うことを聞いてくれないんですか？」

「フォルトゥナロ家の王女だからよ、大佐」イザベラは激しい口調で言った。「フォルトゥナロ家の人間は、他人の指図は受けないわ！」

突然、馬車が停車した。トムがよろめいた隙《すき》にイザベラは彼の手から自分の腕を抜き、掛け金を外してドアを開けた。そしてボンネットのリボンを風になびかせながら、トムが止める間もなく、胸を張って馬車から足を踏み出した。

だが、そのときにはまだ従僕が馬車の踏み段を用意していなかった。イザベラが踏み出した足は空を切り、彼女の体は深紅のドレスともつれ合うようにして空中を泳ぎ、歩道に落ちた。四つんばいになってうめき声をあげる彼女の姿は、とても優雅なものとは言えなかった。

トムはすぐに馬車を下り、イザベラの横にひざまずいた。「怪我は？　医者を呼びましょうか？」

「怪我なんて、していないわ」彼女は両手の汚れを払いながらすぐに立ち上がり、トムと二人の従僕を手で払うようなしぐさをして後ろに下がらせた。手袋のなかの手のひらがひりひりしている。膝にはすり傷ができているに違いない。だが、怪我をしていると言ってしまうと、彼女を制止したトムが正しかったと認めることになる。それに、踏み段が出ていないことを確かめもせずに馬車を下りたのは愚かだったが、フォルトゥナロの王女としては、その愚行によって生じた痛みを自分一人で引き受けるくらいの気位は保っておきたかった。「わたしは壊れ物の陶磁器ではないの。そんなに簡単に壊れたりしないわよ」

トムは安堵《あんど》のため息をもらした。「それでは、馬車に戻りましょう」

「どうして？」イザベラは斜めになったボンネットをまっすぐにしてリボンを結び直し、目の前の店の看板を見上げた。〈カパーズウェイト服飾品店〉とある。どうやら馬車は偶然、楽しそうな店の前で停まったようだった。ボンネットや手袋、リボンなどが誘いかけるようにウィンドウを飾っている。「ここに入りましょう、大佐。楽しそうだわ。お店のなかに入れば、危険はないでしょう？　こうして歩道にいるより安全よ」イザベラはほほ笑み、膝の痛みをこらえながら店の入り口に向かった。

「いけません」トムはあとを追い、彼女に身を寄せて歩きながら、苛立った口調でささやいた。「ばかな真似はやめてください」

「ばかで結構よ。なんと言われたって、わたしは入りたいお店に入るわ」歩道では身なりのよい通行人たちが立ち止まり、二人を遠巻きにしていた。イザベラは、人々の注目を集めていることがうれしくてたまらなかった。だれもが高級そうな衣服を身につけている。彼女は自分の声が見物人たちに聞こえるように声を張り上げた。「わたしがイギリス人の前に姿を見せなければ、いったいどうやってこのロンドンでモンテヴェルデ王国への支持を訴えられるというの？」

見物人のあいだに小さなどよめきが広がった。イザベラは、それに応《こた》えるように小さくほほ笑んでみせた。彼女はようやく本来の自分に戻ったような気がしていた。王女というのがどういうものなのか、トムには理解できないだろう。いくら伯爵の息子だとはいっても、王室の人間でもない彼に、そのことが理解できるはずはない。

従僕の一人が急いで店のドアを開けた。イザベラは店内に入った。イザベラはこれまで、店というものに入ったことがなかった。母はいつも仕立屋や宝石商を宮廷に呼んでいた。こちらから出かけていくのはおかしいというのが母の考えだったのだ。イザベラは、初めての経験に目を輝かせて店内を見まわした。

奥行きのある細長い店内には、左右の壁に沿って接客用の薄緑色のカウンターが並び、その前に客の座る柔らかい椅子が等間隔で置かれていた。商品の多くはカウンターの後ろの棚に収納されているが、一部の商品は顧客の目を引くようにあちこちに並べられ、店のなかを美しく飾っている。絹で作った花をあしらった、つばの広いレグホン帽、さまざまなパステル色に染められたキッドスキンの手袋、ベールやリボン、ガーターとストッキング――ざっと見まわしただけでも胸が躍る。考えてもみなかったことだが、こんなにたくさんの商品のなかから欲しいものを選べるのだとしたら、王宮の外の女たちは、イザベラや彼女の母よりも楽しい思いをしていることになる。イザベラは複雑な気持ちになった。

それでも彼女は優雅なほほ笑みを浮かべながらド

アのところに立ち、店の者たちが挨拶をするために駆け寄ってくるのを待った。客も含めて、店内にいた全員がこちらを見ていた。イザベラは自分に集まる視線に満面の笑みで応えた。このような流行の中心にある店では、だれもが彼女の顔を知っているはずだ。

店主とおぼしき年かさの上品な女性が滑るようにイザベラに近づいてきて、膝を折って優雅にお辞儀をした。イザベラはうなずいてそれに応えた。

「ようこそ、グリーヴズ大佐！　あなたのような英雄にご来店いただけるなんて、ほんとうに光栄ですわ」店主のミセス・カパーズウェイトがお辞儀をした相手はイザベラではなかった。

イザベラの横でトムが礼をした。「ありがとうございます、ミセス・カパーズウェイト」彼は言った。「しかし、わたしは決して英雄ではありません。ただ国のために全力を尽くしているだけです。国王陛下に仕える武官がすべきことをしているだけですよ」

「ご謙遜《けんそん》ですわ、大佐」ミセス・カパーズウェイトは言った。「あなたは正真正銘の英雄です。だれもがそう思っておりますわ」

胸の前で両手を合わせてグリーヴズ大佐を仰ぎ見る女店主の様子を見て、イザベラは激しい苛立ちを覚えた。この大佐がそれほど偉大な英雄なら、どうして海にも出ずに、陸でわたしにみじめな思いをさせているのだろう？

ミセス・カパーズウェイトは芝居がかったため息をついてから、われに返ったように口を開いた。「ところで、大佐、今日はどのようなものをお探しにいらしたのですか？　何をお見せしたらよろしいかしら？」

「特に何というわけでもないのです、マダム」トムはあいまいに答えた。女店主が恥ずかしげもなく媚《こ》びを売っているあいだも、彼はイザベラの身を守るべく店内の様子に注意深く目を配っていた。

「それなら、こちらのお友だちが何かをお探しなのかしら？」ミセス・カパーズウェイトはイザベラのほうを向き、先ほどよりは軽いお辞儀をした。「どのようなものをお見せいたしましょう？」

女店主は、それなりにイザベラを敬うような態度をとってはいたが、彼女の服装、特に金糸の刺繍《ししゅう》をした外国製の赤のベルベットのドレスを値踏みするように見て、ふしだらな女だと心のなかで決めつけたようだった。

「わたしはこの人の愛人ではないわ」イザベラは王女にふさわしい尊大な口調で言った。「どうしてそんな愚かなことを考えたのかは知りませんけれど」

イザベラの横でトムが低く喉を鳴らしてうなり声をあげた。彼の言いたいことはわかっている。行儀よくしていろと言いたいのだ。

「ミセス・カパーズウェイトは、そんなことは言っていませんよ」抑えた軽い口調が、かえって強くトムの苛立ちを感じさせた。「彼女にはあなたを侮辱するつもりはまったくありません。あなたがだれなのかを知らないだけです」

イザベラはあえてトムの顔を見ないようにした。おそらく彼の言うとおりだろう。英雄とあがめる男と一緒に店に入ってきた大切な客をわざわざ安く見ようとするはずはない。それでも、イザベラはトムに対して自分の間違いを認めたくなかった。王家の人間は決してそんなことはしないものだ。

「それなら、わたしがだれか彼女に教えてあげてちょうだい、大佐」イザベラは命令口調で言った。「店の者たち全員に教えてあげるといいわ」

トムは黒い眉を寄せた。顎の筋肉が引きつっている。「それは賢明なことではありません」

「まあ、なんて頑固な人なの！」ついイタリア語で言うと、彼女はショールの一方の端を荒っぽく肩に跳ね上げた。「あなたのくだらない基準に合った賢い女になるつもりはないわ」

　トムの引きつった顎が赤く染まりはじめた。「賢明だろうと愚かだろうと、どちらでもかまいません」トムはイタリア語で応じた。「大切なのは、あなたの身の安全です。こんなに人の集まる店で自分がモンテヴェルデの王女だと名乗ったら、明日の新聞は、いっせいにあなたがロンドンにいると書き立てるでしょう」

「それがどうしたというの？　何があっても、あなたはわたしを守ってくれるんでしょう？」

「もちろんです」トムは言った。「でも、そうなるとますます屋敷の外に出られなくなりますよ。さあ、これ以上この店を騒がせる前に、馬車に戻りましょう――」

「まあ、王女さま！」どこかの女がイタリア語で叫んだ。「夢のようだわ。まさかこんなところでお目にかかれるなんて！」

　エプロンをして針子の帽子をかぶった背の低い色黒の女性がイザベラに駆け寄ってきた。ふっくらとした頬のモンテヴェルデの女性に典型的な顔立ちに、歌うような独特のイタリア語だ。イザベラは針子に向かって懐かしそうにほほ笑みかけた。

　だが、針子がイザベラのところにやってくる前にトムが突進し、針子の体を後ろから抱いて押さえた。彼は金切り声をあげて抵抗する針子の右手をつかみ、恐ろしい力でしぼり上げた。

「マリア！」ミセス・カパーズウェイトが大声をあげた。「やめなさい。いったい何をしているの！」

　針子は身をよじり足をばたつかせて、イタリア語でわめき散らした。イザベラとトムだけが女の言葉を理解できた。針子は、王や王妃はもちろん、フォルトゥナロ家のすべての人間に対する口汚い呪《のろ》いの言葉を吐き散らした。固く握った右手には、研ぎ上げられた刃《やいば》のようなものが光っている。イザベラは、こわばった表情でその場に立ち尽くし、ただ呆然と女の姿を見つめた。

「右手を開け」トムが鋭く言った。「怪我をしたくなければ、おとなしく言うことを聞くんだ!」

「おまえこそ手を放すんだよ、このイギリス野郎!」針子は必死に身をよじらせ、あえぎながら叫んだ。「フォルトゥナロの雌犬の味方をするなら、おまえも殺してやる!」

だが、針子はしだいに抵抗する力を失っていった。トムが女の右手を力ずくで開かせると、裁《た》ち鋏《ばさみ》が床に落ちて鋭い音をたてた。店内の客や従業員のあいだに小さな悲鳴が広がった。裏の裁縫室に続く廊下の出入り口には、店内の異変に気づいて様子をうかがいに来た針子たちの驚いた顔が見えた。

「警官を呼べ」トムが言った。「すぐに呼ぶんだ!」

店員の一人がうなずいて弾《はじ》かれたように店を飛び出していった。

「警官が来るまで、この女を押さえておけ」トムがそう言うと、二人の従僕が駆け寄り、針子の腕を左右からつかんだ。トムは床に落ちた鋏を悠然と拾い上げ、ハンカチに包んでポケットに滑り込ませた。警官が来たら、証拠品として手渡すつもりなのだろう。女は相変わらず髪を振り乱し、顔じゅうを怒りの涙で濡《ぬ》らして呪いの言葉や脅しの言葉をイタリア語でわめき散らしていた。

針子の叫び声は、イザベラの心に津波のように押し寄せた。その言葉にこもった憎しみの念は彼女を打ちのめし、混乱させた。ぼんやりと針子を見つめるイザベラの目に、やがて奇妙なものが映った。悪鬼の形相で叫ぶ女の胸に、あの赤い糸で組んだ三角形の小枝のペンダントが揺れていたのだ。

小間使いのアンナは、あれは家族のしるしだと言っていた。だが、それはいったいどんな家族なのだろう？　アンナとこの女性と、そして今やイザベラとを激しい憎悪で結びつける家族とは、なんなのかしら？

イザベラは身を震わせた。膝が震え、力が入らない。モンテヴェルデの王である彼女の父は、善良な人間であり、慈悲深い寛容な王であるはずだった。暴君はナポレオンのほうであって、父ではないはずだ。フランス軍を追い出すことができれば、モンテヴェルデの人々は歓喜の声とともに父をふたたび玉座に迎えるはずだ。イザベラは、そう思い込んでいた。

違うのだろうか？

王を憎み、フォルトゥナロ家全体を憎むがゆえに、この女性は王女イザベラを殺そうとした。もし大佐が身を挺《てい》して守ってくれていなければ、その思いを遂げることができただろう。大佐は自分の命を危険にさらしてまでイザベラを守ってくれた。そんな人間は、これまで一人もいなかった。イザベラが意地を張って愚かな真似を続けたがために、大佐がわたしの命と引き換えに傷ついたり殺されたりしたら、わたしはどうしたらよいのかしら？

だが大佐は、非難がましい態度はいっさい見せずにイザベラの前にやってきて、彼女に対して心からの気遣いを示した。

「怪我はありませんか？」彼はイタリア語で短く問いかけた。イザベラが動揺しているのを見て、彼女が自由に話せる言葉を選んだのだろう。その小さな思いやりにイザベラは涙が出そうになった。「針子は取り押さえました。もう安心ですよ」

「まあ、大佐、こんなことになって、お詫《わ》びのしようもありません！」ミセス・カパーズウェイトが慌てて二人に駆け寄ってきた。こんな事件が起こっては、対応を間違えると店が続けられなくなることもあるのを恐れているのだ。「あんなおかしな女だとは思わなかったんです。ほんの二週間前にふらりとここにやってきたのですけれど、かわいそうだから、つい雇うことにしてしまって。針子としての腕前も見事でしたから。でも、あんな女だとわかっていたら、最初から警察に突き出していたわ！」

「彼女のことは、この国の法律に任せましょう」イザベラが英語で言った。フォルトゥナロ家の一員であるかぎり、どんなときでも強く冷静であらねばならない。恐怖で心臓が飛び出しそうになっていることは、だれにも気づかれてはならないのだ。「そうすれば、公正に裁いてもらえるでしょう」

「まあ、なんて高潔で勇気のあるお言葉かしら」ミセス・カパーズウェイトはイザベラに取り入るようなほほ笑みを浮かべた。「さすがにグリーヴズ大佐のお知り合いですわ、お嬢さま」

二人の従僕に両腕をつかまれた針子がふたたび身をよじり、イザベラの足に唾《つば》を吐きかけた。

「その女はお嬢さんなんかじゃないよ！」針子は店内の者たちにわかるように英語で叫んだ。「その女がだれか知らないのかい？　知らないなら教えてやるよ！」

「黙れ！」トムが大声で針子を制した。「静かにしろ！」

従僕が針子をドアのほうへ引きずっていった。針子は高笑いをしながら、店内に響きわたる声で叫んだ。

「その女は暴君の娘さ。モンテヴェルデの民を虐げる国王の一人娘、プリンセス・イザベラ・ディ・フォルトゥナロなんだよ！　そんな女は、地獄の業火で焼かれちまえばいいんだ！」

彼女はそう言って膝を折り、深々とお辞儀をした。店内にいた女性たちもみないっせいに店主にならって膝を折り、深々と頭を下げた。

トムはこれほど奇妙な光景を見たことがなかった。ボンド・ストリートの服飾品店よりも、コベントガーデンの劇場の舞台にふさわしい光景だった。イザベラを暗殺しようとした女が彼女の素性を暴露し、店内の女性たち全員がかしこまって恭しくお辞儀をしているのだ。

だがイザベラは、その見事な光景を楽しんでいるようには見えなかった。トムはやすやすと暗殺者を撃退した。それでも、イザベラが受けたショックは意外なほど強かったらしい。こうして命の危険を感じたことは、これまでなかったのだろう。それは彼女の様子を見ればわかる。いつになく押し黙り、黒いボンネットの下の顔は漂白したリネンのように真っ白だ。黒い目には恐怖の色がありありと浮かび、

4

静まりかえった店内にミセス・カパーズウェイトの息をのむ音が響いた。女店主は、目の前の娘が王女だとわかったとたんに、彼女の派手なドレスは俗悪な女優か愛人の服装ではなく、イギリスの常識とは異なる異国の王家の服装なのだと思い込もうと努力しているようだった。

「あなたは」ミセス・カパーズウェイトはためらいながら言った。「ほんとうに――」

「ええ」イザベラは優しい声で、ささやくように言った。「そのとおりよ」

「どうしましょう」女店主は胸の上に手を重ねた。「王女さま、どうかお許しください！」

口元が引きつるように歪《ゆが》んでいる。尊大な態度は消えうせ、まるでか弱い小さな子どものようにさえ見える。もはや彼女はモンテヴェルデの王女ではなく、死の恐怖に直面した無力な若い娘になっていた。

トムは手袋をした彼女の手を取り、店の外に出るようにうながした。イザベラが王女であることが知られる前に店を出られたらよかったのだが、こうなってしまった以上、彼女をこの状態から解放するのが何よりも大切だ。

「行きましょう」トムは言った。「店の前で馬車が待っています」

彼女はこっくりとうなずき、息を吸い込んでからミセス・カパーズウェイトに向かって言った。「顔を上げてちょうだい。仰々しいのは好きじゃないわ」

「でも、マダム」女主人は弾《はじ》かれたように顔を上げ、直立不動の姿勢で、満面に笑みを浮かべた。なんとかして王家の人間を顧客に加えたいと思っているのだろう。「あなたのような高貴なお客さまにお仕えできる機会は、そう簡単に巡ってくるものではありません。何かお気に召すものがあれば、おっしゃってくださいい、マーム。どのようなものをご覧にいれたらよろしいでしょうか？」

「また今度にするわ。今はそういう気分じゃないの」イザベラは胸を張った。いつもの尊大な態度が少しだけ戻ってきたようだ。「大佐、行きましょう」

「ごきげんよう、ミセス・カパーズウェイト」トムは店主に重々しく一礼すると、王女を連れて店を出て馬車に乗り込んだ。店を出るイザベラの足取りは優雅だった。だがトムは、腕に寄りかかる彼女の体の重みを感じた。イザベラは今、彼の支えをほんとうに必要としているのだ。「あなたは実に勇敢な人ですよ」馬車が歩道を離れるとトムは言った。「立っているだけでも大変だったでしょう。立派でしイザベラは目を閉じたままため息をついた。「今は話したくないわ。静かに考えたいことがあるの」

トムは顔をしかめた。イザベラは物思いにふけるようなタイプの女性ではない。だが、それで気分がよくなるのなら、今は好きなようにさせておくのがいいだろう。

「わかりました」トムは優しく言った。「またあとで話すことにしましょう」

「ええ、あとにしましょう」彼女は目をつぶったまままつぶやくように言った。「今ではなく」

トムも彼女にならって考え事をすることにした。この王女の相手をするのは気楽な仕事ではないとわかっていたが、それでも護衛を始めた初日からあんな出来事が起こるとは、予想していなかった。

モンテヴェルデの女性が、たまたま立ち寄ったあの店で針子をしているなど、普通ならありえない。モンテヴェルデは小さな国だ。わざわざイギリスまでやってきて働く人がいるとは……

た」

「ちっとも立派じゃないわ」イザベラは不満げに言って、後ろに倒れ込むように座席の背もたれに身をあずけた。「勇敢でもないし、賢くもなかったわ。あなただって、そう言っていたでしょう」

「それは店に入るまでの話です」

「すごい変わりようね」彼女はため息をついてボンネットを取り、ほうり投げるように隣の座席に置いた。暖かい馬車のなかでも、頬の色は戻っていなかった。彼女は背もたれに頭をつけて目を閉じた。

「今日のことは二度と話したくないわ、大佐」

「残念ですが、そういうわけにはいきません」店での出来事についてはわからないことが多すぎる。彼女の身を守る立場にあるトムとしては、ぜひとも聞いておかなくてはならないことがたくさんあった。

「あんなことがあったんです。なかったことにするわけにはいきませんよ」

で流れ着く人間がそうたくさんいるとは思えない。しかも、ロンドンの高級店に住み込みで働きながら、憎き王女が偶然に馬車でやってくるのを待っているなどということは、どう考えても起こりうる話ではない。どんなに奇妙な偶然が重なったとしても、普通なら、あんなことにはならないだろう。

彼はイザベラの顔を見た。馬車に乗る前には、彼女の顔には一点の曇りも見られなかった。ところが今は、その顔に不安の影が差している。彼女を危険にさらしてしまったことが、トムには悔やまれてならなかった。クランフォードは彼女についてほとんど何も話してくれなかった。フランス軍の進攻を逃れてイングランドにやってきた経緯さえ、細かくは聞かせてもらっていない。家族はどうなったのだろう？　戦争は、特に若い娘にとって好ましい経験ではない。この王女は、今日の出来事のほかに、二度と口にしたくないような悲惨な出来事をどれだけたくさん目撃し、経験してきたのだろう？

イザベラのことを勇敢だと言ったのは、本心だった。鋏《はさみ》を振り上げた女が迫ってくれば、若い娘は気を失ったり叫んだりするのが普通だ。だが、この王女はしっかりと両脚で立ち、気高く勇敢に暗殺者と対峙《たいじ》していた。その気丈さにトムは感服したのだった。

彼は目を閉じたイザベラの顔をしみじみと見つめた。黒く長いまつげの下に曲線を描く頬が続いている。呼吸をするたびに、大きく開いたドレスの胸がゆっくりと上下する。トムは罪悪感を覚え、無理やり視線を顔に戻した。堅苦しく思えるほど上品に取りすました顔ではない。最初はそれなりに整った顔だとしか感じられず、決して美人だとは思えなかった。だがこうして行動をともにし、危険な出来事に遭遇したことで、イザベラに対する彼の見方は大きく変わった。イザベラは美しい女性だ。まぶしいほどの美人だ。

イザベラが目を開け、両腕を伸ばした。その姿は、猫が伸びをする姿を思わせた。「ウィロービーの屋敷に着いたの？」

トムは馬車が停《と》まったことにさえ気づいていなかった。「ええ、そのようです」彼は窓に顔を近づけ、屋敷の周囲に素早く視線を走らせた。「さあ、降りましょう。わたしの手につかまって、先に降りてください」

イザベラは体を引き、自分の胸に両手を重ね、視線を落とした。「先に降りてちょうだい、大佐。異常がないかどうか確かめてほしいの」

トムはうなずいた。彼女に信頼されていることがうれしくてならなかった。彼は馬車を降り、ふたたび周囲を確認してからイザベラに手を差し出した。

「異常ありませんよ」

だがイザベラはトムの手を取らずに一人で馬車を降り、彼の横をすり抜けて玄関前の階段を足早に上がっていった。トムは歩道に取り残され、イザベラを先導するのではなく追いかける格好になった。

結局、出かける前と同じだ、とトムは思った。

「外出はいかがでした？」メイドにボンネットを手渡すイザベラに、レディ・ウィロービーが声をかけた。「楽しめたかしら？」

「楽しいという感じではなかったわ」王女は鏡の前で立ち止まり、ボンネットを取ったあとの髪を直した。「ただし、反王制派の暗殺者に襲われることを英語では楽しいと表現するのなら、たしかに楽しかったわ。そうよね、大佐？」

「ちょっとした冒険をしてきただけですよ、レディ・ウィロービー」トムがそう言うと、伯爵夫人は困惑の表情を浮かべたが、それでも、王女の〝冒険〟の責任を負っているのが自分ではないことに対して明らかに安堵《あんど》している様子だった。「ご安心ください。ご覧のとおり、王女はかすり傷一つ負っていませんから。ほんとうに医者を呼ばなくてよろしいのですね?」

「もちろんよ。そんな必要はないわ」イザベラは答えた。「お庭に出たいわ。ご一緒してくれるかしら?」彼女はトムの返事を待たずに先に立って歩き出した。トムはふたたび彼女のあとを追い、裏手の庭に続く廊下を歩いていった。

「どこに行くつもりですか?」彼は王女の背中に向かって言った。

イザベラは立ち止まり、振り向いてトムの顔を見つめた。「言ったでしょう? 庭に行くのよ、大佐」彼女は理解の遅い子どもに辛抱強く説明するような口調で言った。「あなたと一緒に庭に行くの。そうすれば、じっくりと話ができるでしょう? そして話が終わったら、家のなかに戻るのよ」

彼女はトムの背後に目をやり、たまたま廊下の向こうにいたメイドに声をかけた。

「庭にココアを持ってきてちょうだい。それと、片面だけきつね色に焼いて耳を落としたトーストとオレンジ・マーマレードもお願いするわ。それから、水盤に冷たい水を入れて持ってきてほしいわ。冷たすぎるのはだめよ。ぬるいのも熱いのもだめ。手を浸して気持ちがいいくらいの温度にしてちょうだい。リネンのタオルも忘れずに持ってきて」

王女はそう言って、庭に向かってふたたび廊下を歩きはじめた。トムはふたたびイザベラの背中に声をかけた。「別の場所にしましょう。庭ではなくて」

イザベラが立ち止まった。あまりに急に足を止めたので、トムは彼女にぶつかりそうになった。「庭は安全よ。クランフォード将軍がそう言っていたわ。三方が煉瓦《れんが》の高い壁になっていて、残りの一面は屋敷の壁よ。出入り口はその壁に一つあるだけだわ」

「わたしの船の乗組員は、四メートルの高さの壁でも猫のように簡単によじ登ることができます」トムは言った。「この屋敷の庭の壁なら、あっというまに乗り越えられますよ」

「まあ」イザベラの顔が不安に曇った。うなだれた彼女の顔には、馬車のなかで見たのと同じ表情がふたたび浮かんでいた。「そうとは知らずに、今まで何週間もあそこに座っていたわ。でも、あまり安全な場所ではなかったのね」

「ええ、残念ながら」これ以上、言い聞かせる必要はなさそうだ。「話のできる場所なら屋敷のなかにもあるでしょう。たとえば、客間とか図書室とか」

イザベラはうなずき、すぐ横にあったドアを開けた。「伯爵の図書室よ」彼女は先に立って部屋に入り、火の気のない暖炉の前に立った。「ここに入るのは初めてだわ。こんなにたくさん本があると、気が滅入《めい》るのよ。あなたは本は好きなのかしら、大佐?」

図書室は薄暗く、ほとんど使われていないようだった。どの窓も、貴重な古書が日焼けしないよう、しっかりと鎧戸《よろいど》が閉められている。この部屋でなら、彼女の安全は確保できるだろう。

「ええ、好きですよ」トムは言った。「敵国の港を艦船で封鎖しているときや、航海中で天候に恵まれないときなどは、船上では本が最高の友だちですから」

「わたしは本を好きになれるほど気が長くないの。集中力が足りないのかもしれないわね」その言葉どおり、彼女はトムと話をしながら、幾何学模様の絨毯《じゅうたん》の上をせわしなく歩きまわった。「わたし、なんの話をしているのかしら。もっと別の話をしなくちゃならないのに」

「座りませんか?」トムはシルクの布地を張った肘かけ椅子を手で示した。「わたしは、先ほどの出来事を問いつめようとしているわけではありません。

つまり――」

「わたしの父は善良な支配者よ」イザベラは依然せかせかと動きながら、急いでトムの話に割り込むように言った。「私心のない、公正で寛容な王だわ。どうしてあの針子があんなことを言ったのかわからない。父はそんな人じゃないもの。ほんとうよ、大佐。わかってほしいわ」

「あの針子の言ったことを、あまり重視はしていませんよ」トムは注意深く言葉を選んだ。彼はイザベラの父親のことを、王としても人間としても、ほとんど知らなかった。だが、国はその支配者に似るものだ。モンテヴェルデ王国の評判を考えると、娘がどう言おうとも、彼女の父親の王としての資質には疑問を抱かざるをえない。「どの国にも反逆者はいるものです。今はフランス軍やナポレオンのせいで、そうした者たちが大胆な行動をとるようになっているのでしょう」

「わかってくれて、うれしいわ、大佐。感謝します」イザベラはそう言って、軽く頭を下げた。彼女のしおらしい態度を見て、トムは心が痛んだ。南の国の宮廷で何不自由なく育てられた王家の娘が、今はロンドンの私邸の陰気な図書室の椅子に元気なく座っているのだ。「それから、わたしの命を助けてくれたことにも感謝します。心からありがとうと言いたいわ」

トムは咳払《せきばら》いをした。イザベラからこんなにしみじみと礼を言われると、なんとなく居心地が悪くなる。「任務を果たしただけのことです」

イザベラはまだ完全には警戒心を解いていないようだったが、それでも少しだけ大胆さを取り戻していた。「わたしがもう少し聞き分けがよければ、あなたは命を危険にさらすような真似《まね》をしなくてもすんだんだわ。それに、とっさの出来事だったから、わたしが死んでも、だれもあなたを責めたりはしなだ。「冗談はやめてください」トムは鋭い口調で言った。「あなたを死なせるつもりはありません」

「ほんとう？」イザベラは足を止め、トムの目をまっすぐにのぞき込んだ。わたしをからかっているのかもしれないし、挑発しているのかもしれない。あるいは、単にわたしの真意を知りたがっているだけなのかもしれない。「わたしが死ねば厄介な任務から解放されるのよ。魅力的じゃない、大佐？」

「そんなことはありません」彼はきっぱりと言った。「わたしには任務を遂行する責任がありますし、人間としての良心もあります。この話は、もういいでしょう？」

トムの顔に広がるほほ笑みを見て、イザベラの目が明るく輝いた。彼女には意外に内気な面がある。それは、服飾品店での出来事で垣間見られた脆《もろ》さと同じところに根差しているのだろう。


「あなたには、わたしを助ける必要はなかったのに、それでも命を懸けて助けてくれた」イザベラは息をつめ、低い声で言った。「わたしもあなたに感謝する必要などないのに、感謝の気持ちでいっぱいになった。不思議だと思わない？　わたしがこの国で信じられる相手はただ一人、あなただけなのよ」

イザベラはトムのすぐ目の前に立っていた。オレンジの花とムスクの香りがなまめかしくトムの鼻孔をくすぐった。黒い瞳に金色の小さな光がきらめき、赤いベルベットに包まれた胸がいっそう官能的な曲線を描いていた。

彼女はキスを待っているのかもしれない。だが、わたしに課せられた任務はイザベラを守ることだ。その彼女にそんなことをしてしまっては、わたしは最悪の場合は海軍の職を失い、彼女はおろか自分自身さえ守ることができなくなってしまう。

トムは一歩後ろに下がり、両手を腰の後ろで組んだ。彼はいつもその姿勢で船のデッキを歩いていたが、今はそれがイザベラの体に手を伸ばさずにすむ唯一の確実な方法だった。モンテヴェルデがどれだけ乱れた国だとしても、信頼を示すのには、愚かな行為に及ぶ以外にももっと別のやり方があるはずだ。

トムはふたたび咳払いをして言った。「信頼してくださって、こんなにうれしいことはありません。そのほうが、わたしの質問にも気楽に答えられるでしょうから」

「質問……」イザベラは頬を赤らめ、うなだれるとトムから視線を外した。「そうだったわ」

トムも彼女から視線を外し、部屋の隅に置かれた大理石のホメロスの銅像に虚《うつ》ろな目を向けると、頬のほてりが収まるのを待った。

「今日の事件は、偶然にしてはあまりにできすぎているように思えるのですが、マダム」トムは努めて事務的な口調で話を始めた。「ロンドンに来てから、モンテヴェルデ出身の人間と連絡を取ったことはありませんか？　大使とか、あるいはお友だちとか？」

「大使は、わたしがまだモンテヴェルデにいるあいだに国に戻ってきていたわ。フランス人に財産を奪われないように、資産をどこかに隠す必要があって国に戻ったのよ」彼女は言った。「父は後任を選んではいなかったと思うわ。すでに国内はひどく混乱していたから」彼女は話を続けた。「お友だちや知り合いは、ロンドンには一人もいないの。お友だちがいたら、この屋敷じゃなくて、その人のところへ行っているわよ」

トムは今さらのようにイザベラの不安で孤独な身の上を思い知らされた。そうやって頼る者もなく見知らぬ国に来るというのは、どんなに心細いことか。トムの場合なら、家族や友人と離れて異国に赴いても、常に海軍が支えてくれる。この小さな娘の心は驚くほどの強さを備えている。それでもやはり、彼女は、この国で見知らぬ人たちに頼って生きていかなくてはならないのだ。

「政治的な動機のほかに、だれかがあなたの命を狙《ねら》う理由があると考えられますか？」トムは尋ねた。

「たとえば、手荷物のなかに宝石や美術品のような高価なものが含まれてはいませんか？」

イザベラは腹立たしげに鼻を鳴らした。「レディ・ウィロービーに聞けばわかるわ。話したでしょう？　あの人たちは、わたしの荷物を徹底的に調べたのよ」

そのとおりだった。イザベラにプライバシーが与えられていないのは残念だが、手荷物の検査は十分に役に立ったというべきだ。何か意味のありそうなものが出てきたのなら、クランフォードから報告があったはずだ。ということはつまり、彼女の荷物のなかには、今日の事件と結びつくようなものはなかったのだろう。

「それでは、ほかの理由を考えてみましょう。あなたの地位や身分に嫉妬《しっと》している人はいませんか？あるいは、国に残らざるをえなかった人たちのなかに、安全な国に逃げ出したあなたを恨んでいる人はいないでしょうか？」

「思い当たらないわ」彼女は悲しそうに言った。「わたしの宮廷での生活は、それほど楽しいものではなかったわ。それに、モンテヴェルデの人たちは、わたしがこの国に来たことを一種の流刑か追放のように考えているの。うらやましいと感じている人はいないはずよ」

「ほんとうに一人も？」トムはためらった。できれば、この質問はきかずにすませたかった。「たとえば、婚約者とか……恋人とか？」

「どういうこと？　恋人なんて、いないわ！」彼女の顔が怒りで赤くなった。「モンテヴェルデの王女は、結婚前に男性と付き合ったりはしないわ。ヨーロッパの王家の夫のために嫡子をもうけることが、モンテヴェルデの王女の務めなのよ！」

「わかりました、マーム」彼はためらいがちに言った。「それ以上はおっしゃらなくて結構です」

「いいえ、言わせてもらうわ」彼女はトムの言葉を無視して話しつづけた。「だって、あなたはちっともわかっていないもの。結婚前に恋人を持ったら、私生児を産むことになるかもしれない。そうなると、わたしはまともな王家に嫁ぐことができなくなって、フォルトゥナロ家の名前を汚すことになるのよ。そんなばかな真似をわたしがすると思うの？」

「そんなことを言ったつもりはありませんよ」トムはなんとかして話題を変えようとした。「わたしは、あの針子のほかにもあなたを傷つけようとしている人間がいるかどうかを知りたいだけです」

「傷つけるですって？」彼女はイタリア語で意味のわからない言葉をつぶやいた。おそらく、何かの呪《のろ》いの言葉なのだろう。「わたしを傷つけたのは、あなたよ。言いたいことはわかってるわ。そうよ、わたしはバージンよ。でも、子どもだと思ってばかにしないでほしいわ」

トムは赤くなった。こんなにはっきりと自分が処女だと話す女性は、年齢を問わず会ったことがない。彼女と一緒にいると、自分の手には負えないような気がして屈辱さえ感じることがある。

「断言します、マーム。わたしは決してそんな無礼なことは――」

「あなたの断言は二度と聞きたくないわ」イザベラの黒い瞳が、急に怒りとも情熱ともつかない光を放った。彼女はトムの気のきかない言葉を二人のあいだから弾き飛ばすかのように彼の鼻先で指を鳴らした。「暗殺者の話も、偶然がどうとかいう話も、もうたくさんだわ。それから、あなたが使う〝マーム〟というばかげた呼びかけにも、もう、うんざりよ。そんな呼び方をされても、ちっともうれしくないわ」

トムは顔をしかめてイザベラを見下ろした。彼は常に身分や肩書きを大切にする人間だった。互いの地位を明確にしてからでなければ、人と適切に付き合うことなどできるはずがないと思っていたのだ。

「しかし、あなたに対しては、マームと呼ぶのが適切です。わが国の王妃でさえ、最初に呼びかけるときこそ〝女王陛下〟という言葉を使いますが、そのあとは〝マーム〟で通すのが普通なんですよ」

「わたしはあなたの国の王妃じゃないわ」イザベラはトムに対抗するように険しい顔つきをした。「わたしは、ほかのだれとも違う人間よ。あなたもそうでしょう? あなたは、このロンドンで、わたしの国の言葉を話す唯一の人間よ。そのあなたが、わたしと話しているときに洗礼名で呼んでくれないなんて、どう考えてもおかしいわ」

「洗礼名で呼べとおっしゃるのですか?」トムは自分の耳を疑った。酒場の飲み仲間同士なら、そうするのが普通だが、知り合ったばかりの女性になれなれしく呼びかけても、たいていは嫌な顔をされるだけだ。トムは、むしろ自分がイザベラに対して気楽に接しすぎているのではないかと恐れていた。だが、彼女は逆にトムの態度を堅苦しすぎると感じているらしい。

「そうよ。そのほうが堅苦しくなくて楽だわ」イザベラは満足げにうなずいた。「二人だけのときや、イタリア語で話しているときは、これからはイザベラと呼ぶのよ。遠慮はいらないわ。友だちとして話しましょう。わかった?」

トムは嫌とは言えなかった。イザベラには、イギリスじゅう探してもトムのほかに友人はいない。それなのに、友だちとして話したいという彼女の頼みを断るのは、あまりに残酷だ。

彼女はふたたび指を鳴らして言った。「お返しに、わたしもあなたのことを、これまでと違った名前で呼ぶことにするわ。〝大佐〟のほかには、どんなふうに呼ばれているの？」

「トーマスです」彼はためらいながら言った。「短くトムと呼ばれることもあります。しかし、そう呼んでもらうのは――」

「トーマス」イザベラは音の響きを確かめながら、何度かくり返して発音した。「トム……トマソ。そうよ、イタリア風にトマソって呼ぶのがいいわ」そう言いながら、彼女はトムの背後に目をやり、ドアのほうに向かって声をかけた。「あら、怠け者のメイドがようやくわたしのココアを持ってきてくれたのね。そこに置いてちょうだい。そう、そのテーブルの上よ」

トマソ――子どものころ、家族と一緒にイタリアにいたときには、よくその名前で呼ばれていた。しかし、イザベラの唇から発せられるその音は、自分の呼び名とは思えないほど柔らかく優美に響いた。

それにしても、ほんとうに彼女のことを洗礼名で呼んでもいいものだろうか？　たしかに、〝マーム〟と呼ぶのは友人としてはあまりに堅苦しいかもしれない。だが、〝イザベラ〟と呼んでしまうと、しだいに官能の罠《わな》にはまっていくような気がする。

イザベラはトムに背を向け、テーブルの前で使用人たちに細かく指示を出していた。メイドには、ココアとトーストをのせた銀のトレイをテーブルの角にぴったりと合わせて置くように指示し、少しでも曲がったり位置が違っていたりすると、厳しく叱《しか》った。従僕は、水の入った水盤を両手に捧《ささ》げ持ち、イザベラが指を浸して水の温度を確認し終えてからそれを小枝細工の台に置き、さらにリネンのタオルを二つ折りにして腕金に掛けなくてはならないらしかった。

「そんなにうるさく言わなくてもいいのにと思っているんでしょう、トマソ」使用人が図書室を出ていくと、イザベラは言った。「たしかに、わたしは作法にうるさいわ。でも、ものごとにはきちんとしたやり方と、そうでないやり方があるでしょう？　こういう細かな決まりごとを守らなければ、人間が築いてきた文明は無意味なものになってしまう。そうなったら、人間は裸で泥のなかを這《は》いまわる豚に逆戻りよ」

「そのとおりですね、マーム」トムは思わず裸になった彼女の姿を想像し、つい呼び名のことを忘れてしまった。

「イザベラよ」彼女はトムの言葉を訂正してからテーブルの横の長椅子に腰を下ろし、両脚を上げて自分の膝を胸元に引き寄せた。「イザベラと呼んでほしいわ」彼女は自分の膝に視線を落として言った。

「少しのあいだ名誉ある紳士になって、わたしがこの哀れな膝の手当てをするあいだ、あっちを向いていてちょうだい」

だが、トムが視線を外す間もなく、彼女はスカートをガーターの上まで引き上げ、背中を丸めて、すり傷のできた膝を調べはじめた。

彼女は痛そうに顔をしかめて水盤の冷たい水を両膝に垂らしてから、長いまつげを通して上目遣いにトムを見た。

「見ないでと言ったはずよ」イザベラが鼻と口元にしわを寄せた。冷たい水が傷にしみるのだろう。

「紳士としての高潔さは、どこに行ったの？」

「冗談じゃない。いきなりスカートを引っ張り上げられては、横を向く間もないでしょう！」トムは早口で言った。イザベラはライル糸で編んだストッキングに紺色のガーターをつけていた。ガーターには、赤い薔薇《ばら》の刺繍《ししゅう》をしたリボンがついている。その薔薇の色と同じく赤くすりむけた膝は、白くてふっくらとしている。トムは、柔らかく肉づきのよい膝から目が離せなくなっていた。「そもそも、まともな淑女なら、紳士の前でそんな格好はしませんよ」

彼女は目をしばたたきながらトムの顔をまじまじと見た。悪びれた様子はまったくない。「でも、わたしはイギリス人の淑女じゃないわ、トマソ。わたしは王女よ。目の前の相手にどんなことを要求してもいい立場なのよ」

トムは深く息を吸い込み、彼女の顔を見つめた。「わたしが言いたかったのは、そういうことではありません」彼は努めて堂々とした口調で言った。「わたしの任務は、あなたが安全で快適に過ごせるようにすることです。わたしが守らなくてはならないのは、あなたの品位ではありません」

「品位ですって？　いかにもイギリス人が言いそうなことだわ」イザベラはからかうような笑みを口元に浮かべた。「わかったわ。ここはイギリスだから、さっきの命令は取り消すことにしましょう。わたしの膝を見ていたいのなら、好きにしてくれていいのよ」

言い返す言葉が見つからなかった。トムは歯噛《はが》みをしながらイザベラの向かいの椅子に腰を下ろした。クランフォードは、トムがこんな苦労をしているとは思ってもいないだろう。

「メイドでも呼んで手当てをしてもらってはどうです？　どうして、わたしに意地の悪いことを言いながら自分でそんなことをしているんですか？」

「この傷のことを知っているのは、わたしとあなたの二人だけだからよ」イザベラは膝を軽く叩《たた》きながら言った。「わたしは衝動的に馬車を降りてしまった。愚かなふるまいもいいところよ。従僕が踏み段を用意するのも待たずに降りようとするなんて、王女じゃなくて、愚かな人間がするようなことだわ。

従僕たちは、今ごろ屋敷じゅうにこの話を広めているはずよ。だから、わざわざ膝にすり傷を作ったことまで知らせてあげることはないでしょう。でも、あなただけは別よ。あなたにまで秘密にしておくわけにはいかないでしょう?」

トムは彼女の言葉にふいを突かれながらも、動揺を隠して言った。「その程度の怪我《けが》ですんで運がよかったですよ。下手をしたら、足を折ったり、もっとひどいことになっていたかもしれない」

「今日は、ほんとうに運がよかったわ」彼女は膝を乾かし、スカートを下ろした。「ひょっとしたら刺されて殺されていたかもしれないんですもの。裁縫のできないわたしが鋏で殺されるなんて、こんなに皮肉な話はないわ」

トムは顔をしかめた。イザベラがあのときのことを軽く受け止めて笑い話にするのは悪いことではない。だが、彼としては笑ってすませられる話ではなかった。「皮肉ではすみませんよ」

「皮肉じゃなかったら、もっと困るでしょう?」イザベラはほほ笑むのをやめ、考え込むような表情になった。「あのお店での出来事は、あなたの責任ではないわ、トマソ。わたしの顔を知っている人間はたくさんいるの。あなたには、あれ以上のことはできなかった。おかげでわたしは、こうして生きていられるのよ。ほんとうに感謝しているわ」

「しかし、あなたがあの店に入るのを止めていれば、そもそもあんなことにはならなかった」

「そんなふうに思うのは、わたしを屋敷に閉じ込めておくのがいちばんだと考えているからよ。でも、そんなことをしても、わたしのためにはならないわ」イザベラは耳の後ろの髪を撫《な》でつけ、複雑なほほ笑みを浮かべた。「フォルトゥナロ家の紋章にはライオンが描《か》かれているの。勇気と強さの象徴よ。わたしはそういう人間なのよ、トマソ。そうでなければ、たった一人で家族や故郷を離れてロンドンまで来たりはしないでしょう？　物陰に隠れて耳を塞《ふさ》いで震えているよりも、人生に立ち向かうほうがいいわ」

トムは不満を感じながらもうなずいた。そうするのが、最良ではないが、最も面倒の少ない返答だったからだ。

彼は自分がこの獰猛《どうもう》なライオンの複雑な人生のなかに引きずり込まれつつあることを、はっきりと自覚していた。このままでは、いずれ抜け出すことができなくなる。だが、それを止める手立てはあるのだろうか？

イザベラはベッドの真んなかに座って耳を澄ました。彼女は、いつもそうやって役に立つ情報を手に入れていた。

この屋敷に来てから数週間のうちに、イザベラはウィロービー伯爵と妻のレディ・ウィロービーについていろいろなことを知った。伯爵は、妻が寝室に下がってからも階下に残って、長いあいだ酒を飲んでいることが多かった。そういうときには、飲み終えたあと、おぼつかない足取りでようやく二階まで上がってきても妻のベッドにも自分のベッドにも行かず、さらに階段を上がって使用人の部屋に向かい、厨房《ちゅうぼう》付きのメイドのベッドをひと晩じゅうきしませるのだった。

イザベラは、伯爵の行動についてはなんとも思っていなかった。両親の暮らす宮殿で、もっとひどい物音を耳にしたこともあったからだ。伯爵は男だし、領主だ。なんでも好きにできる身分なのだ。それよりも、イザベラにとって大切なのは、伯爵の性癖を使用人がみな知っているらしく、だれもが毎夜かなり早い時間から自室に下がって寝静まってしまうことだった。それゆえ、伯爵の足音は、イザベラにとってはだれの干渉も受けずに過ごせる時間が始まることを意味していた。これから朝になるまで、使用人がドアをノックすることもなく、伯爵夫人が何かと理由をつけて部屋に押し入ってくることもないのだ。夜になるまでは、寝室の鍵《かぎ》をかけても意味がなかった。伯爵夫人は屋敷じゅうの部屋の鍵を持っていて、必要とあれば、だれの部屋にもためらわずに入っていくからだ。

伯爵の足音が階段を上がり、上の階でドアが閉まる音が聞こえるとイザベラはほほ笑み、ベッドから下りた。裸足になっているのは、できるだけ足音がしないようにするためだった。彼女は化粧台の椅子を取り、ベッドの脇《わき》に置いてあるトランクの上にのせ、ベッドの支柱を握って体を支えながら椅子の上に登った。慎重にしなければならない。昼間のように転げ落ちたら大変なことになる。

彼女は天蓋《てんがい》の上を見渡した。上板にはモスリンの布が敷かれていて、布の四隅は天蓋の枠の下にたくし込んで固定してある。イザベラは朝の食卓から黙って持ってきたバターナイフを天蓋の枠の下にこじ入れ、布の端を引っ張り出して上板からはがすようにゆっくりと持ち上げた。

布と上板のあいだには、旅行用のリネンのペチコートやスカートが広げて置いてあった。イザベラはそっとペチコートに触れた。だれかが手を触れた形跡はない。彼女は、こんなに巧妙な隠し場所を教えてくれた母親に感謝の言葉をつぶやいた。あの頭の悪いレディ・ウィロービーはもちろん、だれだって普通はこんなところまで調べてみようとはしないだろう。天蓋の上の衣類には、フォルトゥナロのライオンが浮き彫りにされた大量の金貨や、鳩《はと》の卵ほどもある楕円《だえん》形の大粒のルビーなどが縫い込まれている。ルビーはフォルトゥナロ家の初代の王がローマのシーザーから奪ったもので、王冠の正面を飾る宝石として使われ、モンテヴェルデ王国の偉大さを象徴するシンボルであった。

イギリスへの船旅のあいだ、金貨や宝石を縫い込んだ重たいペチコートのせいで、イザベラは歩くのにも苦労した。だが、そんなことは彼女に負わされた責任の重さに比べれば何ほどのものでもなかった。王である彼女の父親でさえ、イザベラが宝石をあずかっていることを知らないのだ。彼女は母親から、そのことを決してだれにも口外しないよう固く言われていた。

今日の昼間、彼女はトーマス・グリーヴズ大佐から、暗殺者に命を狙われるほど貴重なものを持っているのではないかと尋ねられた。彼女はその質問に正直に答えなかった。針子が首につけていた三角形の小枝のペンダントのことも言わなかった。余計なことを言えば、答えたくないことをいろいろと尋ねられるに決まっている。それでも、彼はイザベラの話に耳を傾けてくれた。そのことを思うと、イザベラはどうしようもなく悲しくなった。

グリーヴズ大佐は、あきれるほど力強く男性的だ。イザベラが洗練されたイタリアのライオンなら、グリーヴズは粗野で荒々しいイギリスのライオンだ。初めて客間で彼を見た瞬間に心を引かれたのも当然だし、今日の午後、図書室で彼にキスをしたくなったのも当然だろう。

だけど、わたしは男遊びをするためにロンドンに来たのではない。どれだけ彼の肩がたくましく胸板が厚くても、また、彼だけがイタリア語を使おうと努力してくれているとしても、わたしは恋愛を楽しむためにここに来たわけではないのだ。フォルトゥナロ家の長い伝統が途絶えれば、イザベラは王女ではいられなくなる。その名誉ある伝統を守ることだけを、今は考えなくてはならない。

イザベラはふたたび宝石に触れてから、モスリンの布を天蓋の枠の下にたくし込み、椅子を下りてベッドの上に座り込んだ。

イザベラはトム・グリーヴズが好きだった。彼のことを信頼していた。こういう立場で彼と出会ったことが、彼女には恨めしかった。

イザベラは両手に顔をうずめて、声をあげずに泣いた。

5

トムは人気のない通りをテムズ川に向かって歩いた。レディ・ウィロービーが用意してくれた来客用の寝室の慣れないベッドで眠りにつくのをあきらめ、寝静まった屋敷を抜け出したのだ。空はまだ暗かった。ロンドンの空はいつも暗い。今はまだ、わずかに東の空がピンク色に染まりはじめたばかりの時間だった。

冷たく湿った夜明けの空気が銀色の霧のようにトムの濃紺のウールの上着にしみ込んできた。彼はかすかに白く見える息を吐きながら歩きつづけた。体を動かせば心が落ち着くとでも思っているかのように、歩幅を大きく取って、ひたすら歩きつづけた。

イザベラと出会ってから、まだ一日もたっていない。それなのに、トムは彼女のこと以外、何一つ考えられなくなっていた。彼はこれまで自分のことを強くて高潔な人間だと思っていた。つまり、正しいことのみを行う誇りを持ち、しなくてはならないことをするだけの力を持った人間であるはずだった。医師から気の滅入《めい》るような診断を受けても、その自信は揺らがなかった。

だが、たった一日で、イザベラは彼の善悪の観念を揺るがしてしまった。彼女には、おかしなところがいくつもある。道理に合わないことを言い、わがままで、衝動的だ。しかしその一方で、勇気にあふれ、賢く、しかもどんな男の心も乱すほど強烈な魅力を備えている。最も厄介なのは、そのどちらの面が次の瞬間に現れるのかがまったく予測できないという点だ。ただ一つ常に変わらないのは、彼女が後先を考えずに自分の好きなように行動したがるということだけだった。

トムは、そういう女性の身の安全に責任を持たなくてはならないのだ。

針子が振り上げた腕をつかむだけなら、簡単な仕事だ。海軍で鍛えられた精神と肉体が本能的に反応する。イザベラの護衛というのがその程度の任務なのであれば、彼は今ごろぐっすりと眠っていたに違いない。だが、実際にはその程度ではすまないのだ。イザベラが顔を上げ、キスを求めてきたらどうなるだろう？　今日のようにスカートを持ち上げ、膝を見せたらどうなる？　そんなことになったら、海軍将校であるよりも、まずは男である自分を優先させてしまうかもしれない。

トムはいつのまにかテムズ川に出ていた。川は海とは違う。だが煉瓦《れんが》の壁よりは、こうして川の水を見ているほうがはるかに気が晴れる。彼はこの時間の海が好きだった。海は、夜明けとともに淡い光を反射して生気を取り戻し、船の上にはふたたび船員の声が響きはじめる。彼はテムズ川に係留され、出港を待っている艦船に視線を向けた。

いつかまたここにあるような船を率いて海に出る日がくるのだろうか？　フォルトゥナロの王女が彼の人生を変えてしまう前に、ふたたび任務が与えられるだろうか？

トムは海軍将校用のカフェの重いドアを開けた。その〈アンカー〉という店名のカフェは、陸の人間の時間ではなく、海軍軍人の洋上での生活時間に合わせて店を開けているのだ。トムは店内に漂うコーヒーとベーコンの香りを胸いっぱいに吸い込んだ。ありがたいことに、客はほとんどいなかった。今は込み合った店に入る気分ではなかった。彼は窓際のテーブルに座り、帽子を脱いだ。テーブルには、その日の朝刊が何紙もたたんで置いてある。若い給仕がコーヒーを置いてテーブルを離れると、トムはいちばん上に重ねてあった新聞に手を伸ばし、あのことが記事になっていないことを願いながら紙面を開いた。

探していた記事はすぐに見つかった。大陸での戦況を伝える記事と議会での議論を伝える記事のあとに、ロンドン市民が目を丸くして読む姿が想像できるような記事が載っていた。

〈わが国にやってきた美しく高貴な亡命者のリストに、また一人、特筆すべき名前が加わった。すなわち、かのモンテヴェルデ王国の王女、イザベラ・ディ・フォルトゥナロである。王女は数週間前からバークレー・スクウェアにヴォーン伯爵夫人の賓客として滞在中であるとの噂《うわさ》が流れていたが、昨日になって初めて大胆な冒険に打って出てロンドンの町に姿を現し、流行の最先端に触れるべく、悠々と一軒の服飾品店に入っていった。

王女は、ロンドンの淑女には見られない大胆な服装と濃厚な気品を漂わせた独特の美貌《びぼう》で見る者の目を引きつけたという。

ところが、こともあろうにロンドンでの王女の最初の外出は、独裁者ナポレオンを支持する針子マリア・コレッリのふいの襲撃によってやむなく中断された。海軍の英雄トーマス・グリーヴズ大佐の勇気と俊敏さがなければ、王女は暗殺の悲劇を免れなかったであろう。その場に居合わせた者たちがみな恐怖に震えるなか、大佐はみずからの命をなげうつ覚悟で暗殺者の突進を阻止し、手にした凶刃を奪い取り、王女を無傷で守りとおしたのである。王女は恐怖に青ざめながらも、王族にふさわしい典雅な態度で、大佐に対して感謝の言葉を述べたということだ。

今後も、引き続き大佐が王女に付き添い、保護し、〝美と勇気〟のお手本を示してくれることを願うばかりである〉

ばかばかしい！　いったいだれが悠々と店に入ったというのだ！　それとも、この記事を書いた記者は、〝悠々と〟という言葉を、〝つまずいて〟とか〝転がって〟という意味で使っているのだろうか？

イザベラが独特の美貌を備えている点には同意する。だが、この表現も、イザベラが一般的な趣味には合わない顔立ちであることを遠まわしに言おうとしているだけのことだろう。王女という身分の女性をあからさまに侮辱するわけにはいかないというだけのことだ。トムは手荒に新聞を閉じ、別の新聞を手に取った。

次の新聞は、もっとひどかった。そこには、〝卒倒した王女を大佐が身を投げ出して救った〟と書かれていた。彼は身を投げ出してもいないし、イザベラは卒倒などしてはいなかった。そもそも、彼女はそんなにおしとやかな女性ではない。馬車のなかでトムの制止を振りきったときのことを考えると、彼の助けがなくても、イザベラはみずから針子を倒していたのではないかとさえ思えてくるほどだ。

その次の新聞は、ミセス・カパーズウェイトの店がまるで悪趣味な殺人劇の舞台になったかのような書き方をしていた。従僕たちが血だるまになって倒れ、女性たちが悲鳴をあげるなか、勇敢なグリーヴズ大佐が外国からの刺客を床に組み伏せたというのだ。

だが、こうして事実とは程遠い話をでっち上げながらも、どの新聞も困ったことに、ある一つの点については真実を伝えていた。つまり、この日の朝刊各紙は、モンテヴェルデの王女がロンドンに滞在していることを伝えていたのだ。どの新聞も、滞在場所まで明らかにし、王女が大変な資産を持っていると書いていた。ロンドンじゅうの悪党どもは、これらの記事を見て、裏の世界で名を上げるにはフォルトゥナロの王女を襲えばいいのだと思うに違いない。

「おや、グリーヴズじゃないか。こんなところで会うとは思わなかったよ」トムが席を勧めるのも待たずに、クランフォード将軍が部下の隣に座った。彼はテーブルの上の新聞に目をやり、血色のよい大きな顔を輝かせた。「きみの輝かしい冒険の記事を読んでいたんだな？　わたしが言ったとおりだろう？　きみはこの任務にうってつけの男だ」

トムは浮かない顔で言った。「お言葉ですが、わたし自身は輝かしいとは思いません。もしわたしがほんとうに任務に忠実であったなら、そもそも王女があの店に入るのを止めていたはずです」

「彼女を囚人のように扱ってはいかんよ、グリーヴズ」クランフォードは首を振った。「もし閉じ込めておく必要があるのなら、海軍が直接あの娘を監禁すればすむことだ。だが、実際は逆だよ。このことははっきりと言ったはずだが、彼女は人目につくところに出かけなくてはならないのだ。きみの役目は、彼女をあちこちに連れていき、身の安全を確保してやることだ。つまり、きみは昨日、まさにわれわれが望んでいるとおりのことをしてくれたんだよ」

「しかし、もし彼女が――」

「それ以上は言うな、グリーヴズ。きみは実によくやっている。海軍本部は最大限の評価をしているよ」クランフォードはテーブルの新聞を指先で叩《たた》いた。「この娘は、わが国にとって切り札のような存在だ。この種の話は一般市民の関心を引く。きみが活躍すれば、海軍への信頼は大いに高まるだろう。誠実なヒーローが美しい王女の命を救う――まさに婦人向けの物語本に出てくるような話じゃないか？」

クランフォードの話はトムにはまるで納得がいかなかった。「王女のことは考えなくてもいいのですか？　彼女の身を守ることがわたしの最大の任務だったのではないのですか？」

「王女？」クランフォードはトムの質問に驚いたようだった。「彼女は無傷なのだろう？　きみからの報告書にはそう書いてあったはずだ」

「たしかに昨日は無事でした」トムは言った。「しかし、次も無事だという保証はありません。彼女がロンドンにいることが知られてしまったんです。これからどんな凶悪犯が彼女に狙《ねら》いをつけるかわかったものではありません。それでも、わたしは昨日のように彼女を危険にさらさなくてはならないのですか？」

「なぜ危険なのかね？」テーブルにのせたクランフォードの指が、しきりにテーブルを叩いている。トムの質問にずいぶんと苛立《いらだ》っているようだ。「きみが護衛についているかぎり、あの娘は安全だろう？」

「一人だけでロンドンじゅうの凶悪犯を相手にしろとおっしゃるのですか？」

「その一人は、並の人間ではない。英国海軍大佐だ！」

「いいえ、わたしも人間です」トムは静かな声で言った。彼は胸に銃弾を受けて以来、自分もまた死を免れない一人の人間だということを意識するようになっていた。「王女はレディ・ウィロービーの屋敷で手荷物を調べられたと言っていましたが」

「わたしが命じたんだ」クランフォードはうなずき、若い給仕に手を振ってコーヒーを持ってくるように言った。

トムは声をひそめて言った。「何か変わったものは見つかりましたか？　ロンドンに怪しげな知り合いがいることを暗示するものとか、命を狙われてもしかたがないような高価な宝石とか」

「そういうものは、何一つ出てこなかった」クランフォードは言った。「派手な衣装や、あれだけの身分の娘なら持っていて当たり前のものは出てきたがな。それに、怪しげな知り合いにつながるようなものも、今のところは何も出てきていない」

「家族からの連絡は？」

「あの哀れな王家の人間からは、彼女は一度も連絡をもらっていない。おそらく、ナポレオンの兵隊が射撃練習の的にでも使ったんだろう。つまりあの王女は、地上に残されたフォルトゥナロ家の最後の人間だということだ。だからこそ、グリーヴズ、二度ときみの口から弱気な言葉は聞きたくないんだよ。このままでは、わたしとしても、きみの能力を疑わざるをえなくなる」

「二度と言いません」トムは言った。ほかに答えようがなかったからだ。もちろん、自信があるわけではない。だが、海軍本部の心証を損なえば、二度と艦船の指揮を任されることはなくなるのだ。

それでもやはり、トムはイザベラを不憫《ふびん》に思う気持ちを捨てられなかった。見知らぬ国に一人で流されるだけでも十分に辛《つら》いことなのに、家族の消息も知らず、自分だけが残された人間だということも知らされずにいるとしたら、あまりにも哀れだ。

「よろしい」クランフォードは満足した様子で、給仕が運んできたコーヒーをすすった。「今ごろは、ロンドンじゅうの名士の奥方たちが王女のことを知って驚いているだろう。彼女のところには、これから続々と招待状が舞い込むに違いない。特に今は、社交シーズンの真っ最中だからな」

「彼女は国王陛下からの招待だけを待っているようです」

クランフォードは首を振った。「それは無理だ。たとえ陛下にその気があっても、外国の貴賓を迎えるとなると、顧問団の了解が必要だからな」

「歓迎の意味で、王女のために非公式の茶会を開くといった程度のことなら、できそうにも思えますが」

「無理だよ。イギリス国王がモンテヴェルデの王女を茶に招いたとなったら、ほかの同盟国を刺激することになる。特に同じイタリア半島のパルマやナポリやローマの大使が押しかけてきて、あれやこれやと面倒なことを言いはじめるに決まっている。そうなると、われわれとしても、同盟国がフランス側に寝返るのを許すわけにはいかんのだから、ある程度は彼らの無理な要求にも応《こた》えなくてはならなくなる」

トムはしぶしぶながらも納得せざるをえなかった。だが、イザベラが納得するとは思えない。彼女は、イギリス国王ジョージ三世をはじめとするハノーバー家の人間とは縁戚《えんせき》関係にあるのだ。国王陛下からなんの連絡もなければ、彼女は当然ながらそれを意図的な侮辱だと受け取るだろう。

「ところで、グリーヴズ」クランフォードは話題を変えたがっているようだった。「聞くところによると、明日の夜、レディ・アレンが舞踏会のようなものを開くという話だ。王女をお披露目するにはうってつけの機会ではないかな？　あの娘なら、存分に楽しめるだろう」

「レディ・アレンですか？」トムは動揺を抑えきれずに言った。レディ・アレン、すなわちアヴェリー公爵夫人については、トムもよからぬ噂を聞いている。彼女の催す夜会は、酒も遊びも度を越しており、外の庭ではけしからぬ行為が当たり前のように行われるのだという。そうした乱痴気騒ぎは夜を徹して続けられ、ときには翌日の昼近くまで続くこともあるらしい。「王女のお披露目をするのに最適の集まりだとは思えませんが」

「いや、これ以上の機会はないだろう」クランフォードのほほ笑みが、ほとんど残忍とも思える笑みに変わった。「ロンドンじゅうが、きみに感謝するだろう。新聞を読むのが楽しみだよ。あの娘はモンテヴェルデの宮廷で育ったんだ。レディ・アレンでさえ知らないような遊びを知っているかもしれんからな」

トムは立ち上がった。クランフォードの口にした言葉が信じられなかったからではなく、イザベラの行動を思い返すと、むしろそれがもっともらしい話に思えるだけに、いたたまれない気持ちになったからだ。

冗談じゃない。イザベラが顔を上げ、ほほ笑みながら唇を開いたのは、相手がわたしだったからだ。彼女が信じられるのはわたしだけだ。なぜなら、わたしがイザベラの命を救ったのだし、彼女はわたしのことが好きなのだ。間違いなく彼女はそう言った。それなのに、イザベラが別の男を同じような目で見るはずがない。そうだろう？

「申し訳ありませんが、そろそろわたしはお屋敷に戻らなくては」トムはコーヒー代をテーブルに置いた。

「妹は昼にならないと寝室から下りてこないだろう？　王女も同じだと思うがね」クランフォードは片方の目を細め、トムの顔をじっと見た。「わかっているとと思うが、あの娘は船の積み荷と同じだ。次の港まで無事に運びさえすれば、それでいい。それ以上のことを考えるのは、間違いのもとだ」

トムはうなずいた。王女のことでばかな気を起こすのはやめよう。二度と海に戻れなくなるのはご免だ。これからは、任務を果たすことだけを考えるのだ。

「ご忠告、感謝します」トムは帽子をかぶり、苛立たしげに見つめるクランフォード将軍を残してカフェを出た。


「帰ってきたわ！」

イザベラは窓際の椅子に膝立ちになって窓を開け、窓枠に両肘をついて身を乗り出した。

「グリーヴズ大佐！」彼女はトムに向かって大声を張り上げ、手を振った。トムは広い通りをこちらに向かって横切ろうとしているところだった。イザベラが呼んでいるのに、どうして彼は顔を上げて応えてくれないのだろう？

彼女は両手を口の左右に持っていき、いっそう大きな声でトムを呼び、さらに大きく窓から身を乗り出した。「グリーヴズ大佐！　ここよ！　顔を上げて！」

トムが立ち止まり、屋敷の二階を見上げた。

「早く来て、大佐。急いで！　すぐに上がってきてちょうだい！」

「待っていてください、王女」彼は大声で答えた。

「すぐにまいります！」

彼は走って通りを横切り、屋敷に駆け込んだ。

「マーム、大佐に迷惑じゃないかしら」レディ・ウィロービーは首を振り、部屋着の袖《そで》で口を隠してあくびをした。「こんなことで呼びつけられて喜ぶ男性はいないでしょう」

「べつに喜んでくれなくてもいいわ」イザベラは椅子を下り、急いで鏡の前に行った。薄地のナイトガウンの裾《すそ》が足首のあたりでひらひらと揺れている。

「わたしに呼ばれたら駆けつけるのが彼の仕事よ」

「でも、こんなことまで――」

「どうして?」イザベラは招待状にちらりと目をやった。「ロンドンにいるあいだはなんでも相談に乗ってくれると大佐は言っていたわ」

「だからといって、舞踏会に着ていくガウンのことまで相談するなんて」伯爵夫人は、ベッドに広げて置いてある見事な刺繍《ししゅう》が施された二着のドレスを見て言った。どちらも、イザベラがモンテヴェルデから持ってきたものだった。「大佐の任務には、こういうことは含まれていないような気がするわ」

「わたしがしてほしいと思っているんだから、これも大佐の仕事よ」山羊《やぎ》のように情けない声ばかり出しているレディ・ウィロービーに話す必要はないが、イザベラにとって、ドレスのことは口実のようなものだった。今朝、まだ空が明るくならないうちに目覚めたときに彼女が最初に思ったのは、トムのことだった。同じ屋根の下に彼がいると思うと、イザベラはいつもよりぐっすりと眠れた。イザベラは、すぐに彼に会って、そのことを言いたいと思った。いや、そんなことよりも、とにかくすぐにトムに会いたかった。

だが、彼を呼ぼうとすると、だらしなく眠そうな顔をした使用人は、大佐は帰りの時間も告げずに出ていったと言うばかりだった。イザベラはかっとなってヘアブラシを使用人に投げつけた。彼女は寝室のベッドに座って、やり場のない苛立ちと不安を募らせた。

ロンドンで彼女を気にかけ、理解してくれる人間はトム・グリーヴズただ一人だ。昨日の服飾品店での事件以来、イザベラは彼が横についていてくれなければ落ち着かなくなっていた。昨日、トムは彼女の英雄となったのだ。だが考えてみると、それ以前から、彼は世間から英雄と呼ばれていた。つまり、王女であるイザベラは彼のことをほとんど知らないのだが、イザベラは、彼について尋ねる必要があるなどとは思いもしなかった。そして、トムがいつも彼女の近くにいるのは、当然のことだと思い込んでいた。

トムはイザベラの勇気を讃《たた》えてくれた。彼女はその言葉を宝物のように大切に心にしまっていた。だが、彼はまた、イザベラのことを無礼でわがままな娘だとも言った。トムの目から見て、勇気よりも無礼さのほうが勝っていたとしたらどうなるだろう？わたしのもとを立ち去って、二度と戻ってこなかったとしたら、いったいどうしたらいいのかしら？彼が帰ってきてくれたら、頭を下げて謝ろう。いや、王女にそんなことができるはずがない。トムの無礼さをとがめ、ヘアブラシを投げつけて、自分がどれだけ怒っているかをわからせてやるべきだ。

そんなことを考えていると、レディ・ウィロービーがアヴェリー公爵夫人からの招待状を持って寝室に入ってきた。伯爵夫人は、招待状を見せればイザベラの機嫌が少しはよくなると思ったのに違いない。たしかに、舞踏会への招待を受けるのはうれしいことだった。しかし、舞踏会へ行くには警護をする人間が必要であることを思い出すと、イザベラは、ますます大佐が出ていったことをどうしようもなく寂しく感じた。

だが、大佐は戻ってきた。イザベラは脚の力が抜けそうになるほど、ほっとした。大佐はイザベラのことを忘れていなかったのだ。彼は年寄りの三人の将校のように逃げ出したりはしなかった。

トムが屋敷に駆け込むの見て、イザベラは急いで手のひらで髪を整え、頬紅をつけるかわりに頬をつねった。こんなに朝早い時間でも、彼にあまりみっともない姿は見せたくない。

トムが階段を駆け上がる足音が聞こえた。メイドが大佐のためにドアを開けた。

「王女！」トムは素早く寝室を見まわした。彼の手に拳銃《けんじゅう》が握られているのを見て、レディ・ウィロービーが小さく悲鳴をあげた。「お姿を見て飛んできました。何があったんです？　まさか、ここでだれかに襲われそうになったのですか？　あんな大声で呼ぶなんて、よほどの大事でしょう？」

「あら、モンテヴェルデでは、宮廷でもみなああやって窓から顔を出して人を呼ぶのよ。でも、呼ばれた人がピストルを持って飛んでくることはめったにないわ」イザベラはほほ笑んだ。トムが心配してくれたことがうれしくてしかたがなかった。自分を守るために拳銃を持ち歩いているなんて、なんというか……とても興奮する。「明日の夜、舞踏会に呼ばれたの」彼女は言葉を続けた。「アヴェリー公爵夫人から招待状が届いたのよ。あなたには、もちろんエスコートをお願いするわ。だから、イギリス人の公爵夫人のお屋敷に行くのにどちらのドレスがふさわしいか教えてもらおうと思って、あなたを呼んだのよ」

トムはゆっくりと拳銃を下ろし、いぶかるような表情で言った。「侵入者はいないのですね？　屋敷内に異常はないということですね？」

「もちろんよ」イザベラは陽気に答えた。「明日は王家の舞踏会ではないけれど、シャーロット王妃から招待状が届くまで、何もしないでいるのもつまらないし――」

「どちらのドレスがいいか決められないというだけで、窓からわたしに向かって叫んだというのですか？」

「ほんとうに申し訳ありませんでした、大佐。王女には、こんなことはやめるように言ったんです」レディ・ウィロービーが必死になって言った。「ドレスのことであんなふうに呼びつけたら、大佐は嫌がると言ったのですけれど――」

「レディ・ウィロービー」トムは伯爵夫人の言葉を制し、拳銃をベルトに差し込んでから言った。「すみませんが、席を外していただけますか？」

レディ・ウィロービーは驚いた顔をしたが、それでも恭しく頭を下げ、おとなしく部屋を出ていった。彼女に続いてメイドもイザベラと大佐を残してあたふたとドアを閉め、部屋を出ていった。

イザベラだけはトムの態度に驚きはしなかった。彼女も同じ気持ちだった。やっぱり、大佐もレディ・ウィロービーが好きではないのね。イザベラはベッドの上のドレスに目を向けて言った。「ねえ、どっちがいいかしら、トマソ？　緑のほう？　それとも――」

「服を着てください！」トムは厳しい口調で言った。彼の目は、イザベラの着ている前の開いた部屋着の下の薄地のナイトガウンに釘《くぎ》づけになっていた。

「王家の人間らしくしてくれませんか。わたしを寝室に誘い込んだだけでも良識が疑われるというのに、部屋着の前をはだけてナイトガウンを見せるなんて、ふしだらと言われてもしかたがありませんよ」

イザベラは怒りのあまり絶句して、震える指で部屋着を直した。「だれがあなたを誘い込んだというの？　わたしが名前を呼んだら、あなたが来たというだけでしょう？　それがあなたの任務じゃない？　それに、身分の高い女性が紳士と寝室で会話をしたって問題はないわ。ただし、相手がほんとうに紳士ならの話ですけれど！」

「あなたはどう思うか知りませんが」イザベラにはトムが怒りを抑えているのがわかった。ひょっとしたら、わたしよりもトムのほうが激しい怒りを感じているかもしれない。だが、それを抑えて話すトムを見て、イザベラはさらに腹が立った。「わたしはイギリス人の紳士です。この国では、紳士はレディに敬意を払い、レディもまた紳士に敬意を払うことになっています」

「敬意だなんて！」イザベラは手元のテーブルに置いてあった青と白の花瓶を素早く手に取り、頭の上で振りかざした。花瓶から水がこぼれて薔薇《ばら》の蕾《つぼみ》が落ち、床に散った。「それじゃあ命令するわ！　わたしに敬意を払いなさい！」

「わたしに下された命令は、あなたを危険から守ることだけです」トムはきっぱりと言った。「これ以上、わけのわからないことを言わないでください」彼は断固とした口調で言うと、きっと口を結んだ。

イザベラは、トムが異国でただ一人の味方だと思っていた。この国でただ一人、自分のことをわかってくれている人間だと信じていた。だが、たった今、愚かにも彼の誇りを傷つけてしまったがために、彼の心は冷たく閉じ、いっさいの優しさが消えてしまった。イザベラは絶望のあまり小さく嗚咽《おえつ》をもらした。花瓶をつかんだ彼女の指は震えていた。

「それを投げたら」トムは言った。「わたしは出ていきます。あなたは後悔するかもしれないが、わたしにはそのほうがありがたい」

「よくもそんなことが言えるわね！　フォルトゥナ口家の人間にそんな口をきく者はいないわ！」

「それなら、そろそろだれかにほんとうのことを言ってもらったほうがいいですね」彼は言った。「これ以上わがままな態度をとって、王家の誇りを傷つけるのはやめたほうがいい。そうでなくても、あなたの安全を守るのは難しい仕事なんです。わたしはすでに任務を超えてあなたの気まぐれに付き合ってきました。それなのにあなたは、わたしを王宮の下級使用人のように扱うのをやめようとしない」

「そんなつもりじゃないわ」イザベラは弁解するように言った。彼女は、自分で作った袋小路に押し込まれたような気がしていた。どうやって抜け出したらいいのだろう？「誤解よ。言いがかりだわ！」

「いいえ、事実です」トムは冷たく言い放った。

「現に今も、こうしてわたしを下男のように扱っているじゃないですか。さあ、その花瓶を投げたらどうですか？　そうしたらわたしはあのドアを出ていって、二度と戻ってこなくてもよくなる」

「嫌よ！」イザベラは叫んだ。「そんなことはさせないわ！　そもそも、そんな気もないくせに、脅すようなことを言わないで！」

「試してみたらどうですか」トムは腕組みをして言った。「一緒に船に乗ったことのある人間は、みなわたしが口先だけの男ではないのを知っています」

「今は、あなたと船に乗っている人はいないわ」イザベラは苦々しい口調で言った。「あなたは船のない船長よ。そんな人間になんの値打ちがあるのかしら？」

「難しい質問ですが、マーム」トムの顔からいっさいの表情が消えた。「国のない王女よりは使い途《みち》があるかもしれません」

イザベラはふたたび言葉を失った。そして花瓶を持った手を下ろし、冷たい陶器を無意識のうちに赤ん坊のように胸に抱くと、そのままトムに背を向けて、胸の痛みを隠すように窓のほうを向いた。わたしはトムを傷つけた。その仕返しに、だれにも触れられたくない事実をはっきりとトムに言われてしまったのだ。

イザベラは窓に向かって立ったまま目を閉じ、必死に気持ちを落ち着けた。トムの言ったことは、彼女にはとうてい受け入れがたいものだった。それ以上のことも彼は知っているのだろうか？　モンテヴエルデを離れてから、父からも母からも、ほかのだれからもまったく音信がない。実はイザベラは、毎日、自分に言い聞かせていた。戦争中は、よく手紙は途中で紛失されるものだ。母がイザベラのことを忘れるはずはない。夏の終わりには故郷に戻って、以前と同じ暮らしができるだろうと自分自身に言い聞かせていたのだ。

だが、トムの言葉はイザベラのなかに眠っていた恐れを呼び覚ました。自分は最後に残った一人かもしれない。フォルトゥナロ家のなかで唯一フランス軍から逃れて生き残った人間かもしれない。

わたしは、ほんとうに国を失った王女なのかしら？

船のない船長と同じように……。

つい、衝動的にそう言ってしまった。だが、それはほんとうのことだ。これまでは不思議に思わなかったのだが、あのクランフォード将軍からこれほどの賛辞を送られる人間が、戦時中だというのに、どうして艦船の指揮を執らずにイザベラの護衛を命じられているのだろう？　彼はまだ若く、海軍では働き盛りの年齢だ。それなのに、どういうわけか本来の仕事から外されている。

彼もまた、わたしと同じく見捨てられた人間なのかしら？

イザベラは、トムとのあいだに自分が作った亀裂《きれつ》をなんとかして修復したかった。だけど、どうしたらいいの？　参考にできるような経験が、イザベラにはなかった。これまでは、いつも相手のほうが彼女の機嫌を取ろうとしてすり寄ってきた。自分のほうからそんなことをした経験は一度もなかった。

「だれもがあなたのことを……英雄だと言うわ」イザベラは窓のほうを向いたまま口を開いた。「昨日の事件の前から、だれもがそう言っていた。どんなことをして、そういう評価を手に入れたの？」

トムは答えなかった。あまりに長いあいだ答えが返ってこなかったので、イザベラが自分の考えに没頭するうちに、トムは部屋を出ていってしまったのではないかとさえ思えた。

「この国だって、根拠もなしに人を英雄とは呼ばないでしょう？」イザベラは、自分の声から必死ですがるような気持ちをトムがくみ取ってくれることを願った。「どんなことをしたの？　教えてちょうだい」彼女は大きく息を吸い込み、勇気を奮い起こして、王女には最もふさわしくない言葉をささやいた。「お願《プリーズ》いです」

背後から小さくうなるような声が聞こえた。トムはまだ部屋にいるわ！　あんなにひどいことを言ったのに、立ち去らずに部屋にいてくれたのだ。

「わたしは英雄ではありません」トムは言った。「艦船の指揮官にとって当たり前のことをしただけです。自分の船と乗組員のために行動しただけのことですよ」

「そんなことはないはずよ」イザベラは手に持った花瓶を見下ろした。緊張で手が震え、花瓶の水が揺れている。「あなたの言うとおりなら、英国海軍の船長はみんな英雄よ。そうじゃない？」

「違います」トムは深く息を吸い込んだ。彼が一歩だけ近づく気配をイザベラは感じた。「わたしの場合は、たまたま副官が手柄を大げさに吹聴《ふいちょう》しただけのことです」

「お願いよ」彼女は静かに言った。だれも王女にはほんとうのことを言わないし、悩みや秘密を打ち明ける者もいない。王女はそういう立場の人間ではないからだ。「お願い。わたしには、ほんとうのことを言ってちょうだい」

「思い出したくもない話です」トムは音をたてて深く息を吸い込んだ。まるで、荒波にのみ込まれる前に、胸いっぱいに息をため込もうとでもしているかのようだ。「わたしは二十六門の大砲を備えたフリゲート艦アスパイア号の船長でした。われわれは、それよりもはるかに大きく強力なフランス軍の戦艦を追跡し、激しい海戦ののちに敵方に大きな打撃を与えました。敵艦の司令官はわずかに残った乗組員の命を救う決断をし、自分の剣と船をわたしに差し出しました。つまりは、降伏です」

「敵の船を奪うなんて、ほんとうに英雄的な武功だわ」イザベラは興奮して言った。トムの硬く乾いた語り口が物足りなく感じられる。「もちろんあなたも、そんなすごい手柄がありふれたことだとは思わないでしょう?」

「それで終わっていれば、それなりに誇れる武勲ではあったでしょう。だが、あの愚かな子どもの軽はずみな行動のせいで、わたしは……」彼はふたたび大きく深呼吸をして気持ちを落ち着けた。「すみません、マーム。つい……」

「かまわないわ。続けて」イザベラはささやくように言った。「その男の子のことを話してちょうだい」

「その少年はカラザスという名の士官候補生で、十三歳としてはありがちな愚かな少年でした。わたしはカラザスの父親に頼まれてしぶしぶ彼を乗員名簿に載せたのですが、フランスとの戦いで仲間が次々と死んでいくのを見て、わずかばかりの理性が完全に吹き飛んでしまったのでしょう。敵艦の艦長がわたしに剣を手渡そうとしているときに、カラザスは愚かにも短剣を手にして飛び出してきたのです。敵の艦長は拳銃を抜きました。わたしはカラザスに体当たりを食らわせた。その瞬間にすべてが終わったんです」

「終わった?」イザベラはトムの言葉をくり返した。彼女の手には花瓶が粉々に砕けそうなほど力が入っていた。「すべてが?」

「そうです」トムの声は虚《うつ》ろで乾いていた。「わたしは死んでいたはずなのです。医師も、乗組員も、だれもわたしが生き延びるとは思わなかったようです。撃たれたときの痛みも、そのあとの手術のことも、わたしは何一つ覚えていない。牧師は葬式の用意をしていたといいます。弾丸はほんの少しだけ心臓を外れました。もしあれが心臓をきれいに打ち抜いていれば、わたしは――」

「死ぬはずだったなんて、嘘《うそ》よ!」イザベラは叫んだ。死ぬという言葉がこのときほど恐ろしく感じられたことはなかった。「あなたは生き延びるはずだったの。生き延びてロンドンに戻って、そしてわたしと出会う運命だったのよ。そして、トマソ……あなたが死ぬなんてことは……絶対にありえないわ!」

イザベラは振り向き、彼の胸に飛び込んだ。花瓶が床で砕け散るのもかまわずに、両腕をトムの首にまわして彼の顔を引き寄せた。トムは戸惑いながらも彼女の腰に手をまわし、しっかりと抱き寄せた。トムはイザベラを受け入れ、彼女を欲した。イザベラは、トムの欲望に自分が押し流されていくのを感じた。トムの腕は、ますます強く彼女を抱き締めた。イザベラの豊かな胸が、つぶれそうになるほど強く彼の胸に押しつけられた。今度こそトムは、イザベラが憧《あこが》れていたとおり、彼女の唇に自分の唇を重ねた。

6

昨夜から今朝にかけて、トムはイザベラとのキスを想像して悶々《もんもん》としていた。だが、実際のキスは想像とはまったく違っていた。両腕に抱き締めた現実の彼女は、想像をはるかに超えていた。

イザベラは不意打ちのように彼の胸に飛び込んできた。彼の理性は一瞬にして吹き飛び、本能だけが肉体を動かしてしまった。薄いリネンとシルクをまとっただけの小さくてふくよかなイザベラの肉体は、あくまでも柔らかくしなやかだった。両手に伝わる信じられないほど温かい皮膚と肌の感触は、彼の知るどのイギリス人女性とも違っていた。そうして彼女を抱き締めていれば、死を克服して生を選び取ることも、あるいは不幸な運命を忘れてかぎりない喜びに身を委《ゆだ》ねることも、いかにも簡単なことのように思えた。

腰にまわした手を彼女の長い巻き毛がくすぐり、オレンジの蕾《つぼみ》のような香りが二人を包み込むのを感じながら、トムは彼女にキスをした。熱い目で見上げるイザベラの開いた唇に、彼は自分の唇を重ねずにはいられなかった。

選択の余地はなかった。意志の力はなんの役にも立たなかった。イザベラの唇は柔らかく情熱的で、舌は濡《ぬ》れて熱かった。そのすべてをトムは忘我としてむさぼった。ほかのすべてを忘れて彼女を腕に抱き締めることで、彼は無上の幸福と解放感に満たされた。

いや、ほかのすべてを忘れていたというのは違う。彼の肉体は次の行動に移ることを欲していた。二人の脇《わき》には乱れたベッドがあった。王女であろうとなかろうと、イザベラも彼と同じだけそれを求めているに違いないと彼は思った。

だが、唇を離したのは彼女のほうだった。イザベラは彼の腕に抱かれたまま、ぼんやりと目を開け、うっとりとした表情でトムの顔を見つめた。

「トマソ」ささやくような顔で彼女は言った。「夢のようだわ。とても悪いことなのは知っているけれど」

「ああ」トムはかすれた声で言った。「きみの言うとおりだよ」

彼女はかすかに顔を歪《ゆが》めて笑った。キスのあとの唇が赤く膨らんでいる。「夢のようにすてきだってこと？ それとも、とっても悪いことだってこと？」

「両方だ」トムは自分の首に抱きついた彼女の腕を外し、少しだけ体を離した。「すまなかった」

「わたしは後悔していないわ。してほしかったことをしてもらっただけよ」イザベラは言った。「あなたはわたしの命を守ってくれている。良心まで守ってくれなくていいのよ」

「しかし、わたしにも良心が――」

「黙って」イザベラは彼の口に手を当て、静かな声で言った。「だれにも知られなければ気にする必要はないわ。べつに悪事を働いたわけではないのだから」

トムは彼女の手を自分の口元から外させて言った。「だれにも知られなくても、わたしだけは知っている。これが悪いことだというのも、わかっている」

「それはわたしも同じよ」イザベラは、今度はトムの頬に手を置いた。「つまり、わたしたちは二人とも、これが悪いことだと気づいて罪の意識に苦しむというわけね。でも、今はまだ気づかないふりをしましょう。そんなこと、気づきたくもないわ。それより、わたしが生まれて初めてキスをした相手はあなただったのよ。知っていた？」

「イザベラ……」

「ほんとうよ」彼女はほほ笑み、体を伸ばしてトムの唇に自分の唇を重ねた。トムはふたたびイザベラの体を抱き寄せ、唇を押しつけた。二人の舌が絡み合い、互いを探り合った。トムの手は彼女の絹の部屋着を滑り下り、柔らかく肉づきのいい腰を滑らかな布地ごとつかんで激しく愛撫《あいぶ》しつつ、みずからの興奮しきった下腹部へと引き寄せた。これが二度目のキスだとしたら、イザベラは驚くほど覚えの早い女性だ。そう考えると、トムの欲望はいちだんと高まりを見せた。彼は部屋着の合わせ目に手を差し込んだ。ナイトガウンの薄地のリネンの下には、震える豊かな乳房があった。

これ以上はだめだ！　最後に残った理性が肉体の暴走を押しとどめた。

トムは彼女から体を離し、やっとの思いで一歩だけ身を引いた。イザベラの髪は乱れ、部屋着はねじれ、頬は赤く上気し、唇は開いたままになっている。なんということだろう。目の前にいるこの女性、世界でただ一人欲しいと思えるこの女性を、わたしは自分のものにしてはならないなんて。

「こんなことって……」イザベラがつぶやいた。

「本気だったのね、あなたも」

「もちろんだ」トムはやっとのことで興奮を収めながら言った。「きみが感じたとおりだよ」

彼女はぎこちなくほほ笑み、乱れた部屋着を整えた。「ただの火遊びならそう言ってほしいわ」

「万が一そうなったら、言うよ」トムは両手を引いて腰の後ろで組んだ。実際、これは火遊びではない。彼は自分が炎のなかで踊り狂っているような気がした。「王家に嫁ぐために純潔を守るという話は、どうなったんだい？」

「どうなったのかしら？」イザベラは、すがりつくような気弱なほほ笑みを浮かべた。「あなたのせいで、忘れてしまったわ」

「わたしも、きみのせいで何もかも忘れてしまったよ、イザベラ。そうだとわかると、少しは気が楽だろう?」

「うれしいわ。そうなってほしいと思っていたんだもの」彼女は言った。「あなたには、死ぬことなんて考えてほしくなかった。生きていることが、どれだけいいことか、わかってほしかったのよ」

「そのことを、キスをしてわからせようとしたのかい?」トムはわざと疑うような顔で言った。グリニッジの医師に教えてやらなくてはならない。キスをすれば、生きることがどれだけすばらしいか、ほんとうにわかるのだ。「キスをすれば、死の恐怖を忘れられるということかい?」

「そのとおりよ」彼女はトムを気遣うような優しげな表情で言葉を続けた。「でも、あなたが船に乗せてもらえない理由は、それなんでしょう? つまり、怪我《けが》をしてしまったから」

「正確に言うと、怪我の状態が今後どうなるのか予測できないからだ」彼は言った。「医者によれば、わたしの胸にはまだ弾丸が入ったままらしい。心臓のすぐ横だ。つまり、こう見えてもわたしは非常に危険な状態にあると医者は言うんだよ」

「信じられないわ」イザベラは眉をひそめてトムを見た。「健康そのものに見えるけれど……」

「そのとおりさ」トムは自分の言葉を証明するかのように自分の胸を拳《こぶし》で叩《たた》いた。「信じられないのは、わたしも同じだ。そもそも、撃たれた記憶さえないんだ。銃弾が胸に入っていると言われても、信じようがない。だが、海軍司令部は医師の言葉を信用する。それで、彼らはわたしに船や乗組員をあずけるわけにはいかないと判断しているんだ。わたしが船上で突然死でもしたら、船を一隻、乗組員ごと失うかもしれないからね」

「でも、船に乗って戦争に行くのだから、あなたでなくても死ぬ危険はいくらでもあるわ。海に投げ出されて溺《おぼ》れたり、壊血病で死んだり、ほかにもいろいろな危険があるでしょう？」

「もちろんさ。王女だって、暗殺者のナイフで死ぬよりも、天然痘や結核で死ぬ確率のほうがはるかに大きい。それと同じだよ」彼はもう一度イザベラを抱き締めたかった。彼女を抱き締めさえすれば、自分ではどうすることもできない不たしかな未来がたしかなものに思えるような気がしたからだ。「きみの言ったことは、ほんとうだよ。船のない船長は価値のない人間だ」

「国のない王女は、もっと値打ちがないわ」彼女は悲しそうに言った。「わたしたち、二人で市場に並んでも、ろくな値段がつかないわ」イザベラは悲しげな表情のまま、気丈に笑った。これが彼女の強さだ。柔らかな絹の下に鋼鉄のように強い心を隠している。王女というのは、そういうものなのかもしれない。イザベラは小さく首を振ってから、ベッドの上の二着のドレスを指さした。

「どちらがいいかしら、大佐？　意見を聞かせてほしいわ。そのために部屋に呼んだんですもの。緑のモスリンにする？　それとも、赤紫のベルベットがいいかしら？」

ドレスのことなど、トムにはどうでもよかった。そんなことは、イザベラも承知しているだろう。彼女は、わたしになんの心配事もないようにふるまってほしいのだ。もしイザベラが勇気を振りしぼり、二人の未来を信じようとしているのだとしたら、わたしにだって同じことができるはずだ。

「赤紫のベルベットにしよう」彼は言った。「明日はそれを着てわたしと出かけるんだ。そうすれば、ほかの女性たちはみな霞《かす》んで見えるに違いない」

「ありがとう、大佐」イザベラは優雅にうなずいた。「ロンドンでわたしが信頼できる男性は、あなただけよ」

トムは恭しく頭を下げ、にっこりとほほ笑んだ。彼女の信頼に応《こた》えられる男でいたいと彼は心から願った。

アヴェリー・ハウスの外で順番を待つ馬車の列は、夜の通りをゆっくりと進んでいた。列の先に目を向けると、玄関先で主人を下ろした馬車が一台また一台と屋敷を離れていくのが見えた。イザベラの胸は期待と不安でいっぱいだった。彼女の馬車はもうすぐ玄関先に到着する。開け放たれた屋敷の窓から、音楽に混じって笑い声や話し声が馬車のなかにまで聞こえてきた。

「ねえ、トム、わたし、ばかな失敗をしそうで心配だわ」彼女は座席のなかで落ち着きなく体を動かしながら言った。「イギリス人のことはよくわからないし、ここには一人も知り合いがいないでしょう？みんな、わたしのことを奇妙な外国人だと思うに違いないわ」

トムは向かいの席から彼女にほほ笑んだ。

「あなたには笑う余裕があるのね」イザベラはため息をつきながら言った。ここに集まる人たちはトムと同じ国の人間だ。彼が会場に入っていっても、だれも手を口に当てて噂《うわさ》話をしたりはしないだろうし、彼の言葉を聞き取りにくいとは思わないはずだ。

「みんな、きみのことを魅力的で美しいと思うに決まっているよ」トムは言った。「その点は心配ない。でも、気が進まないのなら、御者に言ってバークレー・スクウェアに戻ってもらってもかまわないよ。そうすれば――」

「だめよ！」イザベラは不安をのみ込んだ。戻るなんて論外だ。「わたしは臆病《おくびょう》者じゃないわ、トム。

夜会に出て、わたしの国の宣伝をしなくちゃ」

トムは首を振った。「どうかな？　ここに集まる連中は、政治にあまり関心がないからね」

イザベラはほほ笑んだ。「知っているわ。お酒と博打《ばくち》と色事でしょう、紳士も淑女も？」

「そんなところだ」トムはイザベラに顔を近づけて言った。「今夜はきみのそばを離れないようにするよ。暗殺者とは別の意味で、危険な相手につきまとわれるかもしれないからね」

「そういう人が出てきたら、どうするの？　その剣で追い払うつもり？」

「そこまで物騒なことはしたくないが」彼はきっぱりと言った。「きみを守るために必要なことはなんでもするつもりだ」

「頼もしいわ」イザベラは言った。彼女は心からトムを信頼していた。海軍式の正装をした今夜のトムは、勇敢なイギリス人の戦士そのものだ。金色の肩章も、胸につけた勲章も、腰に下げた剣も、すべてが輝いている。濃紺の上着は広い肩と厚い胸をいっそう際立たせ、純白のシャツは潮風にさらされた男らしい顔をいっそう引き立たせている。彼こそ、まさに英雄のイメージにぴったりだ。彼のほうこそ、おかしな女につきまとわれないか心配だ。「離れずに、ずっとそばにいてほしいわ。信頼できるのは、あなただけだもの」

イザベラは心からトムを信頼していた。それでも一つだけ彼に打ち明けられずにいることがあった。これだけは、いくら打ち明けたくても、打ち明けるわけにはいかない。彼女はベッドの上に隠した宝石のことを考えた。何時間も部屋を空けて大丈夫かしら？　レディ・ウィロービーがもう一度イザベラの寝室を調べる姿が目に浮かび、彼女は恐ろしくなった。

馬車の扉が開き、従僕がイザベラに深々と頭を下げた。扉の向こうには、屋敷の入り口に続く大理石の階段が見える。従僕が踏み段を下ろした。

この前のようなぶざまな失敗は許されない。彼女はトムが差し出した手を取り、ドレスの裾《すそ》を踏まないようにスカートを持ち上げながら、一歩ずつ慎重に踏み段を下りた。一度目は単なる失敗ですまされるが、二度目も転がり落ちたとなると、不器用で救いようのない間抜けな女という烙印《らくいん》を永遠に押されてしまう。そんなことになったら、母は決して許してくれないだろう。

イザベラは背筋を伸ばし、トムの腕に手を置くと、ティアラにはめ込んだサファイアが玄関のランタンの光をきらびやかに反射するように角度を計算して顔を上げた。

トムはイザベラにほほ笑みかけた。彼女の堂々とした態度に彼は驚き、感服していた。「今夜は大変なことになりそうだな、イザベラ。まるで王妃のように気品があって堂々としているよ。きみのまわりには、きっと男たちが蜜《みつ》に集まる蜜蜂《みつばち》のように群がってくるだろうな」

「わたしは王女よ。王妃は、こんなものじゃないわ。わたしの母を見たら驚くわよ」そうは言っても、イザベラはかなりの緊張を感じていた。宮廷を離れてイギリスに来てから、モンテヴェルデの王女としてどうふるまうべきかが、だんだんとわからなくなってきていた。そのことが、彼女に自信を失わせていたのだ。

玄関の広間に入っても、最初のうちは、集まった人々の顔や話し声や華やかな音楽がぼんやりと、どこか遠い世界のもののように感じられた。舞踏会場のある二階に続く階段にも人があふれており、トムの後ろについていかなくては、まともに前に進めないほどだった。

階段を上りきると、舞踏会場になっている広間の入り口で、トムが受付役の従僕にイザベラの名を告げた。トムの軍服よりも派手な金モールを飾った上着を身につけた従僕は、会場に集まった人々に向かって大声で二人の到着を告げた。

「モンテヴェルデ王国のイザベラ・ディ・フォルトゥナロ王女さまのご到着でございます！」

イザベラは会場の入り口に立ち、堂々と胸を張って穏やかな笑みを浮かべた。大きな舞踏会場に入るときにはいつもそうするといいと母から教えられたとおりのほほ笑み方だった。母はこう言っていた。

〝世界が自分のものになったかのようにほほ笑むのよ〟

そうやってイザベラがほほ笑んだ瞬間、世界はほんとうに彼女のものになった。

舞踏会場のだれもがいっせいに振り向き、イザベラに向かって深くお辞儀をしたのだ。音楽こそ鳴りやまなかったが、踊っていた者たちも動きを止め、彼女の王女という肩書きやフォルトゥナロ家の格の高さ、モンテヴェルデ王国の伝統といったものに対して恭しく腰を折り、頭を下げて敬意を表した。このために、わたしはここに来た。こうして、モンテヴェルデ王国の存在をあらためて人々の心に刻み込むためにこの舞踏会にやってきたのだ。イザベラが軽くうなずくと、訪問客たちはいっせいにゆっくりと顔を上げた。

「うまくいったわ」イザベラがトムを見上げてそう言おうとしたとき、艶《つや》のない赤毛を高く結い上げ、首に大粒の真珠のネックレスをした長身の女性が、どこからともなく二人の前に現れた。彼女の声は、驚くほど大きかった。このような人込みのなかで話すのに慣れているのだろう。イザベラは、その女性の声を聞いて、育ちの悪い驢馬《ろば》の鳴き声を連想した。許可もなく王女に話しかけるのは礼を失する行為だ。しかし、イギリス人にそうした礼儀を期待してもしかたがないようだ。

「お越しいただいて、とても光栄ですわ、王女」長身の女性は一語ずつはっきりと区切るように発音した。外国人に対する気遣いにしては少し行きすぎている。まるで、耳の不自由な人間を相手にしているかのような話し方だった。「お会いできて光栄です。わたくし、レディ・アレンと申します、マーム」

イザベラは優雅にうなずきながら、助けを求めようとしてトムを探した。だが、レディ・アレンの膨らんだ赤毛に視線をはばまれて、トムの姿はまったく見えなかった。「すばらしいお屋敷をお持ちだわ、レディ・アレン」

「それは、どうもご親切に。もったいないお言葉ですわ！」公爵夫人は胸の前で両手を合わせ、感謝の気持ちを表した。「カパーズウェイトの店での出来事は災難でしたわね。ご無事で何よりでしたわ。さぞかし怖い思いをなさったでしょう、マダム」

「ご存じだったの、レディ・アレン？」

レディ・アレンはにっこりとほほ笑んだ。「ええ、どの新聞にも、それに関する記事ばかりが載っていますのよ。お読みになっていらっしゃらないのね？」

「わたしはイギリスの新聞は読まないのよ、レディ・アレン」イザベラはこの国の新聞になど興味はないといった態度を装って答えた。王女としての尊大さはなんとしても保たなければならない。英語を話すことにはさほど不自由しなくなっていたが、読み書きをするとなると、まだ苦労が多かった。特に、ロンドンの新聞の無味乾燥な長々しい記事を読むのはあまりに退屈で面倒なことだった。「でも、イギリス人の記者がフランス人の悪漢と戦うモンテヴェルデの立場を擁護してくれるなら、ぜひこの国の新聞も読むことにするわ」

「すばらしい！　たいしたものです、王女さま。さすがに立派なお考えをお持ちだ！」いつのまにかレディ・アレンの隣に立っていた紳士が、イザベラの言葉に手を叩いて喝采《かっさい》を送った。イギリス人らしい白い肌と金髪の持ち主で、顎の先にくぼみのある整った顔立ちをしたその紳士は、イザベラとそれほど変わらない年齢に見えた。すでに酒が入っているらしく、ブランデーの匂《にお》いがするし、話し方も妙に陽気だ。「記者どもに、あなたのためにひと仕事させてやるといい」

紳士の後ろにトムの姿が見えた。イザベラは紳士の言葉を無視してトムに声をかけた。

「そこにいたのね、大佐！」彼女はトムが近くにいることを知って、安堵《あんど》のあまり人前で彼を〝大佐〟ではなく〝トム〟と呼んでしまいそうになった。

「はぐれてしまったかと思ったわ」

「水兵さんとはぐれるなんて、ありえませんよ。特に相手がこのグリーヴズのように無愛想で辛辣《しんらつ》な男なら、その心配はまったくありません」紳士はそう言ってトムの肩を親しげに叩いた。「この男がいったん行き先を決めたら、絶対に途中で迷ったりはしませんからね。そうだろう、水兵さん？」

「相変わらずつまらないことを言うんだな、ダーデン」トムは紳士を不機嫌な顔でにらみつけ、うなるような声で言った。イザベラが感じていたとおり、少なくともトムのほうは、その紳士を友人とは思っていないようだった。

「きみも相変わらずユーモアが理解できないようだ、グリーヴズ」ダーデンと呼ばれる紳士は、なれなれしくイザベラにほほ笑みかけた。なんて無礼な男だろう、と彼女は思った。男は緩く結んだ明るい色のシルクのネクタイを除けば全身黒ずくめの服装で、金色の巻き毛を格好よく耳のあたりまで伸ばしている。いかにも女性の視線を集めることに慣れているといった様子だ。「しかし、きみの無愛想な態度は忘れることにしよう。そのかわり、こちらの美しい王女さまを紹介してくれないか」

トムは硬い表情のまま言った。「王女さま、バンリー侯爵ことダーデン卿《きょう》をご紹介します。ダーデン、こちらはモンテヴェルデ王国のイザベラ王女だ」

ダーデンはイザベラの手を取り、唇を当てずに彼女の手の甲にキスをした。「王女さま、お目にかかれて光栄です。お近づきのしるしに、わたしと踊っていただけますか？　新聞を読まないのと同じように、踊りの時間もぼんやりと見ていたいとおっしゃるのでしたら、無理にとは申しませんが」

イザベラはダーデン卿の手から自分の手を引き、口を開いて踊りの誘いを断ろうとしたが、その前に公爵夫人が横から口をはさんだ。

「もちろん王女さまは踊ってくださるわ、ダーデン」彼女はダーデンの腕を閉じた扇子でつついてからイザベラのほうを向いてほほ笑み、内緒話をするかのようにささやきかけた。「難しく考えないほうがいいわ、マダム。ご婦人方はみなダーデンと踊りたがるのよ。それに、今夜のお客さまのなかでは彼がいちばん家柄が高いわ」

公爵夫人の言うことは正しかった。舞踏会に来ていながら理由もなしに踊りの申し出を断るというのはとても奇妙なことだし、踊るとしたら、最初の相手は常識からいって身分が最も近い男性、つまりダーデン侯爵でなければならない。伯爵の四男では、あまりに身分が離れすぎている。どれだけ最初にトムと踊りたくても、そうするわけにはいかないのだ。

「マーム？」ダーデンは、人の心を見すかしたような自信たっぷりの表情でイザベラに手を差し出した。普通の理性を持った女性なら、自分の誘いを断るはずがないと思っているのかもしれない。その厚かましい態度に、イザベラは苛立《いらだ》ちを覚えた。断るわけにはいかないが、愛想を振りまく必要もない。最初の一曲だけは付き合おう。それで十分だ。

イザベラはダーデンの差し出す手を取り、あえて彼と目を合わせずにリードされるままにフロアの中央に進んだ。残念なことに、楽団は動きのない古風なゆっくりとした舞曲を奏ではじめた。こうなると、パートナーとのあいだで気のきいた会話が求められる。侯爵は背の高さこそトムとあまり違わなかったが、やせ型で頼りなく、体の動きがどこかくねくねとして落ち着かない印象を与えた。

「ほんとうに踊りがお上手ですね」侯爵は、イザベラと一緒に複雑なステップを踏みながら言った。「まさに完璧《かんぺき》だ」

「あなたもお上手よ、ダーデン卿。不思議な方だわ」彼女は言った。「服装や物腰からは、悲恋歌でも書きそうな詩人のような印象を受けるけれど、家柄や肩書きを聞くかぎり、イギリス人の貴族なのでしょう？」

ダーデンは大げさに驚いて見せた。「グリーヴズから聞いたんですね？　おっしゃるとおり、わたしはときどき詩を書きます。その道ではかなり知られた詩人なんですよ。しかし、気が向けば領主館の執務室にも座る。つまりわたしは、あなたが言うような高貴な身分の人間だということなのでしょうね」

「つまり、詩人でもあるし貴族でもありながら、そのどちらでもないと言いたいのね？」

「そんなところです」ダーデンはふたたびほほ笑んだ。イザベラの気を引こうとしているのかもしれない。「グリーヴズから聞いていますか？　彼とは同郷なんですよ。父親同士も仲のよい友人でした」

「聞いていないわ、ダーデン卿」イザベラは侯爵の肩の向こうにトムの姿を探した。彼女はこの黒ずくめの侯爵が好きになれなかった。トムのことを小馬鹿にするような口調が癪《しゃく》に障ってしかたない。トムは、今もこの会場のどこかでわたしを見守ってくれているのかしら？「彼からは、あなたのことはまったく聞いていていないのよ」

「ひどい話だ」ダーデンはため息をつきながら、見事なステップで彼女をリードした。さすがに紳士だけあって、足元がふらつくほど酒を飲んだりはしないようだ。その点だけは認めてあげてもいいわ。

「たしかに最近では、グリーヴズとあまり付き合いがないのは認めます。彼は伯爵の末息子ですから、家督を継ぐ見込みはない。それで、彼は上流社会を出て海に行ったというわけです。彼を見れば、教育を受けずに海軍の粗野な連中とばかり付き合っていると、どんなに高貴な生まれでも、人の美徳は簡単に失われるものだということがよくわかりますよ」

イザベラはトムにかわって言い返した。「貴族の世界を出てこそ手に入るものもたくさんあるわ。特に男性の場合は、そうよ」

「普通の男性ならばそうでしょう。しかし、上流の紳士となると、そうは言えませんよ」ダーデンは袖《そで》口《ぐち》から見える白い襞《ひだ》飾りをひらひらさせながら手を振った。「グリーヴズの日焼けした不機嫌そうな顔を基準にして、すべてのイギリス紳士を判断してはなりません。われわれのなかには、とても感じのいい人間もいるのですよ」

「でも、ダーデン卿、わたしにはグリーヴズ大佐はとても感じのよい人に思えるわ」イザベラは初めてダーデンにほほ笑みかけた。その表情は、魅力的な笑顔というよりも不敵な笑みに近かった。「彼はれっきとした紳士だし、頭がよくて機転のきくユーモアにあふれた海軍将校よ。それに、だれもが認める英雄でしょう？　他人の英雄的な偉業を讃《たた》えるだけの詩人とは違うわ」

「命を救われたから、そんなふうに思うんでしょうね」ダーデンは、あきれたといった表情で大げさにため息をついた。「最近のご婦人たちは、なんにでもすぐに感激しますからね」

「わたしの命を守ってくれたのよ。感激して当然だわ」

「しかし、あえて言わせてもらいますが、この世界には詩人も必要です」彼は言い返した。「グリーヴズにあなたの祖国への賛歌が書けますか？　そこらの水兵が、モンテヴェルデの山々の豊かな緑と海辺に揺れる椰子《やし》の木の緑の微妙な違いを言葉にできますかね？　フォルトゥナロの宮殿《パラッツォ》の壁を金色に染める夕日の美しさをどこまで感じ取ることができますか？」

「あなたは自分の大げさな言葉に酔いやすい人なのね、ダーデン卿」そう言いながらもイザベラは彼の言葉に興味を引かれた。「モンテヴェルデにいらしたことがあるの？」

「ええ、あれほど楽しい旅はありませんでした」彼は言った。「崖《がけ》の岩肌に立つ別荘に滞在しましてね。深い薔薇《ばら》色の瓦《かわら》屋根と黄色い壁に緑の格子窓がよく映える美しい建物でした。一方の窓からは息をのむような海の景色が見渡せ、もう一方の窓からは、フォルトゥナロの宮殿が間近に見えました」

「その別荘は、おそらく破壊されているわ」イザベラは、辛《つら》い気持ちを隠そうともせずに言った。「フランス軍が、崖の建物を片っ端から標的にして艦砲射撃の訓練に使ったのよ」

「しかし、彼らもあなたの壮麗な宮殿には手を触れるつもりはないでしょう」ダーデンは慰めるように言って、珍しくステップを間違えた。「門に置かれた咆吼《ほうこう》するローマのライオンが、野蛮なフランス人を寄せつけないはずです」

「あのライオンがローマのものだったのは昔のことよ、ダーデン卿」彼があのライオンを見て強い印象を受けていたとしても驚くには当たらない。モンテヴェルデを訪れる旅行者は、みなあのライオンを見て感銘を受けるのだ。「今はフォルトゥナロのライオンです。遙《はる》か昔に、ローマの広場にあったものを贈り物として献呈されたのよ」

ダーデンは、にこやかにほほ笑んだ。あのライオンの由来を知っていながら、あえて知らないふりをしてイザベラの話を聞いているのかもしれない。

「もちろんです。今はフォルトゥナロのライオンですよ。それにしても、あのライオンに守られたフォルトゥナロの美しい王女とこうして踊る日がくるとは、夢にも思いませんでした」

イザベラは彼の言葉に答えずにしばらく考えた。

母がイザベラをロンドンに送ったのは、モンテヴェルデに対する支援を手に入れるためだ。だが、たいていのイギリス人は、彼女の小さな国を知りもしないし、ましてフランス人に対抗する小国を応援しようなどとは思ってもいない。だけど、ダーデンにモンテヴェルデの思い出を詩にしてもらったらどうだろう？　活字になったり、あちこちで朗読してもらえれば、イザベラの国はイギリスで広く知られるようになるかもしれない。特別に優れた詩でなくても、若くて端整な顔立ちの貴族の詩となれば、それなりにみなの注目を浴びるだろう。彼女はダーデンにほほ笑んだ。

「楽しんでいただけているようですね、マーム」ダーデンはステップを踏みながら彼女の体を引き寄せて言った。

「お願いしたいことがあるの、ダーデン卿」イザベラは、少しだけ彼から体を離して言った。

ダーデンは顔じゅうに笑みを広げ、みだらな目つきでイザベラのドレスの胸元に視線を這《は》わせた。

「あなたが喜ぶことなら、なんでもさせていただきますよ。どこでもお望みの場所にお連れします」

ダーデンのなれなれしい態度は許しがたいほど気

持ちの悪いものだったが、モンテヴェルデのためにイザベラは必死にその感情を抑えた。だが、この男に協力させるには、どうしたらいいのだろう？　宮廷では単に何かをしてほしいと言えばよかった。そうすれば、相手はなんでもそのとおりにしてくれたのだから。

「あなたはわたしの国に共感を持っているようね、ダーデン卿」彼女は言った。「それに、あなたには詩の才能があるのでしょう？　そこでお願いしたいのだけれど——」

だが、そこで踊りが終わり、音楽がやんだ。イザベラは、お辞儀をしてフロアを離れようとするダーデンに向かって言った。

「待って、まだ話の途中よ。まだ下がっていいとは言っていないわ。ここにいて話を聞いてちょうだい」

「どこにも行くつもりはありませんよ」ダーデンはふたたびイザベラの手を取って言った。「でも、次の踊りはジグのはずです。話をするには向きませんよ。もっと静かな場所に行って話すのはどうですか？」

イザベラはうなずき、彼の手から自分の手を引き抜いた。「お話をするためなら、それでもいいわ、ダーデン卿。話をするだけよ」

「ええ、もちろんです」

ダーデンはイザベラを連れて舞踏会場を横切り、ほかの客のあいだを縫うと、食べ物や飲み物のトレイを運ぶ従僕を巧みにかわしながら早足で横手の出口に向かった。出口のドアの先には、屋敷の裏庭に下りる狭い階段が続いていた。彼は階段を下り、月の光に照らされたテラスに出ると、階段を下りきらずに立ち止まったままのイザベラを振り向いてほほ笑みながら言った。

「夜の空気はお嫌いですか？」月の光が黒服の上の

金色の髪を浮き立たせている。「イギリスの新聞と同じくらい肌に合わないのですか?」

「言葉が過ぎるわ、ダーデン卿」暗い庭に下りるのは危険だ。特に、この侯爵のような男と二人きりで暗闇《くらやみ》に入るのは絶対に禁物だ。「ここで話しましょう」

ダーデンは首を振り、いかにも気に入らないといった様子で顔をしかめた。「話をするのは結構ですが、そんなに離れたところからものを言われたのでは、温かみのある会話にはなりませんよ」

「普通じゃないかもしれないけれど、庭に下りるよりは良識にかなっているわ」イザベラは高まる不安を感じながら、王女の忠実な番犬であるはずのトムはなぜ助けに来ないのだろうと考えた。「さあ、ここで話しましょう」

「わかりました」ダーデンは階段の下まで戻ってきてイザベラを見上げた。不真面目《ふまじめ》なことなど考えてもいないとでも言いたげに、両手をわざとらしく背中で組んではいるが、イザベラの大きく開いたドレスの襟元がちょうど目の高さにくるように、あえて階段の下で立ち止まっている。「わたしに頼みがあるとおっしゃいましたよね?」

イザベラは扇子を開き、さりげなく胸元を隠した。「提案と言ったほうがいいかもしれないわ、ダーデン卿」

彼は首を振って額の髪を後ろにやり、笑顔でイザベラを見上げ、意味ありげに誘うような静かな声で言った。「わたしはいつもご婦人方の提案には喜んでお応えすることにしています」

ダーデンはそう言うと階段を上ってイザベラの背後にまわり込んだ。彼女は怒りと驚きに息をのみ、後ろに飛び退《の》いてダーデンから離れ、階段の最後の一段を下りた。

「何をするつもりなの、ダーデン卿!」

ダーデンはイザベラを追って階段を下りてきた。イザベラは彼と向き合う格好になりながら、じりじりとテラスの奥に後退した。ダーデンは獲物を追いつめる猫のように背を丸め、しなやかな身のこなしで、じわじわと彼女に近づいた。イザベラは恐怖と闘いながら悲鳴のような声をあげた。

「無礼よ！　身分をわきまえなさい！」

ダーデンが顎を引いた。目が陰になって表情が読み取れない。「わたしに頼みたいことがあるんでしょう？　あなたが喜ぶことならなんでもすると言っているんです。無礼どころか、親切で言っているつもりですがね」

「そうよ。その話よ」イザベラは、あとずさるのをやめて立ち止まった。「フォルトゥナロの人間は臆病であってはならないのよ！　「モンテヴェルデへの思いを詩に書いてちょうだい、ダーデン卿。そうして、それを出版してイギリス人の人たちが読めるようにしてほしいの。それがわたしの頼みよ。それをお願いしようと思ったの」

イザベラは胸を張り、襟元に開いた扇子を当て、まっすぐにダーデンの顔を見た。そのとき、ダーデンが何かにつまずき、よろめいた。彼はバランスを崩してイザベラにつかみかかるような格好になり、二人はもつれ合いながら地面に倒れ込んだ。イザベラは悲鳴をあげて抵抗した。

「放して、ダーデン卿！」イザベラは、覆いかぶさるダーデンの体から必死で逃れようとした。シルクのドレスが背中の下で地面の石に引っかかった。こんなところを見られたら、王女としての評判は地に落ちる。だが、ダーデンの体は思った以上に大きくて力も強かった。彼の上着の目のつまったウールの生地が顔に押しつけられ、イザベラは息ができなくなった。腹立たしいことに、ダーデンは面白そうに笑い声をあげていた。「放してちょうだい！」

そのとき、イザベラの耳に、地面を引っ掻《か》く金属の音が聞こえた。彼女はダーデンの胸を押しのけ、大きく息を継いだ。最初に見えたのは、剣の先だった。顔を上げるとトムの顔が見えた。彼の顔は夜の空と見分けがつかないほど青黒く、手に持つ剣と同じくらい殺気が漂っていた。

「立て、ダーデン！」トムは剣の切っ先を侯爵の肩に当てた。「王女から離れろ。嫌だと言うなら、無理やりにでも言うことを聞いてもらうことになる」

7

たったの三分間だった。今からわずか三分前、トムはイザベラが踊っている姿を確認していた。だがレディ・アレンに話しかけられ、目を離した隙《すき》にイザベラはフロアから姿を消し、裏庭でこのようなことになっていたのだ。

「わたしは我慢強い人間ではない」トムは剣の切っ先をダーデンの肩に当てて言った。「王女を放せ、ダーデン」

「転んだだけだ。べつに王女と抱き合っていたわけじゃないだろう？」ダーデンは手のひらで慎重に剣を押し戻してから立ち上がった。「今度は拳銃《けんじゅう》でも使うつもりかね、大佐。海軍の荒くれ者は、剣をちらつかせるほかに、どういう手を使って人を脅すんだい?」

「彼はわたしをあなたから守ったのよ、ダーデン卿《きょう》」イザベラは立ち上がって言った。「彼があなたからそんな侮辱を受けるいわれはないわ」彼女は軽蔑《けいべつ》するようにダーデンに言ってから、トムの近くに立った。あまり近すぎてはいけない。彼に頼っているように見えてはならないからだ。ダーデンよりもトムを信用しているのだということを示す程度の距離を計算して、彼女は立つ位置を決めた。

イザベラが無事だとわかったとたんに、トムの胸には彼女に対する怒りが込み上げてきた。ラルフ・ダーデンのような悪名高い人間とこんなところをうろつくなんて、いったい何を考えているのだろう?ごてごてとレースで飾ったシャツを着るようなやくざ者には近づくな、とモンテヴェルデの王妃から教えられなかったのだろうか?

トムは幼いころからダーデンのことを知っていた。ダーデンは子どものころからろくな人間ではなかった。この侯爵家の長男は父親の跡を継いで侯爵となってからも酒に溺《おぼ》れ、気に入らない相手に因縁をつけては決闘と称して汚い手を使って人を殺してきた。カード遊びで大金を失い、身分を問わず女に手を出し、伊達《だて》男を気取っては下手な詩を書いて悦に入るような男だ。要するに彼は、イギリス貴族の嫌なところをすべて集めたような人間なのだ。それなのにイザベラは、わずか三分間でこの男の手に落ちて暗がりに連れ込まれた。そう思うとトムは、ダーデンはもちろんのこと、イザベラにも腹を立てずにはいられなかった。

「お怪我《けが》はありませんか、マーム?」トムは言葉を仕込まれた鸚鵡《おうむ》のような口調で言った。「ご無事でしたか?」

イザベラはティアラをまっすぐに直し、階段の上の舞踏会場のほうを肩越しにちらりと見た。ダーデンが横手の出入り口を使ったのは、今となってはありがたいことだった。おかげで、会場内の客のなかに彼女の軽率な行動を目に留めた者はいないはずだ。この国の人々が、イザベラやモンテヴェルデのことを話題にしてくれるのはありがたいことだ。しかし、ダーデンとのことで不名誉な噂《うわさ》が広まってはたまらない。

「ありがとう。怪我はないわ」イザベラはトムのほうを振り向いて言った。「あなたが紳士としての務めを果たしてくれたおかげよ、大佐」

この言葉を聞いて、ダーデンがあざけるように笑った。

「さっきのグリーヴズのふるまいは、とても紳士的とは思えませんがね。そんなやり方で務めを果たしてもらっても、わたしなら、ありがたいとは思わないでしょうよ」ダーデンはトムの剣を気にしながら、衣服についたほこりを払った。「あなたがグリーヴズの行動を弁護しても、とやかく言うつもりはありません。しかし、本来、イギリスの紳士というのは丸腰の相手に向かって剣を抜かないものなんですよ。そのくらいのことは覚えておいたほうがいい」

イザベラは息をのんだ。「彼は剣を抜いたのは、わたしを守るためよ！」

「相手から威嚇されたわけでもないのに、剣を抜く必要がありますか？」ダーデンは、からかうようにイザベラにお辞儀をした。「あなたはわたしからなんの危害も受けていないでしょう？　実際、何一つ危険な目には遭っていないはずだ」

トムはわざと大げさな身振りで剣を鞘《さや》に収め、後ろに下がった。「挑発しようとしても無駄だよ、ダーデン。今回のことを名誉の問題にすり替えようとしても、そうはいかない。わたしは王女をあらゆる危険から守るよう海軍司令部から命じられている。

きみはその危険の一つだった。だからわたしは彼女をきみから守ったわけだ。さあ、行きましょう。舞踏会場までお連れします」

だが、トムがイザベラの腕を取ってその場を離れようとしたとき、ダーデンが二人の前に立ちはだかった。彼は顎を引き、奇妙な薄笑いを顔に浮かべて言った。「逃げるつもりだな、グリーヴズ？　今日のことを、子どものころの果樹園でのけんかと同じようにごまかすつもりか？」

「何もごまかす必要はないさ、ダーデン。もしきみが今でもりんご園でのことを根に持っているのなら、それはきみの問題だ。わたしには関係ない。そうだろう？」ダーデンは、だれが見てもトムにけんかをふっかけようとしていた。だが、トムには受けて立つ気はまったくなかった。「もういいだろう。わたしは王女を送っていかなくては――」

「待て、グリーヴズ」ダーデンはふたたび二人の前に立ちはだかった。「おまえの目的はなんだ？」

「何を言っているんだ？」トムはイザベラの胸に不安が募っているのを感じ、努めて落ち着いた声で言った。「わたしは軍の任務をまっとうしようとしているだけだ」

ダーデンは、トムをばかにするように目の前で手をひらひらと動かして言った。「グリーヴズ、おまえは王女を救って英雄に返り咲きたいと思っているのさ」

「違うわ！」イザベラが叫んだ。「どうしてそんな嘘《うそ》が言えるの？」

「ほんとうに嘘だと思いますか？」ダーデンは額にかかる髪をかき上げた。「わたしはこれまで、ことあるごとに、グリーヴズ大佐がどれだけ勇敢で恐れを知らぬ偉大な英雄かを聞かされてきました。しかし、そんなに栄誉ある軍人なら、わが国がフランス軍と戦っているときに、なぜ王女さまのあとを追いかけてアヴェリー公爵夫人の客間でくすぶっているんですか? どうして、海に出て大砲をぶっぱなしてフランス軍と戦わないんです? 海軍の偉大な英雄はみなそうしているでしょう?」

「やめろ、ダーデン!」トムが怒鳴った。これまでそういう噂がささやかれているとは知らなかったが、ダーデンがそう言うのなら、ほかにも同じことを言っている人間がいくらでもいるに違いない。トムの勇気にも高潔さにも疑いを抱いている人間が、世間にはたくさんいるのだろう。「もしきみがわたしと戦って名誉を回復したいのなら――」

「決闘は許さないわ!」イザベラが激しい口調でそう言いながら二人のあいだに割って入った。「これは命令よ! 決闘は、王女であるわたしが許しません!」

ダーデンはトムを見つめたままほほ笑んだ。「残念ですが、マーム、ここはモンテヴェルデじゃありません」

「これはあなたとは関係のないことです、王女」トムはイザベラを後ろに押しやり、彼女の盾になるようにダーデンの正面に立った。最初からこうして彼女を守っていれば、そもそもこんなことにはならなかったのだ。「この男とわたしのあいだの問題です」

だが、イザベラはふたたび二人のあいだに立った。

「わたしを蚊帳《かや》の外には置かせないわ。あなたたちを――」イザベラは急に言葉を止め、耳を澄ませた。

「あの音楽は何? 何が始まったの?」

彼女は首を伸ばして階段の上を見上げ、踊りの音楽を中断して舞踏会場から聞こえてくる金管楽器のファンファーレに不思議そうに耳を傾けた。

トムは振り向かなかった。ファンファーレが何を――いや、だれを意味するのかは明らかだったからだ。レディ・アレンの屋敷では、こういう場合にいつもこのファンファーレが鳴る。それは、ロンドンの社交界に出入りする者なら、だれもが知っていることだ。「王子ですよ、マーム。皇太子がいらしたんです」

「イギリスの皇太子が？　この屋敷に？」イザベラは息をのんだ。全身が興奮で震えていた。決闘のことも、蚊帳の外に置かれたことも、頭のなかから一瞬で消えてしまった。「イギリス国王の跡継ぎの？」

「そのとおりです。この国の王位継承者ですよ」

「すぐに皇太子のところへ連れていって、大佐！」イザベラはトムが動き出すのを待たずに、階段を駆け上がった。

トムは彼女を追うしかなかった。ほうっておけば、今度はどんな問題を引き起こすか、わかったものではないからだ。厳しい顔で、彼はダーデンに向かってうなずいた。「続きはあとだ」

「いいだろう、大佐」ダーデンはトムをばかにするような表情を浮かべ、深々と頭を下げた。「逃げるなよ。わかったな？」

「それはこっちのせりふだ、ダーデン」トムは怒鳴るように言うと体の向きを変え、急いで階段を上がった。

トムは自分に腹が立っていた。どうしてダーデンの挑発に乗ってしまったのだろう？　このことを司令部が知ったら、眉をひそめるに違いない。衝動的で軽率な行動であるばかりか、海軍の人的資源を無駄にする愚行だと考えるだろう。ダーデンに剣を向けたということが政府に知られたら、二度と艦船の指揮を執ることができなくなるかもしれないし、海に出ることさえできなくなるかもしれない。それはつまり、ダーデンのような虫けらに簡単に人生を台なしにされてしまうということだ。

だが、それよりも今、トムの未来の鍵《かぎ》を握っているのはイザベラだった。彼は興奮にわきかえる訪問客のあいだを縫って彼女のところへ急いだ。イザベラは、すでにイギリス皇太子とともにレディ・アレンのそばにいた。公爵夫人は、王室の人間が同時に二人も自分の屋敷を訪れたことに有頂天になっていた。トムはイザベラの背後の少し離れた位置に立った。自分がここにいることを彼女に知らせるわけにはいかない。今は特に、皇太子がそばにいるのだから、王家の人間にこちらから直接話しかけてはならないという決まりを破るわけにはいかないのだ。

「つまり、われわれは親戚《しんせき》同士だということですね、イザベラ」皇太子は広げた大きな手を刺繍《ししゅう》のついたヴェストの胸に当てて言った。「こんなに魅力的な親類と、こんな形で出会うとは、なんとも幸運なことです。ぜひ近いうちにカールトン・ハウスに来てください。心から歓迎しますよ」

イザベラは温かいほほ笑みを返した。「もちろんです。喜んでうかがいますわ」彼女は周囲の者たちに聞こえるように、いつもより大きな声で言った。

レディ・アレンでさえ、今のイザベラのように注目を集めることはできないだろう。しかも、これほど魅力的にふるまうことは、もちろんできないに違いない。「あなたがロンドンにいてくださるとわかって、ほんとうに心強いですわ、殿下。今はわたしにとって、とても辛《つら》い時期なんです。いざとなったらあなたをお訪ねできると知っているだけで、ほんとうに安心です」

皇太子の分厚い胸は喜びでさらに大きく膨らみ、血色のよい顔がイザベラに見つめられて明るく輝いた。

「ひと言連絡をいただければ、いつでも歓迎しますす」皇太子はイザベラに顔を近づけた。「実はモンテヴェルデを訪れたことがあるのですよ。母上は元気ですか？　大変美しい女性でしたよ、王妃は」

「ええ、元気にしておりますわ」イザベラの顔が一瞬だけ曇った。家族の安否が不明なのだ。母親の話題が出たとたんにイザベラの胸に不安と悲しみが広がったのだろう。だが彼女は、一度だけ深呼吸をしてから、先ほどよりもさらに明るく魅力的な笑顔を取り戻した。その意志の強さにトムは感服した。彼女はこのときのためにイギリスに来たのだ。イザベラは今、祖国の運命をたった一人で切り開こうとしている。

「でも、わたしの国が今どうなっているかは、あまりご存じないでしょう?」彼女は言った。「モンテヴェルデは、野蛮なフランス人たちに蹂躙《じゅうりん》されてしまったんです。わたしたちは命を懸けて全力で戦いました。でも、モンテヴェルデは小さな国です。力を持った友好国に助けてもらわなければ、あの国はフランスに完全にのみ込まれてしまうでしょう」

だが、せつせつとしたイザベラの訴えは、皇太子の心には響かなかったようだった。あるいは、あえてわからないふりをしているのかもしれなかった。

「王妃はご無事なのですね? それに、国王陛下も?」

イザベラはうなずき、家族のことについてはそれ以上口にせず、話題をもとに戻そうとした。「イギリスの海軍や陸軍に力を貸してもらえさえすれば——」

「あなたの母上のことは、今でもはっきりと覚えています」皇太子は、ぼんやりと遠くを見るような目で言った。おそらく、思い出に浸るふりをしてイザベラの訴えに取り合わないようにしているのだろう。「王妃は、金色の長い階段の上に立っていましたよ。彼女の背後の壁には見事な異国風の絵画がかかっていました」

「それは宮殿の舞踏場に上がる階段ですわ。絵はクレオパトラを題材にしたティントレットの作品です。でも、フランス軍を追い出してしまわなければ、あの宮殿も絵も——」

「王妃がつけていた宝石も忘れられません。あとにも先にも、あれほど見事なルビーは見たことがありません。あとでじっくりと見せてもらったのですが、小さなライオンが彫り込まれていましたよ。王冠にはめる宝石だとしても、あれほどすばらしいものはありません」

イザベラの表情がわずかにかわった。口元が少しだけ硬くなり、目にかすかな不安の色が現れている。「フォルトゥナロ家に伝わるルビーですね？　あれはほんとうに見事だと思いますわ」イザベラは慎重に話を進めた。「あんな宝石は世界じゅう探しても見つからないかもしれません」

皇太子は厳粛な表情でうなずいた。「あのルビーは世界じゅうの富を集めても買うことのできないほど貴重なものです。あの宝石をナポレオンの薄汚い手に握らせてはなりません」

「王女さまも危うくナポレオンの手に落ちるところだったのですよ」レディ・アレンがついに耐えきれなくなって、いつもの食いつくような調子で会話に割り込んだ。「彼女の身に起こったことはお聞きになっていらっしゃるでしょう、殿下？」

皇太子の砂色の眉が興味深げに動いた。「ナポレオンの魔手が、このロンドンにも？」

「そう言って差し支えないと思いますわ」レディ・アレンはほほ笑んで、勝ち誇ったように皇太子に例の出来事を語って聞かせた。「王女さまは、服飾品のお店でリボンをご覧になっていたんです。するとナポレオンの毒を吐き散らす化け物が、わたしの腕ほどもの長さのあるナイフを手にしてカーテンの裏から飛び出してきて、王女さまの胸にそのナイフを突き刺そうとしたんですのよ！」

まわりを囲んだ客たちは、その事件のことをすでに新聞で読んでいたにもかかわらず、息をのみ、驚きの声をあげた。だが、トムとイザベラだけは、レディ・アレンの話がどれほど事実とかけ離れたものかを知っていた。

「それは怖かったでしょう、イザベラ」皇太子はイザベラを慰めるように腕を叩《たた》いた。「無事に逃げられたのですね？　だれかが助けに来てくれたのですか？」

レディ・アレンはこらえきれずに言った。「もちろんですわ、殿下！　これまで聞いたこともないような胸躍る感動的な救出劇だったんですのよ！　つまり――」

「トーマス・グリーヴズ大佐ですわ」イザベラはトムのほうに振り向き、優雅に腰を折って軽く頭を下げた。ほとんど、膝を曲げるお辞儀と言ってもいいようなしぐさだった。「わたしの命を救ってくれたのは、グリーヴズ大佐です」

「なるほど」皇太子は言った。「思い出したよ。たしか、ラーチミア伯爵の末息子だろう？　国王陛下と国家のために大変な働きをしてくれているのも知っているよ」

トムは皇太子に深々とお辞儀をした。「感謝いたします、殿下。しかし、わたしは命令に従っただけのことです。国王陛下にお仕えする者であれば、だれもが同じことをしたはずです」

「海軍には、謙虚な人間が多いらしい」皇太子は謙虚という言葉に少し刺《とげ》を含ませて言った。「それでも、やはり賞賛しないわけにはいかない。わたしの麗しい親類の命を果敢な行動で救ってくれたのだから。そうでなければ、今日の出会いに恵まれる前に彼女を失っていたことになる。違うかな？」

この言葉に、だれもが笑った。みな、廷臣としての義務に従ったのだ。

「わたしは命に懸けても王女を護衛するように命じられています」笑い声が収まると、トムは皇太子に向かって言った。「わたしは何事にも常に全力を尽くすよう努力しています。それは王女の護衛に当たってても変わりのないことです」

「なるほど、結構な心がけだ」皇太子はほっとした表情になり、イザベラのほうを向いて言った。「あちらのテーブルで一緒にカードゲームでもどうですか?」

「あら、でも、今夜は遠慮させていただきますわ」イザベラはほほ笑んで、指先でこめかみに触れた。「だんだんと頭痛がひどくなってきたようなので、ほんとうに残念ですけれど、そろそろ失礼させていただかなくては……」

「まあ、かわいそうに」レディ・アレンが甘い声で同情を示した。「毎日あれだけ謀略や脅迫にさらされていたら、あなたのように強い女性にだって耐えられないわ」

「馬車を用意させましょう」トムは従僕の一人に合図して、イザベラに腕を差し出した。レディ・アレンの言うとおりだ。ダーデンのせいで、イザベラは嫌というほど謀略と脅迫にさらされたのだ。一刻も早くここを連れ出したほうがいい。

皇太子は大きな宝石をはめ込んだ指輪の光る手を振ってイザベラを見送った。心はすでにカードのテーブルに飛んでいるのだろう。「王女に失礼のないようにお仕えしてくれ、グリーヴズ。近いうちに彼女をカールトン・ハウスに連れてくるように頼んだぞ」

イザベラはほほ笑み、うなずいて、皇太子に別れの挨拶《あいさつ》を述べた。だが、トムと二人きりになって玄関の広間に座ると、彼女は急に心細げな様子でトムの腕に寄りかかった。

「最低の気分だわ。今夜は大失敗よ、トマソ」

トムは人に聞かれても妙な噂をたてられないようにイタリア語に切り替えて言った。「失敗じゃないさ、イザベラ。皇太子と面識が得られたし、カールトン・ハウスに招かれもしたんだからね」

「でも、皇太子はモンテヴェルデの話を聞こうとはしなかったし、ましてや、わたしの力になろうとは思ってないわ」彼女は眉をひそめ、玄関に目をやった。ドアが開き、従僕がこちらに向かって歩いてきた。「ありがたいわ。やっと馬車が来たようね」

イザベラはトムの手も従僕の手も借りずに一人で馬車に乗り込み、座席のいちばん奥にどさりと身を沈め、いつもと違ってスカートのしわを直そうともせずに、頭にのせたティアラに手を伸ばした。それから髪に差した何本ものヘアピンを苦労して外し、馬車のなかの薄明かりにダイアモンドやサファイアがきらめくティアラをぞんざいにほうり投げるように隣の座席に置いた。

「これをつけるのは大嫌い」イザベラは言った。「小さな女の子はみんな王女になりたがっていると言うけれど、黄金と宝石でできた重たいティアラで頭を締めつけたまま首をまっすぐに立てているのがどれだけ辛いことかを知らないからだわ。してみたらわかるわよ。首が痛くて嫌になるわ」彼女は隣の座席に転がるティアラを手の甲で向こうに押しやった。「知らないかもしれないけれど、トマソ、わたしはロンドンに来てから毎日ジョージ国王に手紙を書いているの。それなのに、一度も返事が来ないのよ。陛下はわたしを無視して侮辱しようとしているんだわ。まるでわたしのことを、フォルトゥナロの王女ではなくて、取るに足りない無価値な人間のように扱っているのよ」

トムにとっては初めて聞く話だったが、クランフォードが言っていたことを考え合わせると、驚きではなかった。「陛下は健康状態がよくないんだよ、イザベラ。病気のせいで手紙の返事を書くのもままならないのかもしれない」

イザベラはしょんぼりとした顔でトムを見た。

「それなら、おつきの者や秘書が返事をくれるはずよ。父はそうしていたわ。それとも、イギリス人の秘書もみんな病気だというの？」

「そんなこと、わたしにわかるわけがないだろう？」

「それは、そうね。もう許してあげる。これ以上からむのはやめておくわ」イザベラは苛立《いらだ》った様子でヘアピンを座席のクッションに一本ずつ突き刺していった。「イギリス人って、みんなモンテヴェルデで過ごした楽しい日々のことは喜んで話したがるのに、わたしたちが助けを求めると、そっぽを向いて聞こえないふりをするのよ」

「外交には時間がかかるというのが、政府のお偉方の口癖だからね」

「でも、わたしには時間がないのよ」イザベラは馬車の壁を叩いた。「わたしは理由があってロンドンに送られてきたの。わたしの国は、あれからどうなったの？　わたしの家族はどうなっているのかしら？　だれも家族の安否すら教えてくれない。国と家族の運命は、わたし一人に背負わされているわ。それなのに、今夜わたしは、国や家族を救えるようなことを何一つできなかった」

「いや、きみは大きなことを成し遂げたんだよ、イザベラ」トムはきっぱりと言った。「皇太子にきみの存在をはっきりと印象づけたじゃないか。皇太子はすぐに気の散ってしまう方だから、あれだけ関心を引きつけられれば上出来だ」

イザベラは自嘲《じちょう》するようにふふんと笑った。「母なら、皇太子をもっと手なずけたはずよ」

トムは彼女の母親の話については触れずに言った。「しかし、公爵夫人の屋敷に集まった人たちはモンテヴェルデという国のことを覚えてくれたはずだ。明日の朝までに、上流社会や国会議員のあいだできみのことを知らない人間はいなくなるさ」

「でも、それだけじゃまるで不十分なのよ」彼女は嘆くようにため息をついて、ふたたび額に手をやった。「これじゃあ頭痛がするのも当然だわ」

「明日になれば、よくなるよ。ぐっすり眠れば頭もすっきりするし、今後の方針についても、いい考えが思い浮かぶさ」

年寄りの叔母が口にするような虚《むな》しく無意味でばかげた忠告ではあったが、トムにはほかに言うべき言葉が見つからなかった。ほんとうは、ダーデンがどんな人間なのかを馬車のなかで話して、気をつけるように言いたかった。だが、イザベラはあの侯爵のことをまったく気にしていない様子だったので、今夜はダーデンのことは話さずにおくことにした。そもそもダーデンは、イザベラの問題というよりもトムの問題だった。

「日が昇れば世界がまた明るく楽しく感じられるようになるさ」

「慰めはいらないわ、トマソ」イザベラは疲れ果てた顔でほほ笑んだ。「わたしは強くなければならないの。甘やかされると弱くなってしまう。フォルトゥナロの女なんだから、何があっても耐えられるわ。あなたなら、わかってくれるでしょう?」

イザベラは体の力を抜き、背もたれに深く身をあずけ、穏やかな表情で目を閉じた。長いまつげが頬に影を落としている。目をつむり軽く唇を開いた彼女の顔は、少女のように見えた。王女としてこれだけの重みに耐えるには、あまりに幼い少女の顔だった。

「もちろんだ」トムは静かに言った。「わかるよ」

イザベラはすでに眠りに落ちていた。

ラルフ・ダーデン卿は、帽子を目深にかぶって顔を隠し、暗く狭い通りを足早に歩いた。馬車は離れた場所に待たせてある。行き先は御者にも知られたくない。彼は馬車を下りてからかなりの距離を一人で歩き、この通りに入った。夜が更けると、ここは彼のような身分の人間が歩く場所ではない。彼はマントの下の剣の柄に手を触れ、心を落ち着けた。

心地よいブランデーの酔いは醒《さ》め、不快な頭痛がしはじめていた。だが、馬車に置いてある瓶には口をつけなかった。景気づけは、この仕事が終わってからだ。レディ・アレンの屋敷では今夜もカードで大金を失った。それでも、運は自分に向きはじめていると彼は感じていた。

鎧戸《よろいど》を閉めた窓の奥から赤ん坊の泣く声が聞こえる。この狭い通りに漂う臭《にお》いは、イギリスのものではない。ロンドンの石炭の煙と川から流れてくる独特の臭いを覆い隠すように、黄色い油で炒《いた》めた玉ねぎと大蒜《にんにく》と香辛料の強い香りが通り全体に漂っているのだ。

ダーデンは通りすぎる家の数を慎重に数え、五軒目の建物の玄関前で立ち止まった。窓の鎧戸は閉められ、厳重に南京錠《なんきん》がかけられている。借金のかたに抵当に差し出すことになったこの家に来るのは数カ月ぶりだ。だが、南京錠をかけた鎧戸の向こうにいる年老いた古美術商は、ダーデンが持ってきた話を聞けば、こんなに遅い時間でも喜んで迎え入れてくれるに違いない。

彼はドアを叩いた。ノックの音は、がらんとした通りに響き、建物の煉瓦《れんが》の壁や石畳の路面に跳ね返ってこだました。彼はもう一度、先ほどよりも強くドアを叩いた。ようやくドアが薄く開いた。

「マエストロ・ペッシ」ダーデンは、ドアの向こうからこちらをのぞく男が自分の顔を確認できるように、ドアの隙間に顔を近づけて言った。「ダーデンだ。ドアを開けてくれ。いい話がある」

男はそれ以上ドアを開けずに言った。「もう真夜中を過ぎている。ちゃんとした時間に出直してくれ」

「待て」ダーデンは隙間に肩をこじ入れた。「今夜わたしがこのロンドンでフォルトゥナロの王女に会ったと言ったら、出直せとは言わないだろう？」

「そんな、嘘だろう！」ペッシと呼ばれる老人はドアを閉めようとした。だがダーデンは、そのドアをしっかりとつかんで早口で言った。

「王女はロンドンにいる。ここに逃げてきたんだ。わたしは彼女と踊った。とてもきれいな娘だよ。あんたの国の王女は、天使のように優雅に踊ったよ」

ペッシは、少しだけドアの隙間を広げ、ダーデンの足元に唾《つば》を吐いた。「どこが天使だ！　あれはフォルトゥナロの人間だぞ。あの女の腐りきった魂には悪魔が住んでいるんだ！」

「その悪魔がロンドンにいると言っているんだ、ペッシ」ダーデンは足元を見た。磨き上げられた靴のすぐそばに老人の唾が落ちている。「あんたのすぐ近くにいるんだぞ。借りを返す絶好の機会じゃないか！」

老人は喉の奥からあえぐような苦い笑い声をもらした。「それがどうしたというんだ、侯爵？　わしはもう年寄りだ。そんな邪悪なことは考えたくもない」

「だが、あんたと違って恨みを晴らしたがっている若い連中がロンドンにはたくさんいるだろう？」

「そこまで言うならしかたがない」ようやく老人はドアを開け、ダーデンを玄関に入れた。「この町には、そういう連中はいくらでもいるよ」

ダーデンはこんな時間にこの古美術商の店に来たことはなかったし、今後も二度と来たいとは思わなかった。店内には虚《うつ》ろな目をした古代の神や女神の像がひしめき合う幽霊のように所狭しと置かれている。蝋燭《ろうそく》の揺らめく光に暗く照らされた大理石の像は、冥界《めいかい》から舞い戻ってきた無数の亡霊のように見えた。ダーデンは小さく身震いした。無性に酒が飲みたかった。

彼は亡霊たちに背を向け、毛糸で編んだ円錐《えんすい》形の帽子をかぶった猫背の老人と向かい合った。首に巻いたスカーフの下に、いつも身につけている奇妙な魔除けが見えた。小枝を三角形に結んだあの魔除けだ。

「あんたはいつもフォルトゥナロの一族にひどい目に遭ったと言っているだろう？　借りを返すためなら、なんでもすると言っている。あんたはあの一族から――」

「あいつらが何をしたか教えてやろう」ペッシは部屋着の袖《そで》をまくり上げ、震える腕を差し出して見せた。白い毛に覆われたしなびた皮膚に、はっきりと〝L〟の文字が見えた。永遠に消えないように押された焼き印だった。「盗人《ラド》の意味だよ、侯爵。この〝L〟はイタリア語の盗人の頭文字さ」ペッシの声は、二十年のあいだ心に抱きつづけた怒りで震えていた。「あいつらは、わしが彼らの美術品を盗んだと言ったんだ。わしが汗水垂らして土のなかから掘り出して日の目を見せてやった美術品だよ。それをやつらは自分のものだと言って、わしを盗人に仕立てたんだよ。ほんとうの盗人は向こうだ。だが、やつらは王家だというだけでわしに盗人の焼き印を押し、モンテヴェルデから永遠に追い出したのさ」

「それなら、これは神が恵んでくれたチャンスだよ、ペッシ」ダーデンは努めて冷静な顔で言った。ダーデンは骨の髄まで賭博《とばく》師だった。王女の母親の宝石のことを皇太子が話しているときに、あの小娘の顔に一瞬だけ現れた表情を彼は見逃さなかった。これは単なる推測だ。つまりは博打《ばくち》だ。しかし、彼は自分の勘が正しいと信じていた。この博打に負ければ、王女の命だけでなく彼自身の命も危うくなる。わたしは貴族だ。できることなら、こんなに危ない橋をわたりたくはない。だが、もはや選択の余地はなかった。わたしの抱える借金は、想像もできないほど膨らんでいるのだから。

「仇《かたき》を取るんだ、ペッシ」ダーデンは言った。「復《ふく》讐《しゅう》だ。王女がいつどこに姿を現すかは、わたしが教える。あとはそっちでうまくやってくれ」

ペッシは歯の抜けた歯茎を舌で撫《な》でた。「あの女は一人なのか？　護衛はついていないのか？」

「護衛はいる。だが一人だけだ。イギリス人の海軍大佐が一人だけ脇《わき》についている」

「イギリス人が一人だけ？」ペッシは肩をすくめた。「それならなんの問題もない。だが、ひと思いに殺すのはやめておこう。あの女には、わしと同じように長いあいだ苦しんでもらわねばならん。じわじわと追いつめられる恐怖をたっぷりと味わってもらうことにするさ」

ダーデンは興奮をのみ込んだ。「やってくれるんだな？」

「そうと決まったわけじゃないよ、侯爵」老人の目が鋭く光った。「その前に、ほんとうのことを言ってもらうよ」

「ほんとうのこと？」ダーデンはとぼけた。

「そう、ほんとうのことだ、侯爵」ペッシはダーデンの思うままにはさせなかった。「あんたもかなりの悪党だ、侯爵。あんたはカードで財産を失ったし、さいころを振るたびに母親の大切な宝物を一つずつ人手にわたしている。教えてもらおう。あんたにどんな得があるんだ、侯爵？　わしらが仇を取ったら、あんたに何が手に入るんだ？」

何が手に入るか、だって？　若くて美しい王女が手に入る。王女をこの腕に抱けば、世界が自分の足元にひれふすだろう。自分が王女の新しい英雄になって彼女の心を奪い、正義を気取るグリーヴズにみじめな思いをさせてやることもできる。それに、莫《ばく》大《だい》な持参金も手に入る。イギリス人の工場主の一人娘を何十人も嫁にもらうよりも多くの財産が、自分のものになるのだ。一生かけても使いきれないほどの金が手に入るだろう。

「どうなんだ、侯爵?」ペッシがささやくような声で言った。「教えてくれないか? あんたの取り分はいかほどなんだ?」

「わたしの取り分?」ダーデンはゆっくりとほほ笑みを浮かべた。それは勝利を確信した賭博師の笑みだった。「わたしの取り分は、フォルトゥナロのルビーさ」

8

「贈り物が届きました、マーム」メイドが何本もの白い薔薇《ばら》が揺れる花瓶を抱えて寝室のドアを開け、イザベラに声をかけた。「今、届いたばかりです。レディ・ウィロービーがすぐにここにお持ちするようにと」

イザベラは立ち上がり、手についた朝食のトーストの屑《くず》を払った。花は皇太子からの届け物かもしれない。イギリス皇太子からモンテヴェルデの王女に対して、あらためて歓迎の気持ちを表すための贈り物かもしれない。「そこに置いてちょうだい。グリーヴズ大佐には調べてもらっているわね? 危険なものが仕込まれていないのは確認ずみなのね?」

「いいえ、マダム。大佐は朝の散歩に出かけられて、屋敷にはおりません」メイドは慎重に花瓶をテーブルの中央に置き、ほっとため息をついて額の汗を拭《ぬぐ》った。「レディ・ウィロービーがおっしゃいますには、このお花はバンリー侯爵さまからのお届け物ですので、王女さまにおわたししても危険はないということです」

「バンリー侯爵?」イザベラは奇妙に思いながら、薔薇の枝にはさんであったカードを引き抜いた。昨夜、あんなにひどい別れ方をしたというのに、薔薇を贈られるとは、どういうことだろう? 彼女は邪魔者を追い払うようにメイドに手を振り、カードの文面に目を走らせた。

〈わたしがどれほど悲しみに打ちひしがれているか
　ご存じでしょう
　麗しき王女さま
　敬意を込めて白き薔薇を贈ります
　どうかわたしをお許しください
　　　　　　　　あなたの忠実なる僕《しもべ》
　　　　　　　　　　ダーデン〉

イザベラは声に出して文面を読み返し、首を振った。英語の散文のことはよくわからないが、これが詩だとしたら、言葉に美しさが感じられない。侯爵の作品が出版されるとしたら、それは明らかに才能ではなく肩書きの力によるものだ。

少なくとも彼はイザベラを避けてはいないようだ。こうしてわざわざ許しを乞《こ》うてきたのだから、モンテヴェルデを讃《たた》える詩を書かせることはあきらめなくてもいいのかもしれない。

だが、侯爵に頼むとしたら、その際には細心の注意が必要だ。ダーデンは信頼できる相手ではないし、衝動的な人間だ。二度と二人きりになってはならない。昨夜のような間違いは絶対に避けたかった。だが、トムと一緒に侯爵と会うわけにはいかない。だとしたら、ダーデンと話し合う機会を持つことは、ひどく難しくなる。

イザベラは眉をひそめ、薔薇に顔を近づけて香りを確かめたあと、一本だけ花瓶から抜き取って、手のなかの白い花を眺めた。寒いイギリスで、よくもこれほど見事な薔薇が育てられるものだ。モンテヴェルデの暑い太陽の下では、これほど大きく香りのよい薔薇は育たない。

「起きてたんだね」メイドが半分だけ開けたままにしてあったドアをノックしてトムが寝室に入ってきた。「昨夜の様子では、正午まで寝ているかと思ったよ」

「朝になればいいことがあるって言っていたでしょう？　だから、どんなにいいことがあるのかと思って起きていたのよ」彼女は手に持った薔薇をくるくるまわしながら言った。

「今回だけは、言うことを聞いてくれたというわけだ、イザベラ」トムはにやりと笑って薔薇を見た。「言ったとおりだったろう？」

「そのようね」イザベラは手に持っていた薔薇を花瓶に戻した。「日が昇れば頭痛も治るし、これからどうしたらいいかも考えられるって言ってくれたでしょう？　そのとおりだったわ」

彼女はほほ笑んだ。トムが部屋に来てくれたのがうれしかったのだ。彼がどうしてこんなに早起きをして町じゅうを駆けまわらなくてはならないのかはまったくわからないが、海軍での習慣がそうさせているのだろう。

彼の艶《つや》のある血色のよい肌や、水平線に現れた敵艦を油断なく見つける鋭い青い目はイザベラに大きな安心感を与え、彼が紛れもなく男性であることを感じさせてくれる。それがイザベラにはうれしかった。

「ずいぶん立派な薔薇だね。しかも、すごい数だ」

トムはテーブルに帽子を置き、花に顔を近づけて香りを確かめた。「レディ・アレンが田舎の領地から届けるよう手配してくれたのかな？」

「彼女じゃないわ」イザベラはためらった。気分のいい朝を台なしにはしたくない。だが、遅かれ早かれトムはこの薔薇が侯爵からの贈り物だということに気づくだろう。だとしたら、早いうちに彼女自身の口からトムに知らせたほうがいい。「この花は、ダーデン卿《きょう》から贈られてきたの。昨夜のお詫《わ》びだそうよ」

「ダーデンだと？」トムは慌てて花から身を引いた。まるで薔薇が急に蛇に化けたかのようだった。「いったいなんのつもりなんだ？」

「知らないわ」

トムは顔をしかめた。「それで、きみは大喜びをしたというわけか？」

「そうよ」イザベラの言葉は二人のあいだに氷のように冷たく漂った。彼女はモンテヴェルデを讃える詩を侯爵に書かせる話をするつもりだったが、トムがけんか腰で狭量な態度をとれば、話したくても話せない。「薔薇そのものには害も悪意もないでしょう？」

「ダーデンからもらったのなら話は別だ」トムはまるで花が侯爵本人だとでも言いたげにテーブルに背を向けた。「昨日のことで、あいつがどんな人間かわかったと思っていたよ」

「あなたがあの人を嫌っているのはわかったわ。向こうがあなたを嫌っていることもね。それ以上、何をわかればいいというの？」

「いい加減にしないか、イザベラ。もっと素直になってくれ！」トムは、どこから話しはじめたらいいかわからないといったふうに首を振った。「わたしは子どものころからラルフ・ダーデンを知っている。やつはやくざな浪費家で最低の悪党だ。親から受け継いだ金はすべて博打《ばくち》で失ったし、父親が亡くなって手にした領地や不動産も、片っ端から抵当に取られている。嘘《うそ》つきで詐欺師で大酒飲みで女たらしで怠け者だ。要するにやつは、きみとは住む世界が違うんだ、イザベラ。わかるだろう？」

「バケツに子猫を沈めて溺《おぼ》れさせるということ？それとも、子どもからキャンディーを巻き上げるわけ？」

「イザベラ、真面目《まじめ》に聞くんだ」

「あの人は、あなたと決闘をしたがっていたわ」彼女は胸の前で腕を組み、顔を上げてまっすぐにトムの目を見た。「覚えているでしょう？」

「もちろん覚えているさ」彼はますます顔をしかめた。「どうしてあの男をかばうんだ？　この汚らしい薔薇を贈ってくれたからか？」

「あの人をかばってなんかいないわ。わたしは自分をかばっているのよ」イザベラは、こんなふうに説教されるのが大嫌いだった。これではまるで聞き分けのない愚かな子どもを扱っているかのようだ。「わたしがあの人をかばっているだなんて、どうしてそんなばかなことを考えるの？　そろそろ説教壇から下りてほしいわ」

「イザベラ、わたしは説教を垂れているわけじゃない」彼はうなり声をあげた。「自分よりも低い人間を相手にするなと忠告しているんだ」

「自分よりも低い人間ですって？」イザベラは蠅《はえ》でも払うようなしぐさで手を振り、トムの言葉を払いのけた。

「そのとおりだ」トムがイザベラのほうへ一歩踏み出した。彼女は目の前に迫ってきたトムに気圧《けお》され、後ろに下がりたいという衝動に駆られたが、なんとかしてその気持ちを抑え込み、かろうじて踏みとどまった。「きみは善人と悪人の区別をつけられるはずだ」

「あなたはその区別がつけられるというわけね。お利口さんだもの」イザベラは、こんなふうにトムを見上げているのが嫌でしかたがなかった。こんな嫌な思いをさせられているのだから、それだけでも彼に憎まれ口をきく理由になる。「イギリス人の伯爵の末息子に、イギリス人の侯爵に気をつけろと言われるなんて、思ってもみなかったわ。ばかにしないでちょうだい。そのくらいのことは、言われなくてもわかるわ。わたしはモンテヴェルデの王女としてくれぐれも気をつけなくては……何をするの！」

彼女はそれ以上、何も言えなくなった。トムが彼女の両肩をつかみ、強引に唇を重ねてきたからだ。激しいキスだった。いつまでも終わることがないほど熱いキスだった。イザベラは激しく身をくねらせて逃れようとした。だがトムは彼女の両腕を体ごと抱き込み、抵抗の叫び声を唇で封じた。そうでもしなければ、彼女は暴れて手がつけられなくなる。テーブルの花瓶が頭に降ってくるかもしれない。

だが、イザベラのなかでは奇妙なことが起こっていた。彼に抵抗すればするほど、ますます興奮を覚えたのだ。二人のキスは激しさを増した。まるで双方の怒りが互いを渇望する情熱の炎をいっそう激しく燃え立たせるかのようだった。

トムの口のなかは朝のコーヒーの味がした。戸外を歩いた後の体温と汗の匂《にお》いにイザベラの感覚がとぎすまされた。彼女の体を抱き締めるトムの胸と腕の筋肉の感触に呼吸と脈拍が速まるのを感じ、イザベラは身をよじりながら彼の体にますます強く自分の体を押しつけた。気がつくと彼女は抵抗をやめ、二人はただ熱く深いキスを交わしていた。イザベラは甘美な感覚に身を溶かし、彼の胸に寄りかかっていなければ倒れてしまうほどの官能に押し流されそうになった。

王女である自分が、われを忘れようとしている。そう気づいた瞬間に、彼女はトムから体を離し、その頬を思いきり平手で打った。よほど強く叩《たた》いたに違いない。トムが頬を抑えてののしりの言葉を吐き、彼女の手のひらもひりひりと痛むほどだった。

「それが善人と悪人を見分ける方法なの？」彼女は食ってかかるようにそう言って、肩で息をしながら、額にかかる髪を後ろに払った。

トムの表情は変わらなかった。彼女の手の跡がくっきりと赤く頬に浮かんでいる。「それなら教えてくれ。きみはどうやって人間を見分けているんだ？」

彼女はふたたび手を上げて彼の頬を打とうとした。だがトムは彼女の手首をつかみ、頭上に持ち上げた。

「ここがモンテヴェルデなら――」

「だが、ここはロンドンだ。モンテヴェルデとは違う」

「わたしにこんなことをするなんて、モンテヴェルデなら、あなたは今ごろ牢獄《ろうごく》に入っているわ！」

「きみにキスをしたからか？　それとも、きみがキスするのを許したからか？」トムはほほ笑んだ。しかし、目には依然として冷たい光が残っていた。

「覚えておくといい、イザベラ。二度と忘れるな。王女の身分にばかり頼っていてはだめだ。ロンドンでも、世界のどこに行っても、モンテヴェルデの王女だというだけでは、もはやきみは好き勝手には生きていけないんだ」

「お説教はそれで終わりかしら、大佐？」イザベラは怒りと混乱を感じていた。どうして、急に彼との仲がこんなにおかしくなってしまったのだろう？

「まだだ」トムは言った。「知恵を使うんだ、イザベラ。きみは利口な娘だ。しかし、人間を中身でなく生まれや家柄で判断しているうちは、きみの国や家族のために何一つ成し遂げることはできないだろう」

トムは彼女の手を放した。イザベラはその手を引っ込め、痛む手首を揉《も》んだ。「わたしはフォルトゥナロの人間よ。だれの指図も受ける必要はないわ」

「結構だ」トムはテーブルに置いた帽子を手に取り、立ち去る前に付け加えた。「言いたいことはすべて言わせてもらった。これからはきみの警備に戻ることにする。きみのことは命にかえても守るつもりだ。だが、きみが愚か者になることまでは止められないようだな」

イザベラはふたたび胸の前で腕を組んだ。だがそれは彼に対抗するためではなく、抱き締めることで自分自身を安心させたかったからだ。混乱と苛立《いらだ》ちの涙が目頭を熱くした。彼女は必死でその涙をこらえた。泣いてしまうとトムが喜ぶだけだ。どんな犠牲を払おうとも、負けを認めることだけはしたくなかった。

「あなたは違っていると思ってたわ、大佐」イザベラは言った。「あなただけは、いつも信頼できると思ってた」

「信頼してくれていい」トムはドアの前で立ち止まって言った。「それは今も同じだし、これからも変わることはない。だが問題は、イザベラ、ぼくがきみを信じられるかどうかだ」

彼は静かにドアを閉めて出ていった。トムとのあいだを隔てるドアが閉まると、彼女は常に自分を支えつづけている言葉をくり返した。

「わたしはフォルトゥナロの王女よ！」

イザベラは苛立つ声で低く叫ぶと、テーブルの上を腕で払った。ダーデンの薔薇を入れた花瓶が床の上で粉々に砕け散った。

「まことに残念ですが、大佐」事務官は机の上に置いてある革装のスケジュール帳を見直してから、ふたたび同じ言葉をくり返した。「この時間にクランフォード将軍があなたとお会いになる予定は入っておりません」

トムは五本の指でせわしなく机を叩いた。今日はさんざんな一日だ。朝からイザベラと激しい言い合いをしてから、何もかもがうまくいかなくなったようだ。クランフォードから直々に呼び出され、こうしてホワイトホールに駆けつけてみると、相手は終日、顔を出す予定はないという。次は、いったいどれだけひどいことが起こるのだろう？

「わたしは、間違いなく呼び出しの指示を受けています」トムはベッドの脇《わき》のテーブルの上にメモを置いてきてしまったことを悔やんだ。「緊急の用件で、二時ちょうどにここに来るようにと将軍から指示があったんです」

トムが急いで飛んできたのは、伝言のなかに〝緊急の用件〟という言葉があったからだ。彼と将軍のあいだで用件があるとすれば、王女に関すること以外に考えられない。彼女の家族の消息が政府筋から伝えられたのかもしれないし、国王陛下が皇太子から昨夜の話を聞いて、ついにモンテヴェルデに対する支援を決断したのかもしれない。

だが、いい話ばかりとはかぎらない。ひょっとしたら王女の身に新たな危険が迫っているという情報が将軍の耳に入ったのかもしれない。

トムは机の上に身を乗り出し、事務官に顔を近づけた。険しい表情をした自分の顔が、事務官のめがねのガラスに映った。「将軍は今どこにいらっしゃるのですか？」

事務官はのけぞるように身を引いて、口をすぼめて答えた。「先ほども申しましたとおり、クランフォード将軍は、ほかの方々との夕食会に出席なさっています。今日はもうホワイトホールに戻られる予定はありません。お教え願いたいのですが、大佐、あなたが受け取ったメモは将軍直筆のものでしたか?」

トムは顔をしかめて首を振った。「いや、将軍の筆跡ではなかったですね。おそらく、このホワイトホールの書記官かだれかが将軍の指示を受けて書いたものだと思いますが」

「そうですか、大佐。そういうことならば、疑問の余地はありません」事務官は口元にかすかなほほ笑みを浮かべて言った。「クランフォード将軍の連絡役を命じられているのは、わたしのほかにはおりません。したがって、メモを書いたのが将軍でもわたしでもない以上、あなたのおっしゃるような会談の予定は最初から組まれていなかったと申し上げて差し支えないでしょう」

「つまり、あのメモは偽造されたものだと言いたいのですか?」トム自身もばかげた話だと思いながら〝偽造〟という言葉を使ったのだが、実際に口に出してみると、決してありえないことではないという気がしてきた。

事務官は直立不動の姿勢になって言った。「わたくしには、グリーヴズ大佐のような栄誉ある将官のお言葉を疑うつもりは毛頭ございませんし、何者かがなんらかの理由で、この時間にあなたをここに来るように仕向けたと申し上げるつもりもございません」

だがトムは、メモが偽造されたものであることを半ば確信していた。ありもしない急用をでっち上げて彼をホワイトホールに来させるというのは、単なるいたずらとは考えにくい。何者かが明確な目的をもってしたことだと考えるのが自然だ。つまり、だれかがトムをバークレー・スクウェアからおびき出し、王女を無防備な状態にしようとしているのだ!

「邪魔してごめんなさい、王女さま」レディ・ウィロービーが不安げな様子で寝室に入ってきた。「ダーデン卿があなたを訪ねていらしたの。どうお返事したらいいかしら？　どうしましょう？」

「すぐに下りていくと伝えてくれていいわ」イザベラは読んでいた本を置いた。彼女はちょうど、モンテヴェルデの詩のことでダーデンにどうやって連絡を取ったらいいかを思案していたところだった。それゆえ、ダーデンのほうから出向いてくるというのは、彼女にはとても好都合だった。「ダーデンにお茶でも出してくださらないかしら。侯爵を迎えるのに適当な、イギリス式のもてなし方をしてくだされぱいいわ」

だが、レディ・ウィロービーは動かなかった。

「グリーヴズ大佐のことなんですけれど、マーム」

「彼がどうかしたの？」イザベラはトムがどうしているか気がかりではあったものの、尊大で無関心な態度をとった。

「侯爵が訪ねてきたと聞けば、大佐は喜ばないわ」

「大伯爵夫人は祈るように両手を合わせて言った。「大佐は、あなたにとって侯爵が危険な存在だと思っているようだわ。今朝のお花だって、最初に自分が調べてから王女さまのところへ持っていくべきだったと、不満そうに言っていたくらいだから」レディ・ウィロービーはそう言って気弱そうにほほ笑んだ。さすがに、粉々になった花瓶のことに触れる勇気はないらしい。

「それなら、大佐に侯爵が来たことを伝えるといいわ」イザベラは鏡に目をやり、ドレスのしわを伸ばした。目元はすっきりとしている。泣いていたことを侯爵に気づかれるのだけは避けたかったし、もちろんトムに知られるのはもっと嫌だった。「大佐にも客間に来るように言ってちょうだい。そうして、侯爵が危険な人間かどうか確かめてもらいましょなぜ、イギリス人はこんなに心も頭も弱い女性にわたしの世話を押しつけたのだろう？「あなたは侍女のように付き添っていてくれればいいわ。そうして、ダーデンがおかしなことをしたり言ったりしたら、従僕を呼んで彼をつまみ出してちょうだい」

イザベラはそう言いながら部屋を飛び出した。階段を下りる彼女の背後から、レディ・ウィロービーの震える声が追いかけてきた。「ダーデン卿は客間で話すのではなくて、あなたと二人で馬車で出かけたいとおっしゃっているの」

「ええ、まさにそのとおりです。ごきげんよう、王女さま。お元気そうで何よりですな」

イザベラは階段の途中で立ち止まり、手すりをつかんで階下をのぞき込んだ。玄関ホールにダーデンが立っているのが見えた。彼は黒い帽子を手に持ち、階段のイザベラを見上げてほほ笑みながらお辞儀をした。

う」

「でも、大佐はここにはいないんです」伯爵夫人は哀れみを乞うような表情で肩をすくめた。

「いないですって？」今朝のことで腹を立ててわたしを見捨て、任務を放棄したのかしら？　わたしを信頼できないと言い捨てて、二度と帰ってこないつもりなのだろうか？　いつ出ていったの？　どこに行ってしまったのだろうか？

「兄に呼び出されて、ホワイトホールに行ったんです。十五分くらい前だったかしら。帰りの時間は言っていなかったの。こんなときに侯爵が訪ねてくるなんて、困ったわ。どうしましょう？」

「あなたも同席してちょうだい。客間に来て、わたしとダーデンと一緒に座っていてくれるといいわ」イザベラは、きっぱりとした口調で言った。こういう場合には、だれかが決断を下さなくてはならない。その役目を伯爵夫人に期待しても無理というものだ。

ダーデンは今日も白シャツのほかは黒ずくめの衣装を身につけていた。イザベラに元気かどうか尋ねたわりには、本人はどう見ても健康そうではなかった。玄関の明かり取りから差し込む日の光の下で見ると、髭《ひげ》を剃《そ》ったばかりの顔は血の気がうせたように青白く、目は落ちくぼみ、ほほ笑みを浮かべた唇の上には玉のような汗が光っていた。あんなに不健康な顔をしているのは、レディ・アレンの屋敷で飲みすぎたせいに違いない。

「ごきげんよう、ダーデン卿。お元気かしら?」イザベラは手すりをつかんだまま言った。

ダーデンは手すりを振り、ハンカチで鼻の下の汗を拭《ふ》いた。今朝の彼には、昨夜と違ってなんの危険も感じられなかった。「昨日の今日では、絶好調とはいきませんよ。ご覧のとおり、ひどい顔色でしょう? 客間に閉じこもっていると、とんだ粗相をしてしまいそうです。馬車に乗って外のすがすがしい風に当たりたいというわたしの気持ちも、ご理解いただけるでしょう?」

「ええ、もちろん」イザベラは言った。夜会で楽しみすぎた結果、翌朝になって訪問客がさらす醜態を彼女はモンテヴェルデの王宮で何度となく目にしていた。ダーデンがそんな姿をさらすところなど見たくもない。

「それでは、ご一緒していただけますね?」彼は水に溺れる男のように階段の上のイザベラに向かって両手を差し出した。青白い顔が新たな希望に輝いている。「昨夜の償いをさせていただけませんか? わたしの許されざるふるまいに対して、伏して許しを乞いたいのです」

イザベラは嫌な気持ちになった。先ほどの彼女の短い返答を自分の都合のいいように解釈して勝手なことを言いはじめたダーデンを叱《しか》りつけようとしていると、レディ・ウィロービーが階段を下りてきて、彼女の後ろに立った。

「マダム、ダーデン卿とお出かけになったと知ったら、グリーヴズ大佐がどんな顔をするか……」レディ・ウィロービーがイザベラの耳元で不安げにささやいた。「この屋敷を出るときには、かならず大佐が同行することになっているんですもの。あいにく、今は大佐がホワイトホールに――」

「グリーヴズはいないのですか?」ダーデンの耳には、レディ・ウィロービーの言葉が届いていたらしい。「これはありがたい!」

「ええ、ダーデン卿、大佐はただいま出かけていらっしゃいますの」伯爵夫人はそう答えてから、イザベラに釘《くぎ》をさすつもりで言った。「あなたの身の安全を守ることが大佐の任務でしょう? それはあなたもご存じのはずですわ、マーム。お花のことでもあんなふうになったんですもの、大佐に黙って出かけたとなったら――」

「薔薇は気に入っていただけましたか?」侯爵は無邪気に顔を輝かせて、うれしそうな声を出した。

「間違いなくお手元に届いたのですね?」

「ええ、きれいな薔薇でしたわ」イザベラはほほ笑み、階段を下りて侯爵のほうへと歩を進めた。出かけることにしたのだ。トムがわたしを見捨てたのなら、彼の言いつけを守る理由はない。そもそも、王女であるわたしに、他人の言いつけを守る必要などあるだろうか?「少しのあいだなら喜んでご一緒いたしますわ、ダーデン卿。ただし、このあたりをひとまわりするだけにしておきましょう」

レディ・ウィロービーが声をあげるのを無視して、イザベラは軽快な足取りで階段を下り、メイドが差し出す帽子と手袋を受け取った。

「わたしがどれだけ光栄に感じているか、感激のあまり言葉にできないほどですよ」ダーデンが差し出す腕を無視して、イザベラは彼の上着から飛び出している剣に目をやり、眉をひそめた。

「昼間からそんなものが必要なのかしら？」従僕が開けた玄関のドアの前で彼女は言った。「ロンドンは洗練された町だとだれもが言っているけれど、それは間違っているようね。それとも、昨夜グリーヴズ大佐にしたように別な紳士に戦いを挑むつもりなのかしら？」

「さすがに目ざといですね」ダーデンは片方の手を胸に当て、もう一方の手を剣の柄に置いた。「この剣を身につけていないと裸になったような気がして心もとないのですよ。わたしにとって、これが最も忠実な友なのです。それに、グリーヴズですが、われわれは大昔からの友人で――」

「あなたの馬車は、無蓋《むがい》なのね」玄関の前に停《と》まる明るい黄色の車輪をつけた優雅な四輪馬車には、幌《ほろ》がかかっていなかった。ふかふかの革張りの座席に座る乗客は、通りの真んなかにピアノの椅子を出して座るのと同じようにむきだしの状態になる。

こういう馬車に乗るのがどれだけ危険なことか、イザベラはトムから聞かされていた。銃で狙《ねら》う人間がいれば、通りすぎるどの建物の窓からでも彼女を容易に撃つことができる。

「外に出るのは、やめにするわ、ダーデン卿」彼女は言った。

ダーデンは驚き、罪を悔いるような顔で言った。「どうなさったのですか？　お気に障るようなことをしてしまったのであれば、謝罪いたします」

「あなたのせいじゃないわ。問題は、この馬車なの。こんなに大胆に人目に姿をさらすのは賢明なことではないわ」

ダーデンは首を振った。「わたしがこの馬車を選んだのは、あなたにあらぬ噂《うわさ》が立たないようにと考えてのことです。わたしと二人きりで密室のような馬車に乗って出かけたという噂が広まれば、あなデンの評判に傷がつくでしょう」

「それもそうね」トムならどう言うかしら? イザベラは迷った。どうしたらいいか、一人では決められないような気がした。

「いちばん安全な通りを選んで馬車を走らせると約束します」ダーデンは言った。「そうして、いつでもあなたが帰りたくなったら、すぐにその場で引き返して、まっすぐここに戻ってくることにいたしましょう」

「昨夜も、あなたは庭に出る前にそうやって約束したわ。でも、そのあとあなたがどんなことをしたか、覚えているはずでしょう?」

ダーデンはたじろいだ。「わたしは夜になるといろいろと愚かなことをしてしまうのです。しかし、明るい日の光の下では子猫のように従順ですし、いったん口にした約束も、シェフィールド産の鉄のように固く守ります」

イザベラは玄関口でためらいながら、メイドが差し出した日傘を受け取った。

彼女が考え込んでいるのを見て、ダーデンはため息をついた。「マーム、グリーヴズだけがあなたのお目付役にふさわしい能力を持っているわけではありませんよ」

たしかにそのとおりだ。わたしはロンドンに来てからも、わずか数日前まではトムなしでやってきたのだ。それに、詩についての話もしなくてはならない。「近くをひとまわりしたら帰ってきましょう、ダーデン卿。御者には安全な通りだけを選ぶように念を押してちょうだい」

イザベラは伯爵夫人の従僕の手を借りて馬車に乗り込んだ。ちらりとダーデンを見ると、彼はこそこそと馬車に背を向け、上着のポケットから携帯用の瓶を取り出して酒をあおっていた。酒なしでは何もできない男もいる。トムが言っていたとおり、ダーデンもその一人なのだろう。

　ありがたいことに、ダーデンは彼女の隣ではなく向かいの席に座った。幌のない馬車でなれなれしく肩を寄せ合って座っているところを人に見られてはたまらない。イザベラは日傘を広げ、日差しをさえぎる薄い布が銃弾までもはじき返してくれたらいいのにと思った。

　それでも馬車が動き出し、柔らかく心地よい日差しを肩に浴びるうちにようやく緊張は和らぎ、彼女は通りすぎる家や公園をゆったりと眺めはじめた。

「この町はどこまで行っても終わりがないように思えるわ」イザベラは首を伸ばして教会の金色の尖塔《せんとう》を見上げながら言った。「ロンドンの町をすべて見てまわるとしたら、どのくらいかかるかしら?」

「何週間もかかるでしょうな。いや、何カ月もかかるかもしれない。わたしでよければ、いつでも喜んでご案内させていただきますよ」

「何年もかかりそうだわ」彼女は言った。「だって、あなたたちイギリス人は、こうやって次々と新しい建物を建てているんですもの。どっちを見ても工事現場が目に入るわ。大工が足場を組んで、材木や石を積んだ荷車を驢馬《ろば》に引かせている」

「ロンドンでは、常にすべてが新しいものに変わっていかねばならないのです」ダーデンが講釈を垂れるような口調で言った。「季節が変わるたびに、あらゆるものが生まれ変わるといっても過言ではありません。父の代に建てられた大邸宅も引き倒され、さらに大きな屋敷に建て直されるのです。ロンドンは、お菓子を目の前にした子どものように、次々と土地をのみ込んでいくのですよ」

「モンテヴェルデの民衆は、未来のことをそんなふうには考えないわ」イザベラは父の言葉を思い出しながら言った。彼女の父はいつも、モンテヴェルデの人々には野心が欠けていると吐き捨てるように言っていた。祖国の人たちとイギリス人との違いは、いったいどこからくるのだろう？「わたしの祖国の民衆は生まれつき怠惰で無精だから、何事につけても現状のままで満足しているのよ」

「要するに、イギリス人と違って、古い時代に敬意を払っているということでしょう」ダーデンは大げさにため息をついて、失われた過去への嘆きと憧《あこが》れを口にした。「われわれの文化も古代ローマに端を発しているのですが、そのことを示す立派なライオンの石像は、あなたの国と違って失われています。もし仮に後世まで残されていたとしても、数世代ののちにはテムズ川に捨てられて、かわりにそこに橋が建造されたことでしょう」

「あなたなら、フランス軍の勝利によって何が失われるか、理解できるでしょうね」彼女は日傘を肩の後ろに倒し、ダーデンに顔を近づけ、差し迫った表情で声をひそめて言った。「モンテヴェルデに好意と敬意を示してくれて、ありがたいわ」

「もちろん、わたしはモンテヴェルデに好意も敬意も抱いておりますよ」彼は気楽な調子で言った。「かの国の美しき王女に敬意と憧れを抱いているのと同様に、ですが」

イザベラは気味の悪い賛辞を無視して言った。「昨夜お願いしたことは考えていただけたかしら、ダーデン卿？」

侯爵の表情が急に用心深いものになった。「昨夜はいろいろなお話をいたしましたね、マダム」

「ええ、でもほんとうに大切なことは一つだけだったでしょう？」イザベラは苛立ちを抑えて言った。ここで腹を立ててはならない。芸術家や詩人というものは、細かいことは覚えていないものなのだ。おまけに、この詩人は酒に酔っている。「モンテヴェルデのことを謳《うた》った詩を書いてほしいとお願いしましたわ。出版できるような立派な詩を書いてもらて、わたしの国が置かれた苦境にイギリスの人たちの温かい気持ちを向けてもらえるようにしたいの」

「そういうことなら、わたしにお任せください」彼はそもそも昨夜の話を聞いていなかったのかもしれない。「しかし、それほどの大役をほんとうにわたしにお与えくださるのですか？」

イザベラはうなずいた。「そのつもりよ、ダーデン卿。昨夜も言ったとおりよ」

彼は座席の背もたれに身をあずけて天を仰ぎながら静かに笑い声をあげ、イザベラに視線を戻した。

「ああ、なんという栄誉でありましょう。これほど喜ばしいことはありません。わたしの貧しい詩才をそれほどまでに評価してくださるとは」

「その言葉が単なる謙遜《けんそん》であることを願っているわ」彼女は不安げに言った。「わたしの国の未来にとって、とても大切な作品を書いてもらわなくてはならないのだから」

だがダーデンは満面に笑みを浮かべ、うぬぼれとさえいえる表情を彼女に向けた。よく見ると、外の新鮮な空気のせいか上着に忍ばせた酒のせいかは知らないが、顔色もかなりよくなっている。

「要するに、こういうことですかな？」ダーデンは言った。「グリーヴズがわたしに嫉妬《しっと》を覚えるのは、根拠があってのことなのですね？　あなたがわたしの詩の才能を買ってくださったことに、あの男は嫉妬を感じていると？」

「どうしてそういう話になるのかしら？」イザベラは今朝の寝室での出来事を思い出し、眉をひそめた。「大佐はもともと嫉妬深い人間ではありませんわ、ダーデン卿。少なくとも、わたしのことで嫉妬を覚えてなどいないはずです。わたしに特別な好意を抱いているわけではありませんもの。あなたは、彼の任務に対する真剣な態度を別な意味に誤解しているんじゃないかしら？」

「あなたのほうこそ誤解していらっしゃいますよ、マーム。わたしは子どものころからトム・グリーヴズを知っています。あの男が大好きなのは任務ばかりではありません。彼が昨夜あのような反応を見せたのは、将軍の命令というより、愛する王家の娘に関係があるのですよ」

「言葉を慎みなさい、ダーデン卿！」イザベラは厳しい口調で言った。下劣な冗談のつもりなのか酒のせいなのかはわからないが、ダーデンの言葉にイザベラは激しい嫌悪を感じた。なぜこんな男に詩を書いてくれと頼んでしまったのだろう？　このなれなれしい下品な口のきき方や恩着せがましい態度を見れば、どんな詩ができるか、そしてその見返りに何を要求されるかわかったものではない。「あなたに詩を書いてもらうのはやめにするわ。こういう高尚な仕事には向かないようだから」

ダーデンは驚くべきことに、イザベラにウィンクをしてみせた。「女神はいつ聖なる啓示を思い出してくださるのですかね？」

「わたしはあなたの女神ではありません！」馬車は、バークレー・スクウェアからどれくらい離れたところを走っているのかしら？　もしダーデンがこんな調子で話しつづけるつもりなら、従僕に命じてすぐに彼を馬車から降ろし、御者に命じて自分一人でレディ・ウィロービーの屋敷に帰ってしまおうとイザベラは考えた。「身分をわきまえなさい！　なれなれしい口をききすぎるわ」

「そうかもしれませんね」ダーデンは悪びれもせずに認めた。「だが、グリーヴズも似たようなものでしょう？　あいつは昔から、気晴らしに女を追いまわすようなことはしませんでしたが、気に入った女を見つけると、いつも自分の目の届くところに置いておきたがるような男でした。その相手が今はあなたなんでしょう」

「違うわ!」そう言いながらも、イザベラはやましさを感じないわけにはいかなかった。今朝のキスのことや、二人のあいだに広がった興奮の波を思い出さずにはいられなかったのだ。あんなにひどい別れ方をしたことが悔やまれてならない。トムもわたしと同じように悔やんでいるのだろうか?

「いやいや、違いませんよ、マーム」ダーデンはふたたびウィンクをした。「見ればすぐにわかります。やつの日焼けした顔に太字で書いてありますからね。あの男はあなたに恋い焦がれている。あなたに心を奪われ、女神のように崇拝している。それくらいのことは、あなたも気づいているでしょう? だから、あの男は昨夜わたしにあれほど腹を立てたんです」

イザベラは激しい怒りと同時に動揺を覚えた。侯爵の無礼な口調に腹が立ち、トムが任務よりも彼女への気持ちを優先させているという言葉に心を乱されたのだった。「ダーデン卿、おかしなことを言わないでちょうだい」

「どうしてです? 事実じゃないですか?」

「違うわ!」侯爵はでたらめを言っているに違いない。断じて事実ではない! イザベラは身を乗り出して御者に向かって声を張り上げた。「すぐにバークレー・スクウェアに戻ってちょうだい。今すぐによ!」

「そんなに怒らないでくださいよ」ダーデンはだらしなく笑ってから周囲を見まわし、背後の御者を振り向いて言った。「これはどのあたりだ? オクスフォード・ストリートは越えたのか?」

「はい、先ほど越えました」御者が答えた。「来た道を引き返せば、すぐに――」

「打ち合わせたとおりの道順でバークレー・スクウェアに戻ってくれ」ダーデンは相変わらずにやにやした顔でイザベラに視線を戻した。「王女さまがこれ以上わたしと一緒にいるのを嫌って屋敷に帰りたいとおっしゃるなら、無理にお引き止めしようとは思いませんよ」

イザベラはそっぽを向いて、沿道の建設中の建物の正面に複雑に組まれた足場を見つめた。レディ・アレンによれば、ダーデン卿はロンドンじゅうの淑女から愛されているらしい。それがほんとうだとすれば、ロンドンの女たちはあまりに趣味が悪すぎて、同情のしようもない。

馬車は速度を緩め、角を曲がった。するとそのとき、煉瓦《れんが》をいっぱいに積んだ荷車が馬車の前を横切った。御者は荷車に向かって大声で叫びながら、馬車を引く二頭の馬を懸命に落ち着かせた。馬は道をふさいだ荷車の手前で止まった。通行人たちがあっけに取られた顔でこちらを見ている。通りの四つ角には、あとからやってきた馬車が何台もひしめいて立ち往生し、イザベラの馬車は前にも後ろにも進めない状態になった。

「何をやってるんだ！」ダーデンは体をひねって馬車の前方に目をやり、腹立たしそうに吐き捨てた。「目の前に飛び出してきやがって」

「モンテヴェルデで貴族の馬車にこんな無礼を働いたら、すぐに牢屋《ろうや》に入れられるわ」イザベラは日傘の柄を握り締め、苛立たしげにため息をついた。「こんな侮辱は絶対に……まあ、ダーデン、あれを見て！　なんなの、あの人たちは！」

スカーフで顔を隠した二人の男が建設中の建物の足場から飛び出し、馬車に向かって突進してきた。手に持った刃物らしきものが、太陽の光を反射してきらりと光った。一人目の男が、あっというまに馬車に飛び乗ってきた。しかも、イザベラの隣の座席に……。

9

覆面の男が隣の座席に飛び乗ってきた瞬間にイザベラの頭に浮かんだのは、二つの選択肢だった。一つ目は、イギリス人のレディのように恐怖に震えたままで泣き叫び、哀れに許しを乞《こ》うこと。もう一つは、フォルトゥナロの王女らしく堂々と戦うことだった。

イザベラには、最初の選択肢を選ぶつもりはなかった。

暴漢は、飛び乗った瞬間に体重で馬車が揺れ動くほどの大男だった。手には長いナイフが握られている。スカーフで隠れた男の口元が笑うのが見えた。残忍な光を放つ目には、獲物を捕らえた獣の余裕の表情が見て取れた。

だが、余裕は油断を生んだ。

暴漢が座席から腰を浮かせて手を伸ばすと、イザベラは手にしていた日傘で思いきり相手の顎を突き上げた。竹製の柄が砕け、鉄製の傘の骨が顔をえぐった。男はたまらずのけぞり、顔を押さえて座席に腰を落とした。

暴漢は日傘をつかんで馬車の外にほうり出し、イタリア語で悪態をついた。

イタリア語ですって?

イザベラは考える間もなくスカートを引き上げ、馬車から這《は》い降り、通りを走って工事中の建物に向かった。歩道に集まる人たちのなかに入れば安全だ。いくら凶悪な暴漢でも、人込みのなかで彼女に暴力を振るうはずはない。

だが、二人目の男が彼女の前に立ちはだかり、行く手をさえぎった。男は円を描くようにまわり込みながらイザベラを足場の下に追い込んだ。彼女は建物を背にしてじりじりと後退し、ついには煉瓦《れんが》の壁に背中をついて逃げ場を失った。積み上げられた材木や煉瓦の陰になって、群衆からは見えない場所まで追いつめられた。イザベラは恐怖と戦いながら逃げ道を求めて手探りで背後を探った。

「何を探してるんだ？」男は行く手をふさぐように広げた両手の指を小さく動かしながら、あざけるような口調で言った。「大事なものでも落としたのかい？」

「どいてちょうだい！」イザベラは震える声で命じた。「わたしにこんなことをして、許されると思っているの？」

「ああ、許されるとも」男は笑った。「現に、だれにも止められずに、こうしてるだろ？」

「笑わないで！」イザベラは怒りに任せて叫ぶと、横に積まれていた短い角材をつかんだ。「わたしをばかにするなんて、許さないわ！」

彼女は両手で力いっぱい角材を振りまわし、男の胸をしたたかに打った。男はうなり声をあげてよろめいた。イザベラは逃げ道を探して通りのほうに目をやった。ダーデンが馬車のなかで三人目の暴漢と剣を抜いてわたり合っているのが見えた。群衆の注目は、二人の戦いに集まっている。イザベラのほうに注意を向けようとする者はだれもいなかった。

だが、ダーデンはわたしのために戦っているのだ。意外なほど見事な剣さばきで暴漢と対決する侯爵の姿を見て、イザベラは驚きとともに罪悪感を覚え、彼女のためにダーデンが命を落とすことのないようにと祈った。しかし、自分自身のために祈る時間はなかった。胸を打たれた男が顔を上げ、ふたたびイザベラに迫ってきたからだ。男はもはや笑っていなかった。

「やはりおまえも、ほかの屑《くず》どもと同じだな」彼は自分の顔からスカーフをはぎ取った。もう顔を見られてもかまわないのだろう。目が爛々《らんらん》と輝き、抵抗する気がうせるほどの殺気がみなぎっている。「腐った王家の雌犬め！」

「あなたはモンテヴェルデの人間なのね」彼女は手に持った角材を相手に向けて剣のようにかまえた。

「あなたのイタリア語を聞けばわかるわ。こんなことをするなんて、恥を知りなさい！」

「恥を知れとは、フォルトゥナロの人間がよく言えたものだ。おまえこそ恥を知れ、この暴君の娘が！」男はイザベラの足に唾《つば》を吐きかけた。「おれに刃向かうつもりか？」

「もちろんよ。負けないわ！」イザベラは角材を振り下ろしたが、男は片手で難なくそれをつかんだ。

だがイザベラは角材から手を放さず、今度は力いっぱい引いた。「見てなさい！　痛い目に遭わせてあげるから」

「さすがにふしだらなお姫さんだ。元気だけは一人前だぜ」

男がぐいと角材を引くと、イザベラは前のめりになってよろめいた。次に、すかさず男が角材を跳ね上げると彼女は後ろに突き飛ばされ、煉瓦の壁に背中を打ちつけた。肩から全身に激しい痛みが走った。

彼女はたまらず声をあげ、思わず角材から手を放し、しゃがみ込むようにして地面に膝をついた。角材は男の手に握られていた。

「命乞いでもするかい？」男はイザベラを見下ろし、片方の手のひらを角材でぴしぴしと叩《たた》きながら言った。「こうなったら誇りも何もないだろう？　なりふりかまわず泣きわめいてみたらどうだ？」

「死んでも誇りは捨てないわ。なぜなら、わたしはフォルトゥナロの王女だからよ！」彼女は勇気を振りしぼって立ち上がり、震える脚に力を入れて胸を張った。「命乞いなんて、するもんですか！」

男は角材を振り上げた。「それじゃあ、望みどおり、こいつを食らわせてやるよ。おまえのような悪魔は、地獄に——」

そのとき、男の眼球が衝撃でせり出した。暴漢はぽっかりと口を開け、おかしな角度に体を折って脇《わき》腹《ばら》に手を当てた。手の下から大量の血があふれ出している。流れ出た血は男の袖《そで》を濡《ぬ》らし、みるみるうちに地面に赤黒い水たまりを作った。男は一度、二度と体を揺らし、前のめりになって顔からイザベラの足元に倒れた。男の上着の背中に、銃弾が引き裂いた大きな穴が口を開けていた。

「イザベラ!」

トムの顔がぼんやりとかすんで見えた。このとき初めて、イザベラは自分が泣いているのに気づいた。トムは片方の手に男を撃ったピストルを持っていた。硝煙の臭《にお》いがまだあたりに立ち込めている。彼のもう一方の手には剣が握られていた。銀色の刃が血で濡れて赤く光っている。

「トマソ」イザベラの頬を涙が流れ落ちた。「来てくれたのね!」

「声が聞こえたんだ。無事だと言ってくれ」トムは荒い息のあいだから声を出した。「頼むから、怪我《けが》はないと言ってくれ!」

彼女は懸命にうなずき、何度も深く息を吸い込んでなんとか気持ちを落ち着け、涙を拭《ぬぐ》った。勇敢なフォルトゥナロのライオンは、困難な状況の下でもこうして気持ちを落ち着けなくてはならない。それでも、イザベラはトムの力強い腕で抱き締めてほしいと思った。王女ではなく、一人の女として、彼の胸に抱かれたかった。

だがもちろん、こんなに多くの群衆がいる場所でそんなことをするわけにはいかない。今ではトムの背後に人が押し寄せ、目を丸くして興味深げにこちらを眺めていた。

「ほんとうか？」トムは彼女の顔を見つめ、イザベラがほんとうに怪我をしていないことを確かめた。

イザベラはもう一度うなずいた。彼女の心はガラスのように壊れやすくなっていた。壁に激突した肩のあたりが痛む。しかし、時間がたてば、また元気になるだろう。いや、そうならなくてはならない。

「わたし、暴漢に反撃したのよ」

「なんだって？」トムはイザベラの言葉の意味をよく理解できないまま顔をしかめて拳銃《けんじゆう》をベルトに差し込み、剣を拭って鞘《さや》に収めた。「暴漢を殴ったのか？」

「そうよ。そこに落ちている角材で……」そのとき の記憶がよみがえるとともに、彼女の目に涙があふれた。一つ間違えば、自分も足元の男と同じように冷たい死体になって地面に横たわっていたのだ。

「その角材で力いっぱい胸を叩いたわ。よろけるくらい強く叩いたのよ」

トムは小さく口笛を吹いた。「運がよかったよ。この手の男は、女性に恥をかかされるのが何より嫌いだからね」

「もう一人の男もよ。馬車に飛び乗ってきた男だけれど、日傘で顎を突き上げたの」

「そんなことまで？」トムは振り返って馬車を見た。

「そうよ」イザベラは何度も小さくはなをすすった。「あれは柄に象牙《ぞうげ》の彫刻がついた色染めのシルクの日傘で、フィレンツェから取り寄せたものなの。ほんとうにかわいらしくて気に入っていたのよ。修理もできないくらいひどく壊れてしまったけど、命が救われたと思えばあきらめもつくわ」

「新しいのを買ってあげるよ」トムは彼女にハンカチを差し出した。「日傘は王女を守って立派に散ったわけか。名誉の戦死というやつだな」

その言葉を聞いてイザベラは思い出した。「ダーデンはどうなったの？　彼の姿を見た？」

って、ぴんぴんしているよ」トムは苦々しい口調で言った。

「どこにいるの?」

「馬車のところさ。やつが転んで頭を打ったところにわたしが駆けつけたんだ。おかげで、あいつのかわりに暴漢をやっつけなくてはならなかった。ダーデンは手柄を横取りされたみたいに不機嫌な顔をして、ポケットから酒瓶を出してさかんにあおっていたよ」

それだけ聞けば、彼がどういう様子でいるかが想像できた。ダーデンは哀れにも英雄になる機会を逃し、結局はぶざまな姿をさらしたのだ。

トムは足元の男に視線を向けた。「二人の暴漢については、たいしたことはわからずじまいになりそうだな」彼は死体を足でつついた。「どちらか一人は生かしておけばよかった。そうすれば、いったいどんなやつらなのか聞き出せたかもしれない」

イザベラは深く息を吸い込み、足元の死体を見た。死んだあとも人の体から血が流れるとは知らなかった。しかも、こんなにたくさんの血が人の体から流れ出るなんて。イザベラは急に胃のなかから込み上げるものを感じ、慌ててトムのハンカチを口に押し当てた。王女が人前で涙を見せることはあってはならないことだ。人前で嘔吐《おうと》するのは、それよりはるかに不名誉で恥ずべき失態だ。

「見ちゃだめだ」トムはすぐにそう言ってから、死体を視線からさえぎるようにイザベラの前に立ち、彼女の腕を取ってその場を離れようとした。「さあ、レディ・ウィロービーの屋敷に戻ろう」

だが、イザベラは死体の前から動こうとしなかった。「はっきりと顔を見ておきたいのよ、大佐。彼らがどんな人間で、何が目的なのか知る必要があるでしょう?」

トムは顔をしかめた。「どうせ流れ者だ。調べたって何もわからないよ」

「そんなに単純なことではないのよ」周囲に人が集まっていたことに気づいてイザベラは声を低め、イタリア語に切り替えて言った。「少なくとも、二人はモンテヴェルデの人間よ。言葉を聞いてわかったの。それに、この人たちはわたしのことも、わたしの家族のことも知っていたわ。だから……この二人は最初からわたしを狙《ねら》ったのよ、トマソ。間違いないわ」

「そんなことだろうと思ったよ」トムの表情が引き締まった。「実は、だれかがわたしに偽の伝言をよこして、ありもしない用件でわたしをバークレー・スクウェアからおびき出したんだ。そうでなければ、きみと一緒にここに来ていたはずだった」彼は足元の死体にあらためて目をやった。「この男には今まで会ったことはないんだね？」

イザベラは念のために、もう一度、男の顔を見てから首を振った。「ほかの死体も見せてちょうだい」

「どうしても、と言うなら反対はしないが」トムは言った。「女性が楽しめるようなものではないと思うよ」

「そうでしょうね」彼女は言った。「でも、自分の敵の顔は見ておく必要があるわ」

トムはしぶしぶ彼女を連れて群衆をかき分け、馬車に向かった。剣でのわたり合い、銃撃、殺人——そうしたことが、ロンドンのこぎれいな新市街の路上で繰り広げられることは珍しいはずだ。女性や子どもを含めて、これだけの数の物見高い群衆が集まってくるのも当然だろう。路上の二つの死体には、汚れのついた工事用の防水シートがかけられていた。そのまわりには、群衆が近づきすぎないように煉瓦積みの職人が手を広げて立っていた。死体の横には厚地の外套《がいとう》を着た巡査が立ち、部下に死体の状況を書き留めさせていた。

「ああ、大佐」トムに気づくと巡査は言った。「二人とも死んでいます。しかし、あなたが罪に問われることはないと約束しますよ。何十人もの目撃者から話を聞いてありますからね。みんな口をそろえて、あなたが今日の英雄だと言っています。悪いのは死体になったこいつらです。ところで、もう一つ死体があると聞きましたが」

「あの足場の下ですわ」イザベラが冷静で落ち着き払った口調で言った。「こちらの二人の死体を見せていただきたいわ」

「こちらはモンテヴェルデ王国のイザベラ・ディ・フォルトゥナロ王女です」トムがそう言うと、見物人のあいだにどよめきが広がった。「暴漢が狙ったのは王女です。彼女が見れば死体の身元がわかるかもしれない」

巡査は帽子のつばに手をやって王女に敬意を表してから身をかがめて防水シートをめくった。最初に見えたのは、馬車に飛び込んできた男の死体だった。幅のある顔に、日傘の骨による切り傷がいくつもついている。だが、それよりも目を引くのは、剣で深く刺し貫かれた胸の傷だった。イザベラはトムの剣に血がついていたことを思い出した。この男もトムに殺されたのだろう。死体の上着とシャツを染める血と、死体の背中から流れて路面を黒く汚す血だまりを見て、イザベラはまたもや込み上げてくるものをのみ込まなければならなかった。

「この男がリーダーよ」彼女は穏やかな声で言った。「でも、顔も名前も知らないわ」

「所持品からも身元がわかるようなものは何も出てきませんでした」巡査が言った。「調べても何もわからないでしょうね。まんざら馬鹿な連中でもないということです」

イザベラには、もう一つだけ巡査に聞きたいことがあった。彼女は答えを知るのを恐れながら言った。

しら？」

「死体の首にペンダントのようなものはなかったかしら？」

「ネックレスのことですか？」イザベラの緊張をよそに巡査は死体の首を手荒く傾け、シャツの襟を引きちぎるように開いた。死体の首に細い紐《ひも》が見えた。巡査はその紐を首から外して立ち上がった。「これはなんでしょうね？」巡査は紐の先にぶら下がる素朴なペンダントをじっと見た。「この男たちが属している暴力団か秘密結社のシンボルかもしれません。あなたが言っていたのは、これのことですか？」

巡査はペンダントをイザベラに手渡した。赤い糸で小枝を三角形に結んだあのペンダントだった。アンナの首にかかっているのを見たのが最初だった。カパーズウェイトの店で襲いかかってきた針子も同じものを首から下げていた。この死体の男を含めた三人はみなモンテヴェルデの人間で、しかも、そろってイザベラに恨みを抱いているのだ。

王宮で暮らしていたときには、このネックレスも三角形のシンボルも目にしたことはなかったし、だれかが話題にしているのを耳にしたこともなかった。どうして、だれもこの危険な集団についてわたしに警告してくれなかったのだろう？　家族や宮廷顧問は、この集団の存在を知らなかったのかしら？

これまでイザベラは、フランスこそがモンテヴェルデ王国の最大の敵だと教えられてきた。だが、モンテヴェルデを内部から侵食し、フォルトゥナロ家を背後から嚙《か》み殺そうとする者たちが国内にいるとしたら、それはフランスよりもさらに恐ろしい敵だと考えるべきではないだろうか？

その敵は、ひょっとしたらすでに彼女以外のフォルトゥナロの人間をも……。

「イザベラ」トムがイザベラの腕に軽く手を触れた。彼女は現実に引き戻された。「これまでに、そのペンダントを見たことは？」

彼女は、ほんの少しだけ顎を動かして小さくうなずいた。大勢の人の目があるところで、これ以上その話はしないほうがいい。

「その三角形の意味を知っているのかい？　どんな集団がそのペンダントしているんだ？」

「わからないわ」イザベラは短く答えた。

トムは巡査に顔を向けた。「このペンダントはわたしがホワイトホールに持っていきますよ」トムは巡査に言った。「海軍の専門家に調べさせれば、何か手がかりがつかめるかもしれない」

「そうしたほうがよさそうですね」巡査が言った。「こんな危険な外国人がロンドンの町から少しでも早くいなくなってくれるなら、そうしてもらうほうがいい」

「ご無事でしたか」青白い顔をして御者に体を支えられたダーデンがイザベラに声をかけた。頭に巻いた包帯にうっすらと血がにじんでいる。「わたしがついていながら、こんなことになってしまって、なんと申し上げたらよいか――」

「まあ、ダーデン！」イザベラは大仰に驚きの声をあげた。「お怪我はないと聞いていたのに」

「ええ、少なくともあんな連中には負けませんよ」彼はトムの顔をちらっと見てから言葉を続けた。「だが、そのシートの下で死体になっている男にとどめを刺すところで膝を蹴《け》られましてね。それで馬車から転げ落ちて頭を打ったというしだいです。剣では勝てないからといって足を出すなんて、卑怯《ひきょう》な男ですよ」

「そこで、わたしが侯爵にかわって卑怯者を成敗したというわけです」トムが横から口をはさんだ。

ダーデンは御者の腕から身を離し、トムに向かって皮肉めいた口調で言った。「きみのように海軍仕込みの荒っぽい武術を身につけていなくて残念だよ、グリーヴズ」それから、侯爵はあらためてイザベラに顔を向けて言った。「さあ、馬車の用意ができています。ただちにバークレー・スクウェアにお送りいたしましょう」

トムが口をはさんだ。「雇った馬車を待たせてあります。こちらは幌《ほろ》のついた有蓋《ゆうがい》馬車ですよ」

イザベラはダーデンに向かって言った。「大佐の馬車で帰ることにするわ。無蓋馬車はこりごりよ」

彼女はトムに視線を向けた。「帰りたいわ、大佐。今すぐ屋敷に連れていってちょうだい」

トムは寝室で剣を握り、鏡の前に立った。かまえた剣を振り、胸の筋肉の動きを確かめた。今日の昼間の路上での小競り合いには勝利することができた。彼は生き残り、三人のイタリア人は死んだ。だが、敵が力任せに暴れるだけでなく、もう少し頭を使ってトムに挑んできていたら、結果は違っていたかもしれない。

彼は剣を振りかぶった。陸での生活は彼の戦闘能力を奪いはじめている。長年の訓練の成果が失われつつあるのだ。陸での暮らしが続くかぎり、戦士としてのかつての強さは二度と戻ってこないだろう。

彼は蝋燭《ろうそく》の光を受けて鏡のなかに浮かび上がる青白い肌と胸の傷跡を見つめた。銃弾を撃ち込まれてから数カ月がたっているというのに、ぎざぎざになった傷跡はまだ肉が赤く盛り上がり、黒い体毛に覆われた広い胸が歪《ゆが》んで見えるほど筋肉を引きつらせている。

だが、傷跡そのものはむしろ軍人に与えられた名誉ある勲章のようなものだ。トムにとって不安なのは、傷跡ではなく、肉と骨の下にある心臓についての医師の不吉な診断だった。

今日、彼はイザベラを救うために走り、飛び、戦った。船の上で負傷して以来初めての、激しい戦いだった。だが、以前と心臓はなんら変わりなく彼の全身に熱い血を送り出してくれた。

トムは剣を頭上にかまえたまま、片方の手を傷跡の上に置いた。彼の命を支える心臓の鼓動が手のひらに伝わってきた。イザベラを守るためなら、自分の身を捨てる覚悟はある。しかし、今後どれだけ彼女のために危険を冒すことになるのだろう？　あとどれくらい、わたしの心臓は危険に耐えなくてはならないのだ？

廊下からだれかの小さな足音が聞こえ、トムの寝室の前で止まった。使用人だろうか？　緊急事態が起こったのでもないかぎり、こんな時間に使用人がやってくるはずがない。トムはノックの音に応《こた》えて、シャツを着る間もなく急いでドアを開けた。

「まあ、グリーヴズ大佐」イザベラが驚いたように片方の眉を上げ、トムの手に握られた剣を見下ろした。「訓練でもしていたの？」

「そんなところだよ」彼はイザベラの手を取り、急いで部屋に入れ、ドアを閉めた。「こんな時間に、どうしたんだい？　何か問題でも？」

「ここに来てから、問題のない日なんてないわ」イザベラは言った。

トムは安堵《あんど》のため息をつきながらも、彼女の声に切迫した響きを感じ取った。「きみがここに来たことは、だれも知らないのか？」

「夜中に男性の寝室に押しかけるようなふしだらなことをしているのが、人に知られたら大変だという意味なら、心配はいらないわ」

「わかった。心配しないでおくよ」

「ご立派な心がけね」イザベラは素足にスリッパをつっかけて、シルクの部屋着を着ていた。最初にキスをしたときに着ていたのと同じ部屋着だ。「でも、心配は無用よ。屋敷の人間はみんな眠っているわ。起きている人がいても、眠ったふりをしているのよ。わたしだけじゃなく、ウィロービー卿《きょう》の徘徊《はいかい》に気づかないふりをしなくてはいけないんですもの」

「ウィロービー卿が徘徊を？」トムはこの家の主人の行動に興味を持っていたわけではなかった。だが、真夜中にイザベラと寝室に二人きりでいる気まずさから少しでも逃れたくて、きき返した。「卿は夢遊病なのかい？」

「ある意味ではね」イザベラは興味なさげに少しだけ肩をすくめた。「伯爵は毎晩、客間女中たちの寝室をまわってベッドとお尻を温めてあげているの。毎晩、聞こえてくるのよ。伯爵夫人は夕食のあとまっすぐ寝室に上がっていって、わけがわからなくなるまでお酒を飲んで、明白な事実と向き合うのを避けるのよ」彼女はトムの裸の胸に視線を留めて言った。「それが死にかけたときの傷ね？」

「なかなか見事に縫ってあるだろう？」彼はテーブルの上の鞘に剣を収め、椅子の背にかけておいたシャツに遅まきながら手を伸ばした。

「そのままがいいわ」イザベラは静かに言った。彼女の視線は依然としてトムの裸の胸に注がれている。「お願い。二人きりのときは、イギリス風の慎み深さは忘れるようにしましょう」

「そう言われても……」トムは椅子にかけたシャツに伸ばした手を止めて言った。

「わたしはわざわざあなたの評判を汚しに来たわけじゃないわ。ちゃんとした用事があるのよ」イザベラは部屋着の下からクリーム色の分厚いカードを取り出した。「夕方に届いたの。皇太子は約束を覚えていたらしいわ。カールトン・ハウスの舞踏会への招待状よ」

「なるほど」トムは優雅な書体で書かれた招待状を複雑な気持ちで眺めた。本来、イザベラが属しているのは王族の世界だ。しかし、皇太子から受け取った招待状は、どちらかというと略式のものだった。彼女は少なからず傷ついているに違いない。トムはこれ以上イザベラが傷つくのを見るのが耐えられない気がした。「招待を受けるつもりかい？」

イザベラは彼を見上げた。黒い瞳が重苦しげに何かを訴えていた。「受けるべきかしら？」

「きみが決めることだ」トムは彼女の顔をのぞき込んだ。「これまでは人の意見をきいたりしなかっただろう？　どうして今日にかぎって、そんなことを聞くんだい？」

イザベラは顔を赤らめ、トムの手から招待状を奪い取った。「皇太子の舞踏会にどんな危険が潜んでいるか、あなたなら知っていると思ったからよ」そう言ってから、彼女はさらに顔を赤らめた。「ほんとうは、今夜は一人でいるのが嫌だったの。だから、ここに来る口実に招待状を使ったのよ」

イザベラはトムに背を向けた。彼女の後ろ姿から緊張が伝わってきた。

「わたしの人生は、すっかり狂ってしまったわ。以前とはまったく違ってしまった。これからどうなってしまうのかしら？　わたしが生きていける場所は、どこにもなくなってしまった」

「きみはロンドンで十分に幸せに暮らしているよ」トムは言った。「ロンドンはきみのお母さんが選んだ場所だろう？　今きみがいるべき場所はロンドンなんだよ」

「だったら、どうして？」彼女は寂しそうに言った。「どんなにがんばっても、だれもわたしの話を聞いてくれないし、わたしの国を助けようともしてくれないの？」

「イザベラ」トムは彼女を慰めたかった。だが、どう言っていいかわからなかった。「ひょっとしたら、皇太子からの招待状が何かのきっかけになるかもしれない」

「そんな言葉を真に受けるほど愚かじゃないわ」彼女は深いため息をついて肩を震わせた。「彼が招待状をくれたのは、わたしが若くてきれいで面白いと思ったからよ。モンテヴェルデやわたしの未来なんて、気にもしていないはずよ」

「だとしたら、皇太子は愚か者だ。何が大切なことなのか、わかっていないということになる」

「わたしも同じよ」イザベラは振り向き、トムの顔を見つめた。口元を震わせて涙をこらえながら、彼女は両腕を高く広げた。部屋着の袖が滑り落ち、なまめかしい腕が肘のあたりまであらわになった。

「わたしを見て、トム。あなたはわたしを信用しないと言ったわ。でも、わたしはあなたを信じている」

「それ以上、言わないでくれ、イザベラ。お願いだ」トムはつぶやくように言って、彼女に手を伸ばした。彼はつくづく後悔していた。怒りと苛立《いらだ》ちに任せてあんなことを言わなければよかった。「あのときは、二人とも冷静さを失っていたんだ」

「ごまかさないで、トム」彼女はトムの手から身を引いた。呼吸が乱れ、声が苦悩にかすれている。

「ほんとうのことを言ってちょうだい。どうしてわたしは嫌われるの？　二年前にはわたしに歓声をあげ祝福してくれた人たちから、どうして憎まれたりさげすまれたりするの？」

「イザベラ、やめないか――」

「教えてちょうだい！　聞きたいのよ！」彼女は叫んだ。伸ばしていた手が、何かにすがるように動いた。「あの小枝を結んだ三角形はなんなの？　どうして、わたしは悪魔のように嫌われているのかしら？　なぜ、あの人たちに殺されて泥のなかで虫けらのように踏みつぶされなくてはならないの？」

「そんなことはないよ、イザベラ」トムはゆっくりと彼女に近づいた。「フランスの革命も、ナポレオンも、そのほかのどんなことも、きみには関係ない」

「でも、わたしは現に命を狙われているわ」イザベラは腕を引っ込め、自分自身を抱き締めるように体にしっかりとまわした。目には新たな悲しみの色が広がっている。「何もかも、わたしが誇りに思っていたこと、つまりわたしがフォルトゥナロの王女であることが原因なのよ」

「違う」トムは静かに言った。自分が何を言いたいのか、彼にははっきりとわかった。彼は心から自分が思うことを口にした。「きみは間違っている」

「どこが間違っているの？」イザベラは頬を伝って流れ落ちた大粒の涙を手で拭った。

トムは優しくささやくように言った。「ぼくはきみのことを、もはやモンテヴェルデの王女として見ることはできない。きみはぼくにとって、王女ではなくイザベラなんだ」

彼女の顔があふれ出す感情に耐えきれずに歪んだ。

「トム」彼女はつぶやくように言った。「わたし、怖いわ。どうしてこんなに怖いの？」

「イザベラ」トムは言った。「あんな目に遭ったんだから、怖いのは当たり前さ」

「でも、わたしは勇敢で強くなくてはならないわ」

「ぼくには十分に強くて勇敢に見えるよ」トムはほんとうにそう思っていた。「だが、今夜はイザベラでいてくれ。そうしたら、ぼくも二人のために勇気を出せる」

トムは両腕を広げた。イザベラは少しのあいだためらったのちに、すすり泣きの声をあげ、彼の胸に飛び込んだ。彼女は力いっぱいトムを抱き締め、裸の胸に顔をうずめて、傷跡に頬を押しつけた。

「わたしを離さないで、トマソ！」イザベラはささやいた。「ずっとここにいさせて。わたしが安心できるのは、あなたの胸のなかにいるときだけよ。わたしを一人で部屋に帰したら、朝になるまでに死んでしまうわ！」

「黙って、イザベラ。何も言わなくていい」トムはささやき、顔にかかる彼女の髪を優しく払った。彼には、こうして彼女を抱いていることだけが人生で唯一正しいことのように思えた。あれだけの危険を二人で乗りきったのだ。いかに名誉を重んじ、任務に忠実な軍人であっても、こうして薄い布地を通して彼女の肌のぬくもりを感じること以上に、彼の人生にとって正しいと思えることはなかった。「今夜はきみを離したくない。二人のために勇気を出すと言っただろう？」

「うれしいわ」イザベラはうわずった声で言うと、トムの胸から顔を離し、その顔を見上げた。彼女の瞳にはまだ不安と恐れの色が残っていた。「わたしたち、いつまで死を乗り越えることができるのかしら？　これから何度、敵と戦って生き延びていけるのかしら？」

「そんなふうに考えてはだめだ」トムはきっぱりと言った。イザベラほど生命力にあふれた女性はいない。「弱気になってはいけないよ。毎日、朝起きたときに、今日も一日ちゃんと生きていられると信じるんだ」

「そうすれば、余計な心配はせずに生きることだけを考えていられるのね」彼女はささやき、トムに唇を重ねた。

10

イザベラはすべてを忘れてトムと唇を重ねた。

トムの寝室にやってきたのは、こうして彼とキスをするためではなかった。皇太子からの招待状を見せてトムと話をし、少しでも長く彼と一緒に時間を過ごしたいと思っていただけだった。彼女はその夜、自分の寝室で眠りにつくことができずに退屈な時間を過ごしていた。眠ることができたとしても、すぐに恐ろしい夢を見て、恐怖にあえぎながら汗まみれで目を覚ますだろうと思った。そこで、昼間の恐怖を忘れてトムと楽しく話をするために、彼の寝室にやってきたのだ。

だが彼の胸の生々しい傷跡は、イザベラに生と死を思い出させた。トムばかりでなく、彼女自身にとっても、生と死とを隔てる壁がいかに脆《もろ》いものなのかをあらためて思い起こさせたのだ。

彼女は今日、角材で頭を割られて死んでいたかもしれなかった。トムにしても、死体になって路上に血だまりを作って横たわり、人生に終止符を打っていたかもしれないのだ。トムは何度も命懸けで彼女を守ってくれた。運はこれまでは二人に味方をしてくれている。だが、運ほどあてにならないものはない。風向きはいつ変化するかわからないのだ。イザベラはもはやトムのいない人生など考えられなくなっていた。そのことを伝えもせず、身をもって示しもせずに、命が絶たれてしまうかもしれない。そう考えたとたんに、彼女はトムにすべてをあずけてしまいたい衝動に駆られたのだった。

彼女はトムの肩に腕をまわして体を押しつけ、唇を開いて彼の舌を貪欲《どんよく》にむさぼった。トムもそれに応《こた》えるようにイザベラの腰を両手でつかみ、力いっぱい引き寄せて取りつかれたように彼女の唇を吸い、さらに深く激しく舌を差し入れた。イザベラの胸は、欲望と期待と未知の経験への恐れに鼓動が速まった。

シャツを脱いだトムの体は、今まで気づかなかった匂《にお》いがした。たくましい胸は硬く黒い体毛に覆われ、対照的に皮膚は意外なほど滑らかだ。イザベラは、ズボンを通して彼女の腰に押しつけられるトムの下腹部の硬い膨らみを感じた。トムはイザベラを欲しがっている。彼女がトムを欲しがっているのと同じだけ、トムもまた彼女が欲しくてたまらないのだ。そのことを彼の下半身から感じ取り、イザベラはめまいがするほどの喜びを感じた。

彼女はトムの頬に唇を移し、羽根のように軽く顎にキスをしながら伸びかけた髭《ひげ》の感触を楽しみ、さらに下って首の横に唇を押し当てた。彼の心臓の鼓動が首の血管を通して唇に伝わってくる。その力強い脈動に合わせるように、彼女の心臓はさらに鼓動を速めた。

「ああ、イザベラ」トムは彼女の背筋に沿って手を滑らせながら、かすれた声で言った。「きみはぼくに火をつけてしまった」

「あなただけじゃないわ、トマソ」イザベラもかすれた声で言った。部屋着の腰紐《こしひも》がいつのまにかほどけていた。彼女が肩をすぼめると、部屋着がするりと肩から落ちて腕で止まった。もはや上半身を覆っているのは、シュミーズのような薄い綿のナイトガウンだけだった。「二人とも、こんなに熱くなっているわ」

トムは喉の奥でうなり声をあげた。「きみが王女だということを、忘れてしまいそうだ」

「今夜は、ただのイザベラよ」彼女はそうささやいて、彼の喉のくぼみにキスをした。「そう言ったのは、あなただわ」

トムは彼女の顔を上に向けさせ、唇にキスをした。

「でも、朝になればフォルトゥナロの王女に戻るんだろう？」

「そうして明日も価値のない過ぎ去った栄光にしがみつかなくてはならないのよ」彼女は憂鬱《ゆううつ》な気持ちを隠すことができなかった。「モンテヴェルデの王女には、たいした未来はないわ。それなのに、命だけは狙《ねら》われるのよ」

「いや、まだまだ十分に価値はあるさ。少なくとも、カールトン・ハウスに招待されただろう？」

彼女はふふんと笑った。「ハノーバー家がドイツの泥小屋で未開人のような暮らしをしていたころ、フォルトゥナロはすでに偉大な王侯だったのよ」

「それなら、ますます王女の立場には価値があるじゃないか」トムは彼女の背筋に沿って首から腰まで何度も手を滑らせた。そのたびに、イザベラは体をのけぞらせた。「きみは身も心も栄誉あるフォルトゥナロの人間なんだ」

「でも、あなたが望むかぎり、わたしはイザベラでいるわ」彼女はそう言って上目遣いにトムの顔を見上げた。「そうしてほしい？」

「もちろんだよ」彼は言った。「きみに誘われたら、聖人だって罪を犯すよ、イザベラ」

トムはイザベラのナイトガウンの細い肩紐に親指をかけ、するりと肩から外した。それからガウンの緩んだ襟元に親指を滑らせ、胸の膨らみをくすぐった。イザベラは身を震わせた。乳房の先端が硬く尖《とが》り、次の愛撫《あいぶ》を求める。イザベラは顔を赤らめた。視線を落とさなくても、二つの丘の頂上が薄い綿の布地から突き出しそうになっているのがわかった。

「キスをしたのはぼくが初めてだと言ったね？　つまりきみは――」

「こういうことは何もかも、あなたが初めてよ」彼女は早口で言って、顔を赤らめた。「王女は、そういうものなの。でも、イギリス人の何も知らない愚かな処女とは違うわ。モンテヴェルデでは、こういうことについては意味もなく上品ぶったりしないもの。母親が教えてくれないことは、侍女が教えてくれるわ。それに、友だちや従姉妹《いとこ》たちも。従姉妹のあいだで結婚していないのはわたしだけなの。みんな、新婚初夜のことをなんでも教えてくれたわ」

「なるほど」トムはイザベラの胸から目が離せなくなっていた。「それでもきみは処女なんだね?」

「前に言ったとおりよ。わたしは、しかるべき王家と縁組みをするまで純潔を守らなくてはならないの。祖国を追われた王女に政治的価値はないわ。王である父が今のような状況にあるかぎり、古代から続く格式の高い王家の子孫をわたしが産むのでもなければ、わたしにはなんの価値もないのよ」

「王家の人間は、どうしてきみの人間としての価値を認めないんだ?　きみは繁殖用の牝馬《ひんば》ではないのに」

「王女というのは、そういうものなのよ。ナポリの妃《きさき》は少なくとも十六人の子どもを産んでいるわ。そのおかげで、王妃としてとても高く評価されている」イザベラはつい早口になっていた。気づかないうちに、初めて男性に抱かれる愚かなイギリス人の処女のように、緊張のあまり饒舌《じょうぜつ》になっている。「わたしはまだ一人も子どもを産んでいないけれど」

「処女なんだから当然だろう?」

「そうね」イザベラは不安げにほほ笑んだ。彼女は、男はみな女の最初の恋人になりたがると聞かされてきた。トムもやはりそうなのかしら?「でも、そのほうがいいでしょう?」

「処女で、しかも王家の子どもを産むことを義務づけられた女性か」トムは深く息を吸い、イザベラのナイトガウンの肩紐をゆっくりと肩に戻した。「ぼくの義務はきみを守ることだ。言葉に表せないくらい残念だけれど、きみをベッドに連れていくことは、ぼくの任務には含まれていない」

「そのとおりね」イザベラは不満げにため息をもらした。「でも、あなたがわたしをベッドに連れていく必要はないわ。わたしが自分でベッドに行くんだもの。これはわたしの意志よ。そうしたいからするの。あなたはわたしの人生の海に残された最後の島だわ。それに、わたしは……処女のまま死にたくない」

「ぼくはそんなことを言ったわけでは――」

「聞いて！」イザベラはトムにどう思われようとも、それだけは言わずにいられなかった。「今までどの男性にも言ったことのないことを言わせて、トマソ。愛しているわ。わたしはあなたを心から愛している」彼女は息を継ぎ、言葉を続けた。「これで気がすんだわ。もう敵に殺されても、少なくともわたしの気持ちはあなたに――」

「やめてくれ、イザベラ！　やつらがきみをぼくから奪うだなんて、そんなことは絶対に許さない！」トムはイザベラの両肩をつかんで、言葉を返そうとする彼女の口を封じるかのように、熱く激しいキスをした。イザベラは、身をくねらせてトムから身を離した。その瞬間、トムはイザベラの膝の裏を腕ですくい、軽々とその体を抱え上げて、彼女を仰向けにベッドに横たえた。

イザベラはあっけに取られながら、柔らかいベッドに体を沈ませた。そして、すぐにトムの体の重みを感じた。彼がのしかかってきたとたんに、イザベラの体がなおいっそう深くベッドに沈んだ。トムは体重が彼女にかからないように両肘をついて自分の体の重みを支えていたが、それでもイザベラは、上になった彼の肉体の圧倒的な大きさと強さに驚かされた。

「死ぬことと愛することを一緒に語らないでくれ、

イザベラ」トムがしわがれた声で言った。彼の熱い吐息がイザベラの頬を撫《な》でた。「わたしたちの愛に、死は関係ない」

「両方がだめなら、どっちの話をしたらいいの？」イザベラは小声で、しかし感情を込めて言った。「愛すること？　それとも、死ぬこと？」

「人生を信じるように言っただろう？　わたしたちは、生きつづけるんだよ」トムは彼女にキスをした。彼の唇がイザベラの全身にめくるめくような快感の波を広げた。彼女はたまらず喉の奥からすすり泣くような声をもらした。トムはその声を聞くと唇を離し、今度は彼女の耳たぶを軽く噛《か》みながら、耳元でささやきかけた。「これが生きているということさ、イザベラ。きみは今、生きているだろう？」

「つまり、これこそが愛なのね」これから起こることを思うと、イザベラの胸は興奮と期待に破裂しそうなくらいに高鳴った。彼女はトムの肌を全身に感じながら、彼の下で身をくねらせた。もはやナイトガウンの裾《すそ》は腰のあたりまでめくれ、両脚の太腿があらわになっている。彼女が身もだえするたびに、トムの体はますますぴったりと両脚のあいだにはまり込んできた。「わたしにも、わかるわ」

「そうだろう？」トムはナイトガウンの襟元を左右に大きく開いて、むきだしになったイザベラの胸に手を置き、柔らかい膨らみを大きな手で優しく包みながら、その先端を親指で転がすように刺激した。胸の突起があっというまに硬く尖り、トムの親指を跳ね返した。イザベラは初めて感じる感覚にあえぎながら、自分の肉体が彼の愛撫にこんなにも簡単に反応することに驚いていた。

　イザベラはせわしなくトムの背中に手を滑らせた。指の先に彼の張りのある筋肉と滑らかな肌の感触が伝わってきた。トムの肉体に触れ、トムの手で触れられることが、どちらもイザベラの官能を高めた。

肉体はすでに内も外も燃えるようにほてり、胸のなかが息苦しさを感じるほど熱くなっている。手と足は、わけもなく重くけだるくなりつつも、もどかしさに落ち着きなく動いていた。

「ああ、トム！」イザベラは絹のように柔らかい彼の髪に両手の指をうずめて叫んだ。「これが愛するということなのね？」彼女は彼の唇をむさぼりながら言った。「これが情熱なのね？」

「そのとおりだ」トムはうめくように言って、イザベラの唇を激しく吸った。キスは、昨日までのキスとはまったく違っていた。ナイトガウンの下のむきだしの肌をトムの手で愛撫されながら、唇を合わせているからだ。彼の手がじわじわと太腿の内側を上がり、イザベラの最も柔らかい場所に到達した。

イザベラは反射的に両脚を閉じた。その場所がすっかりトムを受け入れる状態になっていることを知られるのが恥ずかしかったのだ。彼女の肉体がこんなにみだらな反応を示していると知ったら、トムがどんな反応を示すかわからない。

「恥ずかしがらなくていい、イザベラ」トムはそうささやいて、緊張を解くように彼女の太腿を優しく撫でた。

「恥ずかしがってなんか、いないわ」イザベラは反射的に答えた。彼の愛撫に思考が乱れ、それ以上のことは言えなかった。「それに……ああ、トム。トム！」

トムはその場所を探り当て、じらすように軽く愛撫を始めた。その瞬間、イザベラは思ってもみなかったような官能にため息をもらし、身を震わせ、さらに強く求めるように、もどかしげに腰を浮かせた。宮廷の女たちが快感や情熱や目の眩《くら》むような愉悦について語っていたことをイザベラは思い出した。今、ついにわたしは、その言葉の意味を身をもって知ろうとしているのだ。

「きみが恥ずかしがり屋じゃないことくらい、わかっているよ」トムが彼女の顎に唇を這《は》わせながら言う。彼の指が触れるたびに、イザベラの肉体に燃える情熱の炎が魔法のように激しさを増していった。

「きみは勇敢で大胆で、罪深いほど情熱的な女性だ」

そのひと言で、イザベラのなかに残っていた最後の慎みが吹き飛んだ。彼女は体を弓なりにして身をよじり、トムがナイトガウンを脱がせやすいようにした。熱を帯びた彼の肌が、むきだしになった自分の裸身に重なった瞬間に、イザベラは新たな興奮と快感に嗚咽《おえつ》に似たあえぎ声をもらした。あと一つ。あと一つだけだ。イザベラはトムのズボンの腰に両手を差し入れ、彼の引き締まった硬いヒップの曲線を覆う最後の一枚を引き下ろそうとした。トムはうめき声をあげて言った。「いたずらっ子だな、きみは」彼は息の乱れたしわがれ声で言うと、自分でむしり取るようにズボンを下ろした。「こういうことは初めてだと思っていたけれどね」

「誓って言うわ。ほんとうに初めてよ」イザベラは、欲望にかすれた声でそう言うと、トムの脚に手を伸ばした。彼がズボンを脱ぐわずかな時間だけでも、肌の触れ合いが途切れるのが嫌だった。「あなたのせいだわ。あなたがそうさせるのよ」

「ああ、イザベラ」トムは彼女の隣に身を横たえた。「きみのせいで、わたしの体はこんなことになってしまった」

蝋燭《ろうそく》の薄明かりのなかでイザベラはトムの情熱の象徴をはっきりと目にした。彼はイザベラを抱き寄せた。彼女の腰に、先ほど目にしたトムの肉体が火のような熱を伝えてきた。トムが彼女の両脚のあいだに体を入れ、その部分に欲望の象徴を押し当てた瞬間、イザベラは全身の震えを抑えきれなくなった。

「怖がらなくていいよ」ささやくトムの声が、イザベラの耳を熱い吐息となって刺激した。

「怖くないわ」イザベラは両脚を高く上げ、トムの腰に手をまわし彼を誘った。「あなたは、わたしたち二人のために勇気を出すと言ってくれたでしょう？　だから、わたしには恐れる理由は何もないわ」

準備はできていたはずなのに、彼が入ってきた瞬間、イザベラの喉から叫び声がもれた。トムがこれほど大きく、熱く、こんなにも深く彼女のなかに入り込んでくるとは思ってもいなかったのだ。快感は消え、彼女は戸惑いながらトムの体にしがみついた。

トムはどうにか自分の動きを抑えた。イザベラが彼の体に慣れるまで、少しのあいだ動かずにいたほうがいい。「すまない、イザベラ」トムがかすれた声で言った。「痛い思いをさせるつもりはなかったんだ」

「そんなに……痛くないわ」イザベラは涙をこらえながらささやいた。こんなことで泣くのは、弱い女だけだ。「ほんとうよ」

「きみは勇敢な女性だ」トムは彼女にキスをした。「すぐに痛くなくなるよ。ほんとうだ」彼はゆっくりと動きはじめた。そうして少しずつ、体の動きに指の動きを加えていった。すぐにイザベラも彼に合わせてゆっくりと動きはじめた。その動きは不器用で、とても勇敢な女のものとは思えなかった。

それでも、トムの腰が揺れるように動くたびに少しずつ慣れ、イザベラはふたたび喜びを感じていた。そして、トムに合わせて動くのを止めることができなくなった。肉体の奥からわき上がる快感の渦がイザベラをとらえ、甘く切ない感情の波が全身を支配した。いつまでも終わってほしくない。そう思った瞬間に、急に肉体のすべてが弾《はじ》けるような閃光《せんこう》と衝撃とともに、彼女は快感の大波に押し流された。その驚くほどの解放感にあえぐうち、トムもほぼ同時に頂点を極めた。二人は手脚を絡めて快感と幸福の淵《ふち》に沈んでいった。

イザベラは乱れた呼吸を抑えようともせず、仰向けになったトムの胸に顔をうずめた。トムはほほ笑み、目を閉じて彼女の豊かな黒髪を何度も撫でた。

イザベラは顔を上げ、トムの唇にキスをした。長く幸せなキスだった。彼女はようやく唇を離すと、トムに顔を寄せたまま言った。「トマソ、完璧《かんぺき》だったわ。生きていることと愛することは、こんなにもすばらしいものだったのね」

「これを完璧だと思ってもらっちゃ困る。まだまだこんなものじゃないからね。でも、初めてにしては悪くない」

「悪くない、ですって?」イザベラは不満げに言って、トムの裸の胸をこつこつと叩《たた》いた。「これ以上のものがあるなんて、信じられないわ。でも、さっき言ったことはほんとうよ、トマソ。愛しているわ。わたしはあなたを愛している。その気持ちがあるかぎり、わたしとあなたのあいだに足りないものは何一つないわ」

「わたしもきみを愛している。これでほんとうに完璧だ」彼の優しさが伝わってきて、イザベラは涙ぐんだ。「きみを愛さずにはいられないんだ」

「うれしいわ」イザベラはささやいた。「わたしも、ほかのだれかをこんなふうに愛するなんて、絶対に考えられない」

「わたしも一生きみ以外の女性は愛せない」トムは厳粛な顔でそう言うと、彼女の手を取って自分の唇に当てた。「わたしたちの愛が、きみの体のなかに実を結んだらどうなるだろう? 宮廷の女たちはそれについては教えてくれなかったのかい?」

「もちろん話してくれたわ」イザベラは静かに言ってから、体を丸めてトムに身を寄せた。「王家の赤ん坊も、普通の家の子どもと同じくキャベツの葉の下に生えるわけじゃないことくらい知っているわ。

だけど、わたしがいつまで王女を名乗っていられるかはわからないし、いつまで生きていられるのかさえわからない」

「約束する。きみに何が起こっても、わたしはいつもきみのそばを離れない」

イザベラは悲しそうにほほ笑んだ。彼女が身ごもったら、彼の約束はなんの意味も持たなくなる。これほど身分に開きがあれば、結婚は許されないし、子どもが認知される見込みもない。ここがモンテヴエルデであれば、イザベラはおなかが大きくなる前に人里離れた尼僧院に送られ、生まれた子どもは私生児としてどこかに連れていかれるのだ。そうしてフォルトゥナロの家名は守られ、イザベラ自身の貞節に傷がつくことも回避される。

だが、そういったことをトムに説明すれば、この幸福な時間は台なしになってしまう。

「あなたが言うような可能性があるのはわかっているわ」彼女は言った。「そうなったら、厄介なことになるのも承知している。でもわたしは、今日のことだけを考えて生きていきたいの。今夜、あなたと一緒にいる時間だけを考えたいのよ。明日のことは、明日にならなければ考えられないわ」

「きみはいつまでも王女さ」彼は言った。声には明らかに後悔とあきらめの色がにじんでいる。「こうしてすべての衣装を脱ぎ去ってわたしのベッドにいても、きみは依然として王女だ。きみのなかには王家の血が流れている。それだけは、世界じゅうの愛をもってしても変えることはできない」

わたしの気持ちをトムはわかっているのかもしれない。イザベラはほほ笑んだ。「そして、あなたはいつまでもトーマス・グリーヴズ大佐なのね？　わたしが何を言っても何をしても、あなたはいつまでも体のなかに血のかわりに潮が流れる海軍将校なのね？」

　彼はため息をつきながらもほほ笑んで言った。

「哀れな二人が知恵を出し合ってどちらに船を進めたらいいか考えているというわけだ」

「だれよりもすてきな二人よ」彼女はささやいた。「だって、知恵を出し合って一緒に進んでいくんですもの」

「一緒に」トムはイザベラを抱き寄せ、キスをした。「いつまでも一緒だ」

　部屋はまだ暗かったが、トムは目を覚ました。そして、そこがレディ・ウィロービーの屋敷の寝室であることも、すぐ横で体を丸めて眠っている女性がイザベラであることも、すぐに思い出した。だがそれよりも、彼が感じた異変は、かすかに聞こえる物音だった。神経をとぎすましたトムの耳に、次の瞬間、暗い屋敷にこだまする悲鳴が聞こえた。彼はベッドから飛び下り、急いでズボンをはいた。

「どうしたの、トム?」イザベラが寝返りを打って眠そうな声を出した。「どこに行くの?」

「よくわからないよ」彼はズボンのボタンをはめ、ピストルを取り出すと、弾丸と火薬が装填《そうてん》されていることを確認した。女の悲鳴は長く尾を引く泣き声に変わっていた。今では、それに混じって、ほかの人間の声やドアを閉める音、木の床を走る足音も聞こえてくる。「だが、何があったのか、見てくる」

　異常な物音はイザベラの耳にも届いていた。彼女は跳ね起きて、床から急いで部屋着を拾った。「わたしも行くわ」

「ここにいてくれ、イザベラ」彼は素早くイザベラにキスをした。「この部屋は安全だ。きみには安全な場所にいてほしいんだ」

「命令しないで!」

「言うことを聞いてくれ、イザベラ。すぐに戻ってくるから、おとなしくここで待っているんだ」彼はそう言ってドアに向かった。「わたしが出ていったら、すぐに鍵《かぎ》をかけるんだよ。だれが来ても絶対に開けちゃだめだ。わかったね?」

「わかったわ」彼女は部屋着の袖《そで》に腕を通しながら言った。「命令ばかりね、大佐」

「しかたがないだろう?」トムはドアの前で立ち止まり、イザベラを振り向いて言った。できることなら、片時も彼女のそばを離れたくなかったのだ。「愛しているよ、イザベラ。わたしがきみを愛していることだけは、いつも忘れずにいてほしい」

彼女は部屋着の袖で手をすっかり覆った格好のまま首を振り、ため息をついた。「わたしも愛しているわ。でも、気をつけてちょうだい、トマソ。お願いだから、わたしのために、無事に帰ってきて」

トムはうなずいてドアを閉め、どよめき声がするほうに向かって廊下を走った。

「グリーヴズ大佐!」ベッドから飛び起きたままの格好の執事が、燭台《しょくだい》を手に、恐怖に顔を引きつらせてトムに駆け寄った。「来てくださったのですね、ありがたい。これは、まことに恐ろしい犯罪です。さあ、急いでください。こちらです。王女のお部屋です!」

「まあ、グリーヴズ大佐、来てくださってよかったわ」レディ・ウィロービーが混乱しきった青白い顔で声をあげた。「あなたがいないと、どうしていいか、わからなくて」

「とにかく、部屋を見ましょう」イザベラの寝室の前に集まっていた使用人たちが、トムが通れるように戸口の前を開けた。トムはピストルを手に用心しながら暗い寝室に入ると、小さく驚きの言葉をあげた。

寝室はひどい状態だった。窓の下には割れたガラスが飛び散り、両開きの窓は侵入者が慌てて出ていったときのまま大きく開いていた。衣装棚から引っ張り出されたドレスや靴、長靴下やリボン、部屋着や下着などが部屋じゅうに散乱している。切り裂かれた枕《まくら》から飛び出した羽毛が雪のようにゆっくりと空中を舞っていた。さらには、花瓶までもが床に叩きつけられて粉々になっていた。

「従僕に言って巡査を呼びに行かせたほうがいいかしら、大佐？」伯爵夫人が不安げに言った。「夜警団に頼んで、明るくなるまで警備してもらうべきではなくて？」

「今のところ、その必要はありません」トムはきっぱりと言った。「慌てることはない」

犯人は徹底的に、しかも手荒なやり方で寝室を荒らしていた。イザベラがここで寝ていたらと思うと、背筋が寒くなった。侵入者はここがイザベラの部屋だと知っていたのだろう。彼女は気楽に窓から大声を出して、外にいる人間を呼ぶ。この家を見張っていれば、どこが彼女の寝室なのかは容易に見当がつく。

だが、侵入者の狙いは彼女だけだろうか？　あるいは、ほかに探しているものがあるのか？　枕を切り裂いたのは、単に彼女がいなかったことへの腹いせだとは思えない。犯人は何を探していたんだ？　宝石だろうか？　あのティアラも含めて、イザベラが身につけている宝石だけでも、盗賊の目を引くには十分な値打ちがある。

だが、トムには侵入者の目的がそれとは別なところにあるような気がしてならなかった。単なる盗みよりも、もっと深くて複雑な動機があるように思えてしかたがなかったのだ。どこかにあの三角形のペンダントが落ちているかもしれない。彼は不安を感じながら、荒らされた部屋をあらためて見まわした。

「賊は……不審な男たちは、わたしが入ってきたときに、まだこの部屋にいたんです」若い使用人が頬を涙で濡《ぬ》らしながら恐怖に震える声で言った。「いつもどおりの時間に王女さまのお部屋の火をおこしに来たんです。王女さまは、お目覚めのときにお部屋が暖かくなっているのがお好きなものですから」

「その前にも、この部屋から物音が聞こえなかったかな、レイチェル？」トムはなだめすかすように言った。「これだけのことをなんの音もたてずにやってのけるのは不可能なはずだが」

レイチェルはうなずいた。「もちろん聞こえました。でも、王女さまはよく物を割ったり壊したりなさるので、気にしませんでした。まさかこんなことになっているなんて、思いもしなかったんです！」

レイチェルはふたたびすすり泣きを始めた。料理人がそっと彼女の肩を抱き、慰めた。

「不審者の姿は見たんだね、レイチェル？」トムは優しく言った。「彼らが出ていく前に、きみはドアを開けたんだろう？」

レイチェルはうなずいて涙を拭《ふ》いた。「わたしのノックの音が聞こえたんだと思います、大佐。ドアを開けたときには、彼らはその窓から逃げていくところでした。わたしが見たのは、最後に窓から出ていく男の後ろ姿だけです」

「ひどいやつらだわ！」料理人はそう言ってから、訴えかけるような目でトムを見上げた。「王女さまを取り戻してくださるでしょう、大佐？　国王陛下の海軍を総動員してでも、王女さまを救い出してくださいますわよね？」

「もちろん大佐は、そのつもりさ」執事が厳粛な声で言った。「誘拐は縛り首に相当する重罪だ、ベス。グリーヴズ大佐に任せておけば、王女さまは無事に救出され、犯人たちは正当な裁きを受けるだろう」

トムは言うべき言葉が見つからなかった。ここに集まっている者たちはみな、トムが巡査も呼ばずにいたずらに時間を浪費していると思っているに違いない。だれもが、イザベラは誘拐されたと思い込んでいる。だが、彼女はトムの部屋にいるのだ。そのことを、いったいどうやって説明したらいいんだ？

「疑うつもりではないのですけれど」料理人がおずおずと声を出した。「王女さまがさらわれたときに、どうして――」

「どの王女のことを言ってるのかしら？」イザベラが食べかけのりんごを手に、ゆっくりと廊下を歩いてきた。彼女はりんごを持った手でレイチェルのほうを指して言った。「この娘《こ》がいつもの時間に部屋に来ていたら、こうしてわざわざ自分でりんごを取りに行かずにすんだのに」

使用人たちはみな一様に口を開け、唖然《あぜん》とした表情でイザベラを見つめた。その横で、トムだけはひそかに胸を撫でおろした。

「怪我《けが》はないんですね、王女さま？」公爵夫人がためらいがちに言った。「もう警戒しなくていいのね？」

「どうして警戒する必要があるの？　あなたの使用人が怠け者だからか、それとも、わたしのおなかがすいているからかしら？」イザベラはりんごをかじり、肩にかかる髪を後ろに払った。「どっちも警戒するほどのことではないと思うけれど、イギリス人はわたしと考え方が違うのかもしれないわね」

イザベラはこっそりとトムの顔を見て、いたずらっぽく笑った。トムは慌てて口を開いた。

「残念ですが、マーム」彼はできるだけ優しい口調で言った。「警戒すべき出来事があったんです。あなたが寝室を空けているあいだに、窓から盗賊が侵入して室内を物色していったんですよ」

イザベラは息をのみ、恐怖に目を丸くした。「盗賊が、わたしの寝室に？　どういうこと？　いったい何があったの！」

イザベラはりんごを落とすとトムを突き飛ばすような勢いで寝室に駆け込み、開いた口を手で覆ってベッドの前で立ち止まった。それから天を見上げて安堵《あんど》の表情を浮かべ、目に涙をためながらイタリア語で感謝の言葉をつぶやいた。

「でも見てください、マーム、宝石箱は無事でしたわ！」伯爵夫人の小間使いがマントの下から革張りの箱を引っぱり出して掛け金を外し、蓋《ふた》を開けてイザベラに見えるようにしながら言った。「サファイアは無事です」

だがイザベラは、ほっとした様子も見せず、小間使いが次々とほかの宝石箱を開けて見せても、あまり興味を示しはしなかった。

「ほら、こちらの金と珊瑚《さんご》のティアラも無事ですし、ダイアモンドの薔薇《ばら》と金の葉を入れた箱にも、賊は手をつけなかったようですわ」小間使いは宝石箱の中身を次々と取り出して並べ、しまいにイザベラの寝室は宝飾店のようになった。「レイチェルのおかげで、いまいましい盗賊たちは怖がって何も盗《と》らずに逃げ出したに違いありません」

「そうね」イザベラはようやく口を開いた。「そのとおりだわ」

イザベラは天蓋《てんがい》の支柱につかまりながら、よろよろとベッドの端に腰を下ろした。それでも、トムがベッドの脇《わき》に歩み寄るまでの短い時間に震えながらも何度か深呼吸をくり返し、冷静さを取り戻した。

「宝石は無事だったわ、トマソ」彼女はイタリア語で言った。「盗まれたと思ったけれど、そうじゃなかった」

「不幸中の幸いというやつだな。しかし、やつらの狙いは別なところにあるような気がする。わたしには、やつらがどうしても普通の物盗りのようには思えないんだ」

「わたしもそう思うわ」イザベラは不安のにじむ声で言った。「たぶん、狙いはわたしよ」

「すまない、イザベラ、わたしがついていながら、こんなことになるなんて」トムは無意味な自分の言葉に、つくづく嫌気が差した。今朝も、わたしがホワイトホールに行っているあいだに、イザベラは命を狙われたばかりだ。憔悴《しょうすい》した彼女の姿を見て、トムはますます気持ちを固めた。わたしの命にかえてでも、彼女を守ってみせる！　だが、事態はすでに彼一人の手には収まりきれないほど大きなものになっていた。

「あなたのせいじゃないわ」イザベラは、ぎこちないほほ笑みを浮かべて言った。「わたしは無事だし、こうして生きている。悪漢たちには、空っぽのポケットで満足してもらいましょう」

だが、トムはイザベラのように楽観的にはなれなかった。侵入者は、今朝イザベラを襲ったのと同じモンテヴェルデ人の集団に違いない。彼らはフォルトゥナロ家に恨みを抱いているのだ。イザベラを捕らえ、あるいは殺害するまで、決して満足はしないだろう。夜のあいだは家じゅうの窓の格子を閉め、閂《かんぬき》をかけるよう使用人に命令を出そう。それから、将軍のところへ行って哨兵《しょうへい》を屋敷の見張りに立てるよう依頼しよう。敵はしだいに大胆な行動に出るようになってきている。これ以上、相手の好きにさせておくわけにはいかない。「これで終わりじゃないな、イザベラ。やつらはまたやってくる」

「つまりわたしは、いつもあなたのそばにいなくてはならないということね？」イザベラは、にっこりと笑ってうなずいた。まるですべてが解決したかのような顔だった。それから彼女は何かを確信したかのようにあらためてほほ笑んだ。「二人で勇敢に戦って、一緒に勝利を収めるのよ、トマソ。二人で一緒に」

これまで書いたなかで最高の作品だ！　ダーデンは、にんまりと笑った。

今回ばかりは底なしの霊感に恵まれ、筆を休める暇もないほど言葉がとめどなくあふれ出た。頭の瘤《こぶ》のことも忘れ、さらには寝食も忘れて、いつも机上に置いてある酒瓶《デキャンタ》の中身をグラスに注《つ》ぐ以外はペンを持つ手をいっさい止めずに、何かに取りつかれたかのように書きつづけた。

この霊感は、あの女神がもたらしたものに違いない。プリンセス・イザベラ・ディ・フォルトゥナロ――彼女こそが、待ちに待った幸運の女神なのだ。彼女を射止めるために立てた最初の計画は、ひどく浅はかで愚かしいものだった。そのことは認めねばなるまい。彼女が最後に詩作の依頼を撤回したことも、忘れてしまったほうがいい。

もはや、そんなことを気に病む必要はない。愛がわたしを救い出し、すべてを栄光へと導いてくれるはずだ。そうだ、これは愛なのだ！　わたしはイザベラを愛している。これは紳士のみが胸に抱きうる純粋で高潔な愛だ。彼女は女神のように美しく、アマゾンの女戦士のように勇敢な精神を備え、わたしに詩的霊感を与えてくれる希有《けう》な存在だ。たしかに彼女は宝石を持っている。その価値は莫大《ばくだい》なもので、最初はそれに引かれたことは認めよう。だが、今ではそれも単に喜ばしい余禄《よろく》だとしか感じられない。彼は確信していた。イザベラは、わたしの命と才能と魂を救い出すために運命が与えてくれた贈り物だ。

ダーデンはこれまで真剣に結婚を考えたことがなかった。彼の気持ちをそこまで強く引きつけた女性は一人もいなかった。おまけに女性のほうも、借金まみれの侯爵を結婚にふさわしい相手だとは思わなかったようだ。

だが、王女だけは違う。自分の魅力をすべて使い、ペッシやほかの悪党から彼女の命を救い、あの無教養な水兵グリーヴズの束縛から解放してやったうえで堂々と求婚する。そうすれば、かならず王女はわたしの妻になるだろう。いちばんの問題はグリーヴズだ。将軍からの伝言をでっち上げて彼をおびき出す作戦が、いつもうまくいくとはかぎらない。いずれにしても、グリーヴズの面倒はペッシに見てもらうことにしよう。

最後の一行を書き終えると、ダーデンは力尽きたように椅子に深く身を沈めた。ロンドンの町を最初に照らす明け方の光が、窓のカーテンのあいだから入り込んできた。こんなふうに夜を徹して何かに没頭したのは、博打《ばくち》を除けば、生まれて初めての経験だった。だが、今は詩作の女神がついている。これまでとは違って当然だ。そうだろう？

ダーデンはほほ笑んだ。彼の馬車に座ったときのイザベラの顔は喜びに輝いていた。王女とモンテヴエルデのために書き上げたこの詩を読めば、彼女の顔は、ふたたびあのときと同じように輝くに違いない。ダーデンは目の前に積んだ原稿を手に取り、ページをそろえた。さっそく出版社に送って、できるだけ早く世に出すよう圧力をかけることにしよう。彼女に対する愛を、一刻も早く世界に向かって堂々と示すのだ。

彼は満ち足りた表情でため息をもらし、指先で原稿を撫でてからグラスを手に取ると、バークレー・スクウェアの方角に向かって乾杯した。

「わたしの女神。わたしの恋人よ」彼は言った。「わたしの愛するイザベラに、そして、わたしたち二人の幸福な未来に！」

彼はひと息にグラスの中身を飲み干した。

11

「ねえ、トマソ、将軍が最後に屋敷を訪ねてきてから、もう何日にもなるわ」イザベラはトムの肩に頭をのせ、馬車の窓から外を見ながら、ため息をついた。「わたしがだれなのかを忘れたのかしら？」

「忘れるはずはないさ」トムは言った。「ぼくが請け合う。血の通った男なら、だれだってきみのことを忘れられはしないさ、イザベラ」

冗談めかした大げさなお世辞のつもりなのはわかっているが、イザベラの耳にはトムの声がどこか冷たく感じられた。彼女は不安を覚えたが、そのことは口に出さず、思いきり明るい笑顔を浮かべてボンネットの下からトムを見上げた。

「それでも、事情を聞くために、こんなふうにわたしを呼びつけるのね。失礼だわ」彼女は言った。「王族は何があっても自分から人を訪ねていったりはしないのよ。少なくとも、モンテヴェルデではそうだったわ。でも、トマソ、あなたには感謝しているわ。こうして一緒にホワイトホールに行くなんて、ほんとうにうれしいわ！」

「昨夜あんなことがあったんだから、きみを一人にするわけにはいかないさ、イザベラ」トムは肩をずらした。イザベラがもたれかかっているのがあまりうれしくないのかもしれない。「きみの身の安全を守る唯一の方法は、いつもわたしが一緒にいることだけだ。それに、わたしがそばにいれば、きみもクランフォード将軍と話がしやすいだろうし、大事なことを言い忘れてもぼくが補足してあげられるかもしれない」

イザベラの顔からほほ笑みが消えた。彼女は横を向き、ボンネットを直すふりをした。トムの言っているとおりだ。だが、イザベラが彼から聞きたいのは、そんな言葉ではなかった。〝昨日の夜から、一瞬たりともきみと離れられなくなってしまった。きみが欲しくてたまらない。きみのことを好きになりすぎて頭がおかしくなってしまいそうだ。だからきみと一緒にホワイトホールに行きたいんだ〟イザベラは、トムにそう言ってほしかったのだ。だが彼は、そんな言葉をまるで口にしようともしなかった。昨夜、彼女はトムと愛を交わし合った。あれはまさに魔法のような時間だった。だがその魔法は、寝室に忍び込んだ盗賊によってかき消されてしまったのだ。

トムはあれからすぐに有能な海軍大佐に戻り、問題の解決に向けて、疑問な点を使用人に問い、メモを取って、てきぱきと指示を出した。イザベラに慰めの言葉をかけるときも、ただ任務を遂行しているだけのような冷たさが感じられた。それから彼は、まだ夜明け前だというのに髭《ひげ》を剃《そ》り、軍服に着替え、コーヒーをがぶがぶと飲みながら何通も手紙を書いた。イザベラはその様子を見ながら、恐ろしい事件のことを忘れて、トムと二人で安全で居心地のいいベッドに戻れたらと思うばかりだった。要するに、彼女の愛する恋人はすっかり生真面目《きまじめ》な護衛に逆戻りしてしまったのだ。

だが、悪いのはトムではない。どちらかといえば、非はイザベラにあった。正確に言えば、それはベッドの天蓋《てんがい》の上に隠してあるフォルトゥナロ家の宝石のせいだ。

イザベラは昨夜のことを思い返した。宝石が盗まれていたら大変なことになっていただろう。だが、無事だったとわかったとたんに、恐ろしいことに彼女はトムに告白してしまいそうになった。危ういところで泣き崩れながら、トムや使用人の前ですべてを話してしまいそうになったのだ。そんなことをしていたら、王女がベッドの天蓋に莫大《ばくだい》な財産を隠し持っているということを、ロンドンじゅうに発表したも同然になっていた。

イザベラはトムに身も心も捧《ささ》げていた。だが、家族への誓いを破って最後の秘密をトムに打ち明けることはできなかった。彼に嘘《うそ》をつくのは嫌だった。その嘘のせいで二人の信頼関係が崩れたら、悔やんでも悔やみきれないだろう。それでも彼女は、天蓋の上の宝石が古代から続くフォルトゥナロ家にとってどれだけ大きな意味を持つものかを知っていた。その歴史の重みに比べたら、わたしのちっぽけな人生や愛など、いったいどれほどの意味を持つというの？　そう考えると、彼女はどうしてもトムに宝石のことを言い出せずにいた。

だが、トムは知っているに違いない。王冠にはめられていた宝石だとまでは思っていないかもしれないが、イザベラが盗賊に狙《ねら》われるような貴重なものを隠し持っているということは、トムも気づいているに違いない。だからこそ彼は、愛しているはずのイザベラにではなく、馬車の窓から見える外の様子にこれほどまでに神経を尖《とが》らせているのだ。

「もうすぐ門のところに着く」彼は顔をしかめてイザベラの手を軽く叩《たた》いた。「きみが姿を現したら、ホワイトホールは大騒ぎになるよ」

彼女はほほ笑んだ。今日は金糸の刺繍《ししゅう》がついたワインカラーのベルベットのドレスに、ルビーとパールのネックレスとイヤリングを選んだ。トムと最初に出会った日と同じ組み合わせだった。この装いを選んだのは、トムに二人の出会いを思い出してほしかったからだが、そのほかにも、ホワイトホールの男たちの注目を集めたいという思いもあった。このようなイギリスでは見かけないドレスを着れば、イザベラの際立った存在感を無言で誇示することができる。海軍の英雄が身につける金モールや勲章のついた軍服と同じく、このドレスが王女としての地位を明確に示してくれるのだ。ただし、その地位も今では日ごとに価値を落としているのだが……。

「ホワイトホールの軍人さんたちに気づいてもらえなかったら、ほんとうにがっかりするわ」彼女は言った。「わたしをこの国まで運んできてくれた船の上では、それこそみんなが大騒ぎをしていたのよ。百人の水兵が、みんな世にも珍しいものでも見るみたいに大きな口を開けてわたしを眺めていたわ」

「わかるよ」彼はイザベラの指に自分の指を絡めて言った。「だが、あの建物のなかにいるのは単なる水兵じゃなく、准将以上の将官ばかりだ。そんなお偉いさん方が呆然《ぼうぜん》と口を開けてきみを眺めるのを見るのは、さぞかし痛快だろうな」彼は一瞬だけ言葉を止め、ふたたび口を開いた。「しかし、そのお偉いさんたちに、わたしときみの関係が変わってしまったことを気づかれたらどうなるだろう?」

トムの指をもてあそぶイザベラの手が止まった。

「わたしたちがこうなってしまったことが上官に知られたら、恥ずかしいということ?」

「恥ずかしくなんかないさ」彼は信じられないといった表情でイザベラの顔を見た。「イザベラ、わたしのことがわかっていないのか? 愛する女性のことで恥ずべきことなど、わたしには何一つありはしないよ」

イザベラは首を振った。言うべき言葉が見つからなかった。トムはわたしを愛してくれている。わたしがどんな秘密を隠していようとも、わたしを愛してくれているのだ。

「わたしが恐れているのは、そんなことじゃない」彼はもう一度きっぱりとした口調で言った。「怖いのは、わたしたちが愛し合っていることを将軍が知ったら、当然ながら、わたしをきみの護衛から外すだろうということだ」

イザベラは息をのんだ。「そんなことは、させないわ！　わたしが許さない！」

「それについては、きみは口出しすることはできないんだ」トムの声には切迫した響きがあった。「軍司令部の決定には、だれも逆らえない。将軍は別の将校をきみの護衛に任命するだろう。そうなったら、ぼくは絶望だよ、イザベラ」

「それならますます、わたしたちのことは秘密にしておかなくてはならないわ」彼女は厳しい口調でそう言って、トムの頬に手を当てた。トムはあえて口には出さなかったが、二人のことが知られたら、失うのは護衛の任務だけではない。軍人としての未来も、艦船を指揮する機会も何もかもがイザベラのせいで失われてしまうのだ。「トム、わたしたちのことは、だれにも知られてはならないわ！」

「そうだな」彼はイザベラの顔を引き寄せ、キスをした。まるで彼女を奪おうとしている世界に挑戦するかのような情熱的なキスだった。「きみを失うことだけは、絶対にしたくない」

「わたしもよ、トム」彼女はトムの胸に身をあずけ、キスを返した。彼に抱かれて唇を重ねると、全身に彼の唇の感触が広がっていく。ホワイトホールが近づいているのはわかっていた。いつ従僕が馬車のドアを開けるかもしれない。将軍が事実を知れば、これが最後のキスになる。そう思えば思うほど、二人の情熱は激しさを増した。

「ホワイトホールです、大佐！」御者の声とともに、馬車は速度を落とした。イザベラは急いでトムから身を離し、彼と反対側の座席に移ってドレスのしわを伸ばして、顎にかかるボンネットのリボンを結び直した。従僕がドアを開け、イザベラに手を差し出すころには、彼女はふたたびフォルトゥナロの王女に戻っていた。

二人は門から建物に向かって頭上高くアーチを描

く通路を歩いた。通路の先には広い前庭があり、その向こうに海軍司令部の入る古い宮殿のような建物がそびえている。建物の通路や階段には、海軍の業務に当たる事務官や武官がせわしなく行き来していた。この司令部は、英国海軍の強さを支える心臓部であり、フランス軍に対抗する頭脳でもあった。

だが、国家にとって重要な役割を果たすこの建物のなかでさえ、イザベラは望みどおりに人々の注目を引きつけた。だれもが彼女を振り返り、足を止めてワインレッドのドレスをまとった彼女の姿を目で追った。すぐにでも、武官のだれかがトムの姿を見つけて声をかけに来るだろう。そのときには、二人は王女と大佐に戻らなくてはならない。それまでのわずかな時間が、二人がトムとイザベラでいられる最後の機会になるかもしれない。

「心配ないよ、イザベラ」彼女の不安に気づいてトムはまっすぐに前を見たまま優しく言った。「気をしっかり持って。明日のことは考えずに、今日を乗りきることにだけ意識を集中するんだ。そうすれば、二人でこの難局を乗りきれる。一歩ずつ、確実に目の前の障害を乗り越えていこう」

「わたしはいつも気をしっかり持っているわ、トマソ」二人の武官が帽子を上げてイザベラにお辞儀をしながら、彼女を賞賛の目で眺めた。彼女が王女らしい冷たく見下した視線を返すと、若いほうの武官は顔を赤らめ、もう一人の武官は急いで彼女から視線をそらした。「それに、わたしは秘密を守るのがとても得意なのよ。わたしたちのことは絶対に気づかれないわ」

「なるほど」トムは静かな声で言った。その口調は、ほとんど悲しげに聞こえた。「きみの能力を信じているよ、イザベラ」

彼女はトムを見たが、彼は、階段を下りてくるクランフォード将軍に向かって頭を下げているところだった。

「ごきげんよう、王女さま」クランフォードはイザベラに声をかけた。彼の表情は、バークレー・スクウェアに訪ねてきたときよりも、はるかに厳粛で引き締まったものに見えた。彼は二人を執務室に案内しながら言った。「来てくださって光栄です。こんな事情でお呼びするのでなければ、よかったのですが」

「お礼なら、グリーヴズ大佐に言っていただきたいわ、将軍」イザベラはそう言って、トムを脇《わき》に従えて執務室に入った。「彼は昨夜もわたしの命を救ってくれたのよ。大佐自身は、自分の手柄を宣伝するような報告のしかたはしなかったでしょうけれど」

「聞いていますよ」将軍はイザベラに遅れずに階段を上がってきたからか、少しばかり息が荒くなっていた。「わたしはグリーヴズ大佐を信頼しています。彼は自分の功績も含めて、事実を正確に報告してくれますからね」

「そうだといいわ」イザベラはあえてトムの顔を見なかった。彼はこんなふうに擁護されるのが大嫌いなはずだ。だが彼女に言わせれば、トムは控えめすぎる。堂々と自分の手柄を誇り、それに見合った賛辞や報酬を手にするべきだ。「もしわたしがあなただったら、彼の手柄を認めて勲章を与えるわ」

将軍は返答に窮しているようだった。イザベラは無言の将軍から視線を外し、立ったままで部屋のなかを見まわした。執務室は意外なほど狭く雑然としている。彼女とトムのために用意された椅子は、どこかから間に合わせに持ってきたものに違いない。机の上には手紙や報告書が山のように積まれ、壁には各地の海岸線と海流を詳細に示した地図が何枚もかかっていた。ざっと見たかぎりでは、モンテヴェルデの港の地図はないようだ。だが、そのことについて尋ねようとしたイザベラの目に、将軍の机の真んなかに置かれた小さな三角形のペンダントが見えた。彼女は地図のことを忘れて絶句した。

トムもそのペンダントに気づいた。「専門家はなんと言っていましたか、将軍？　三角形の意味はわかったのですか？」

「残念ながら、しっかりとした報告が上がってきたよ」将軍はイザベラとトムに座るように勧め、自分は机の奥にまわって、ため息をつきながらどさりと椅子に腰を落とした。「これがモンテヴェルデの地下から海を越えてロンドンの町じゅうで見つかったというのは、大変な驚きだそうだ」

「王女がロンドンに来たからですね？」トムは厳しい表情で言った。「悪漢どもは、彼女を追ってここまでやってきたに違いありません」

「その可能性もある」将軍は言った。「だが、王女がやってきたことが、もともとロンドンにいた者たちを刺激した可能性のほうが高い。この町には、フランス軍に追われて、恐ろしい数の外国人が流れ込んでいる。そのなかに、そうした不穏分子が紛れ込んでいてもおかしくはないんだ」

イザベラの顔がこわばった。「家族がわたしをロンドンに送ったのは、モンテヴェルデよりもここのほうが安全だと考えたからですわ」

「もちろんです。それは間違いありません」将軍は請け合うように何度も強くうなずいてみせた。「あなたが今もまだモンテヴェルデにいたとしたら、グリーヴズが護衛についてくれることはなかったのですからね」

「ええ、たしかに」今やイザベラは、トムなしで自分が生き延びられるとは思えなくなっていた。彼女は思わずトムを見た。彼が近くにいてくれると、ほんとうに安心する。トムが彼女を励ますように、かすかにうなずいた。それだけで、イザベラは不安が軽くなるのを感じた。もっと椅子を近づけて、彼の手を握りたい。そうすれば、ほんとうに安心できるのに、と彼女は思った。フォルトゥナロ家の血が流れていても、わたしは彼なしでは勇気を持てないのだ。トムと二人で力を合わせること――それが今、彼女にとって必要なことだった。

「町であなたを襲った暴漢のなかに、知っている人間はいましたか？」将軍は、二人の目立たない無言のやりとりに気づかないふりをして、何事もなかったかのように言葉を続けた。いや、実際のところ、ほんとうに気づいていないのかもしれない。「王宮の厩舎《きゆうしや》や厨房《ちゆうぼう》で働いていた使用人のなかに心当たりはありませんか？」

イザベラは首を振った。「三人とも初めて見た顔よ」

「では、王宮の外で会った人間のなかに思い当たる者はいませんか？　ドレスの仕立屋に行ったときや、劇場に行ったときに――」

「わたしがだれなのかを思い出してもらいたいですわ、将軍」彼女は強い口調で言った。「わたしはフォルトゥナロ家の人間よ。ハノーバー家のような成り上がりの一族とは違います。わたしは生まれてからずっと王宮のなかだけで暮らしてきたのよ。外に出るのは離宮に移るときだけ。何か必要なことがあれば、相手から王宮に出向いてくる。その逆はありえないわ」

イザベラはそう言いながら自分の言葉が以前とは違った響きを持っていることに気づいた。少し前までは、彼女の言葉はフォルトゥナロ家の優越性を明確に宣言していた。ところが今は、同じことを言っても、宣言というよりは言い訳や弁明のような感じがする。自分の人生の輝かしさではなく、自分の人生に何が足りないかを訴えているように聞こえるのだ。トムも同じように感じているだろうか？　イザベラは彼の反応が気になって、つい横に視線をやった。

　将軍は、当然ながらそんなことは気にも留めずに言った。「暴漢のなかに知った顔は一人もいなかったということですね。それなのに、あなたは彼らがモンテヴェルデの人間だとわかった」

「そうよ」イザベラは言った。「モンテヴェルデの言葉は、ほかの国のイタリア語とかなり違っているの。シーザーの時代のラテン語をどこよりも純粋に正確に受け継いでいる言葉なのよ。イギリス人の耳にはそうした違いはわからないかもしれないけれど、あの不敬な暴漢が口を開いたとたんに、わたしには彼らがモンテヴェルデの出身だとわかったわ」

「着ているものにも出身地の特徴が見られました」トムが身を乗り出して言った。「三人とも漁師のような丈の短いコートを着ていましたし、胴回りにベルトのようにぐるりとボタンを縫いつけていましたよ」

　イザベラも熱心な様子でうなずいた。こういった細かく具体的な情報が捜査に役立つはずだ。「暴漢たちが首に巻いていた生地の粗い紫のスカーフも、モンテヴェルデの人間を簡単に見分けられる特徴よ。貝からとった染料で染めてあるんだけれど、その貝は、世界じゅうを探してもモンテヴェルデの湾にしか見つからないものなんです」

「それは興味深い話ですな」クランフォードはぶつぶつとつぶやきながらメモを取った。「しかし、三角形のペンダントはロンドンに来るまで一度も見たことがなかったのですね？」

「そんなことを言った覚えはないわ」イザベラは言った。「勝手に決めつけないでちょうだい。ロンドンに来る前にも、王宮を出る夜に母のメイドが同じペンダントをつけているのを見たことがあるわ」

　トムが横で驚いてあげたうなり声が聞こえた。アンナのことは、前もってトムに話しておくべきだった。どうして今まで黙っていたのか、イザベラは自分でもわからなかった。

クランフォードは小枝で作ったペンダントを指先でつまみ上げた。「そのメイドは、あなたの家族に対して忠実な態度をとっていましたか？」

「あの夜までは、そうだったわ」イザベラにとっては、できれば思い出したくない記憶だった。あのときを境に、彼女の人生はそれまでとまったく違うものになったのだ。彼女は自分の膝に視線を落として言った。「そのメイドは、わたしに付き添ってロンドンまで来ることになっていたんです。でも、彼女は裏切ったの。わたしに不愉快で不敬な言葉を浴びせて、一緒に来ることを拒んだのよ」

クランフォードは机の上に身を乗り出すようにして言った。「たとえばどんなことを言われたんです？　覚えているはずです。そのメイドの言葉を再現してみてください」

突然、トムが立ち上がり、イザベラの椅子の背に手をのせて言った。「強引すぎます、将軍」

将軍も立ち上がった。「おまえは黙っていろ、グリーヴズ」

「わたしの任務は王女を守ることです、将軍。あなたはいささかご自分の権限を越えて――」

「将軍は、自分の職務を果たそうとしているだけよ、大佐」イザベラが動揺を抑えながら横から口をはさんだ。トムは、不自然すぎるほどわたしを気遣っている。「二人とも座ってちょうだい。将軍の質問にお答えするわ」

トムはイザベラの顔を見た。「ほんとうに話すつもりですか？　話すのが辛《つら》いなら無理をする必要はないのですよ」

「大丈夫よ」彼女は柔らかい口調で言った。「話すわ」

トムがゆっくりと自分の椅子に座ると、将軍も机の向こうの椅子に腰を下ろした。イザベラは気持ちを落ち着けて勇気を奮い起こすために深呼吸をした。

「そのメイドはわたしを暴君と呼んだわ。質《たち》の悪い娘だと言ったのよ。ききたいのはこういうことね、将軍？　そのときだったわ。わたしは彼女の首から、そこにあるのと同じペンダントが下がっているのに気がついたの。そこでわたしが、それは邪教のシンボルなのかときいたら、彼女は急いでペンダントをボディスの下に隠して、異教徒のシンボルではなくて家族の特別なしるしだと答えたのよ。それっきりわたしは、そのネックレスのことは考えもしなかったのだけれど……」

「ありがとうございます、マーム」クランフォードは満足したようだった。「話してくださって、とても助かりました」

だが、トムは将軍に対する不満を抑えられなかった。「王女は知っていることを話しました、将軍。次は、あなたが専門家から聞いたことを話すのが筋だと思います」

「もちろん、そのつもりだ」将軍は三角形のペンダントをつまみ上げて言った。「研究者たちは、昨日きみがこれをここに届けてくれて大喜びしていたよ、グリーヴズ。この不気味なシンボルのことは聞いたことがあったらしいが、実際に見るのは初めてだったそうだ」

「そのシンボルはなんだというの？」イザベラは椅子の肘かけを強く握った。「知っているなら、教えてちょうだい、将軍」

「つまり、〝トリニータ党〟のシンボルマークですよ」将軍は滑稽《こっけい》なくらいに厳粛な声で言った。「モンテヴェルデの王政を国の内部から転覆させようともくろむ革命家の集団です。このところ、着実に勢力を拡大していると聞いています」

「三位一体《トリニータ》……」イザベラは恐怖に息をのんだ。

「その集団が父の王国を破壊しようとしているの？　将軍、それは単なる暴徒ではないわ。神を冒涜《ぼうとく》する悪魔の集団よ！」

クランフォード将軍はうなずいた。「その集団のシンボルマークになっている三角形は、人民と軍と国家の三者を革命的に統合することを表しているようです。そういう意味で、三位一体のシンボルなのでしょう」

「違うわ！　国賊のシンボルよ」今度はイザベラが椅子から立ち上がり、じっとしてなどいられないといった様子で狭い絨毯《じゅうたん》の上を行ったり来たりしはじめた。トムと将軍は立ち上がって無言で彼女を見つめるしかなかった。「だれを新しい国王にするつもりなの？　国王でなければ、指導者でもいいわ。どっちにしても、そんな人間たちが国を統治できるはずがないじゃない！　民衆は子どもと同じよ。甘いお菓子の誘惑についのってしまうんだわ。民衆には、わたしの父のように、最良の決断を下して民衆を導くことのできる知恵と経験を持った王が必要なのよ！」

「しかし、その暴徒たちは、自分たちの意志で決断したんです」将軍が柔らかい声で言った。「つまり、なんというか、あなたの家族に任せずに国を運営していこうと決めたのですよ」

イザベラは、その場に凍りついた。恐怖で胃がひっくりかえりそうだった。彼女は最悪の事態だけは考えないようにしようと思った。つまり、母や父や兄がフランスの王や妃《きさき》と同じ不幸な運命をたどっているとは考えたくなかったのだ。「わたしの家族は、まだ生きているのでしょう？」

「最新の情報によれば、心配なさっているような事態は起こっていませんよ」将軍はイザベラを安心させようとほほ笑んでみせた。だが、その笑みには何か不自然なものが感じられ、イザベラはかえって落ち着かない気持ちになった。「安心してください。わたしの知るかぎりでは、ご家族は無事に危険を逃れています。ただし、どこに避難しているのかは申し上げられませんが」

将軍のほほ笑みにイザベラは応《こた》えなかった。「みんなが無事でいるのは、自分たちや忠臣の力で安全な場所に逃れたからなの？　それとも、イギリス軍の助けがあったから？　敵がナポレオンならば、あなたたちはモンテヴェルデの力になってくれるでしようけれど、父を傷つけようとする者たちが国内にいるとしたら、イギリス軍は何もしてくれはしないでしょう？」

将軍はほんの少し目をそらした。その動作を見ただけで、イザベラにはそれ以上彼の言うことが信じられなくなった。「わが軍は、ほかの海域に比べてイタリア方面にはあまり戦力を割いていないのです」

「つまり、フォルトゥナロ家を支援するような余裕はないということ？」

将軍は顔を真っ赤にして懸命に弁解した。「われわれは船を用意してあなたをモンテヴェルデからロンドンまで無事に連れてきたし、あの革命家たちからもあなたを守っているでしょう？　それに――」

イザベラは手のひらをひらひらとさせて彼の言葉をさえぎった。「その程度のことは、この国の王や海軍が何世紀にもわたってフォルトゥナロ家から受けてきた恩恵を考えれば、どれほどのものでもないわ」イザベラは祖国の威信を懸けて、この点を将軍にはっきりと認めさせるつもりだった。「モンテヴェルデは常にイギリスの同盟国として憎きフランスと戦ってきたはずよ。違うかしら？」彼女はさらに言葉を続けた。「モンテヴェルデの偉大な軍港は、嵐《あらし》や敵から逃げてきたイギリス艦隊の船をいつだって停泊させていたでしょう？」

「そのとおりです、将軍」トムがイザベラを援護した。「地中海に展開したイギリス艦船の司令官なら、おそらくだれもが、モンテヴェルデの灯台の光とその奥にある安全な港の存在を心強く思っているはずです」

将軍の白い眉が苛立《いらだ》ちに歪《ゆが》んだ。「グリーヴズ、そんなことは言われなくてもわかっている」

イザベラはトムの援護に勇気づけられた。「それなら、将軍、敵がだれなのかがわかったのだから、これからは相手と戦ってくれるのですね？　敵がトリニータ党だとわかったのだから、あとは彼らを捕まえるだけでしょう？」

将軍の表情が暗く曇った。「そう簡単にはいきません」

「天下の英国海軍が首に小枝をぶら下げた寄せ集めのならず者たちに手こずるとでも言うの？　どこがどう簡単じゃないと言うのかしら？」

「そんなに単純な話ではないのです、マダム」将軍の顔が土気色になった。懸命に感情を抑えているのだろう。

「王家や王国は、不埒《ふらち》な革命家に対して団結しなくてはならない。そうでしょう？　英国海軍の力で、この国はもちろん、モンテヴェルデからも革命家を一掃してほしいわ」イザベラはほほ笑んだ。「勘違いをしないで、クランフォード将軍。わたしは、フランス軍から逃げることだけが目的でイギリスに来たわけじゃないんです。前にも言ったように、なんとかしてわたしの国を救うために来たんですわ」

「わかりました」将軍は沸騰したやかんが湯気を吐き出すように長くため息をついた。「司令部のほかの人間と相談して、何ができるかを考えてみます。ただし、言っておきますが、約束はできません」将軍は立ち上がった。「これから司令部に行ってきましょう。申し訳ありませんが、王女、しばらくここでお待ちください」

将軍がドアを閉めて部屋を出ていくと、イザベラはすぐに立ち上がり、すでに椅子から立って上官を見送っていたトムの首に両腕をまわして熱烈なキスをした。

「だめだよ、イザベラ。いつ将軍が戻ってくるかわからないだろう?」トムはそう言いながらも腰に手をまわして彼女を引き寄せた。「こんなところを見られたら、大変なことになる」

「ほんとうね」彼女は乱れた息を吐きながら、二人で愛を語るときに使う言葉になっていたイタリア語に切り替え、彼の腕から肩に手を滑らせながら言った。「ねえ、トム、わたし、モンテヴェルデのために勇敢に将軍に立ち向かったでしょう?」

「ああ、見事だったよ。さすがにわたしのイザベラだ。あんなふうに言われたら、将軍も知らないふりをするわけにはいかないさ」トムも彼女の腕に手を滑らせてから、隆起する胸の曲線を指でなぞった。イザベラは、たまらず全身を震わせた。「きみのことを無視するなんて、どんな男にだってできやしない」

「トム、だめよ」イザベラは小声で言って、彼の手が届かないところまで身を引いた。「将軍に、あなたの任務を解く口実を与えてはいけないわ」

トムは深いため息をついて、手を後ろに組んで言った。「解任されるかどうかはわからないが、将軍はここに戻ってきたらわたしと二人で話をしたいと言うだろうな」

「二人で?」イザベラは小さく叫んで、不安げに両手を合わせた。「わたしはこの部屋を出ていかないわよ!」

「たった二、三分のことだ。それに、ホワイトホールのなかにいるかぎり、どこに連れていかれても安全だよ」トムは彼女の手を取り、自分の唇に押し当てた。「クランフォード将軍はわたしの直属の上官だ。彼の命令には従わなくてはならない。わたしのことを少しでも大事に思ってくれるなら、きみも彼の言うことは聞いてほしい」

「わかった。そうするわ、トマソ」

「それじゃあ、将軍が戻ってくる前に急いできいておきたいことがあるんだ。まだわたしに話していないことがあるかな？　あるなら教えてほしい」

「メイドがトリニータ党のペンダントをしていたことを言っているのね？」彼女は罪悪感に襲われた。

「ごめんなさい、トム、秘密にしておくつもりじゃなかったの。わたしは、ただ――」

「説明には及ばないよ、イザベラ。とりあえず今は、その話は重要じゃない」彼は深刻な顔をして言った。

「辛いときには、思い出したくないことは忘れてしまいがちだ。この数カ月、きみは大変な思いをしてきた。でも、今たまたま思い出したことがあるなら、教えてほしいんだ。つまり、わたしが力になれるような秘密が何かあって、一人で悩んでいるのなら――」

「思いつかないわ」イザベラは即座に答えた。

「それならいいんだ」トムはほっとした様子でほほ笑んだ。

　イザベラもほほ笑みを返した。口のなかが乾き、冷や汗が出てきた。彼女は小物入れ《レティキュール》からハンカチを取り出して、こめかみにそっと押し当てた。このままでは、トムから理解や信頼を示してもらう資格はない。彼に愛される資格など、わたしにありはしないわ！

　トムは閉じたままのドアに目をやった。将軍はもうすぐ戻ってくるだろう。

「昨日の夜からずっと考えていたんだ、イザベラ。王女であるきみにどうしてもきけないでいたけれど、きみ自身のためにも、思いきって話してほしいことがある」

トムの真剣な表情を見て、罪悪感と恐れを感じたイザベラの心は沈み込んだ。「トマソ、その話はもっと時間があるときにしましょう」

トムは首を振った。「これ以上、引き延ばすわけにはいかないんだ、イザベラ。今すぐ聞かせてくれ。きみがどこかに隠している宝石のことを話してほしい」

12

「宝石？」クランフォード将軍がドアを開けて部屋に入ってきた。「なんの宝石のことだ？」

「王女の宝石のことですよ、将軍」トムは将軍が戻ってきたのに気づいて言った。「昨夜《ゆうべ》の盗賊は、メイドが部屋に入ってくる音を聞いて宝石箱に手をつける前に逃げていきました。ですが、王女は今後、ロンドンで人前に出るときにはあまりたくさん宝石を身につけないようにするか、本物の宝石のかわりにガラス玉の偽物をつけるようにしたほうが人目を引かなくていいのではないかと話していたのです」

トムは将軍にそう言ってからイザベラを見て驚いた。イザベラの顔は真っ青で、今にも気を失いそうに見えたのだ。彼は慌ててイザベラの肩に手を添え、倒れないように支えた。

「さあ、お座りください」トムは彼女を椅子のところへ連れていこうとした。

だが、イザベラはその場に凍りついたまま動こうとはしなかった。「ほんとうにそう言いたかったのね、大佐？　わたしの宝石や指輪が、あなたにはそんなに派手に思えるの？」

「わたしにそう見えると言いたいのではありませんトムははっきりとした口調で言った。「あなたに悪意を抱く者たちの注意を引いて標的になるようなことは、少しでも避けたほうがいいと言いたかっただけです」

「宝石くらいつけたっていいじゃないか、グリーヴズ」将軍は鷹揚《おうよう》に言った。「王女なのだから、人前に出るときには目立って当然だよ。ご気分はよくなりましたか、マーム？」

イザベラは弱々しくうなずいた。だが、頬には少しずつ血色が戻りつつあるようだった。「ありがとう、将軍、ずいぶんよくなったわ。宝石の話をしているうちに、昨日の恐ろしい盗賊のことを思い出してしまったの。でも、もう大丈夫よ」

「そうでしたか。心配しましたよ。さあ、お座りください」将軍は不自然なほど彼女を気遣うような口調で言った。「繊細な女性には過酷といえるほどの荒波を越えていらっしゃったんでしょうね。わたしの妻によれば、そういうときには濃いお茶がいちばんの良薬だということですよ。ちょうど、秘書官のロジャーズがおいしいお茶を用意しているようです。あちらの控え室で少し休憩なさってはいかがですか？」

「ありがとう。ご親切に甘えて、しばらく席を外すことにするわ」彼女はハンカチを握り締めたまま将軍にほほ笑みかけてから、トムに向かってイタリア語で言った。「将軍と二人きりで会話を楽しんでちょうだい、トマソ。それから、わたしの国に援軍を送るという約束を確実に守ってもらえることを確かめておいてほしいの。お願いよ」

彼女はトムの返事を待たずに部屋を出ていった。

「今、何を言っていたんだ、あの女性は、グリーヴズ？」将軍は不愉快そうに言うと、椅子の背もたれに身をあずけ、ゆったりと座り直した。イザベラが出ていって明らかに気が楽になった様子だった。

「どうせ、わけのわからない言葉でわたしの悪口でも言ったんだろう？　まあ、何を言われようと気にする必要もないがね。きみもわたしも、あの女のわがままに付き合うのは、あと少しの辛抱なのだからな」

「どういうことですか、将軍？」トムは思わず鋭い口調で言った。「あと少しの辛抱というのは？」トムはイザベラとの未来について、あえて何も考えないようにしていた。今のことだけを考えよう——彼女とはそのように話し合っていた。

「文字どおりの意味だよ」将軍はいかにもうれしそうに言った。「さあ、グリーヴズ、座ってくれ。楽にするといい。司令部はきみの仕事ぶりをたいそう喜んでいる。こんなに厄介な仕事を見事にこなしているのだから、彼らが感銘を受けるのも当然だ。きみは情熱と知恵を発揮して、われわれの期待に十分に応《こた》えてくれている」

将軍がなぜそんなことを言っているのかは理解できなかったが、恐れていたように叱《しか》りつけられるよりは、はるかにましだった。「ありがとうございます、将軍。しかしわたしは、そう言っていただけるほどの働きは——」

「無意味な謙遜《けんそん》はやめたまえ、グリーヴズ」将軍が言った。「昨日の活躍を考えてみろ。軍服姿の海軍将校が、白昼の路上で大勢の野次馬が見守るなか、外国人の暴漢三人から王女を救ったんだ。みずからの命もかえりみず、電光石火の動きで勇敢に悪漢どもに立ち向かい、真剣のつばぜり合いを制して、絶体絶命の王女を救い出したのだぞ。今朝の新聞は、どれもきみの記事でいっぱいだ。軍にとって、これ以上に喜ばしいことはない」

「ありがとうございます、将軍」将軍の言葉にトムはますます居心地が悪くなった。「しかし、あれは任務を果たしただけのことです。わたしの任務は王女を守ることですから」

「もちろんだ。そのとおりだよ、グリーヴズ」将軍は机の上に身を乗り出した。「正直に答えてほしいのだが、例の傷はどうだ？　昨日の立ちまわりの最中に心臓に異常はなかったかね？　弾丸が埋まったあたりが苦しくなったりはしなかったかな？」

「いいえ、将軍」トムは正直に答えた。ほんとうのことを言えるのは実に気持ちがいい。「痛みはまったく感じませんでした。しかし、今後も王女の護衛を続けるには――」

「そうと決まったわけではない。もちろん、そうではないと決まったわけでもないがね」クランフォードは意味ありげにトムにウィンクをした。「風向きが変わりつつある。今はこれ以上のことは言えないが、これまでのきみの努力が報われる可能性は十分にある」

トムの胸にいっきに希望の光が灯《とも》った。将軍は、指揮官としての任務のことを言っているに違いない。新しい船と乗組員をトムに与えると言っているのだ！　過去一年間、孤独のなかで怪我《けが》からの回復に努めてきた結果、彼は昨日の活躍で司令部の試験に合格し、自分が完全に回復を遂げたことを証明し、信頼を取り戻したのだ。

だが、喜んでばかりはいられない。彼が海に戻ったら、イザベラはどうなるのだろう？　トムは彼女の笑顔と笑い声を思い出した。彼の脳裏に、彼女の勇敢な姿と枕《まくら》に広がる豊かな黒髪、シーツの絡んだ胸とヒップの曲線が浮かんだ。

結局は、一夜かぎりのことだったのか？　二人は一夜かぎりで引き裂かれてしまう運命だったのだろうか？

「王女はどうなるのでしょうか、将軍？」トムは静かな声で尋ねた。「司令部としては、彼女をどうするつもりなのですか？」

「先ほど言ったとおりだ。あれ以上のことは言えないんだよ、グリーヴズ。風向きが変わりつつあることだけを心に留めておいてくれればいい。新しい風は、王女のほうにも吹いているのはたしかだがね」

「つまり、王女は近いうちにモンテヴェルデに戻れるかもしれないということですか？」そうなったら、彼はイザベラと会うことができなくなる。だが、それはイザベラにとっては喜ばしいことに違いない。どれだけわたしを愛していても、イザベラがわたしのために祖国を捨てることなどありえないし、そんなことを望むのも間違っている。「近いうちに、また家族と一緒に暮らせるようになるということでしょうか？」

将軍は、わずかながら同情を含んだ目でトムを見た。「要するに、きみはもう王女さまに煩わされずにすむということだよ、グリーヴズ。うれしいだろう？　あの娘には、きみもさんざん苦労させられているのだからな。きみの彼女に対する献身的な態度は賞賛に値するよ。だが近いうちに、そんな苦労をする必要もなくなる」

「それでは、彼女の国を支援するという先ほどのお言葉は、空約束だったのですね？」トムの言葉は質問というよりも確認に近かった。もしそれが事実だとしたら、そんな話はとうていイザベラの耳に入れるわけにはいかない。「将軍もご存じのとおり、わが国の艦船は、過去にモンテヴェルデの港をずいぶんと使わせてもらっています」

「きみにもわかるはずだ、グリーヴズ」将軍は声をひそめて言った。「モンテヴェルデは小国だ。イギリスにとって戦略的な価値はきわめて低い。わが国に必要なものを生産しているわけでもないし、王室同士も特に強い血縁関係があるわけではない。あの国の価値といったら、わが国の若い紳士が羽目を外せる遊び場だというだけのことだ。だから、あの国がなくなったとしても、怠け者の天国が一つ消えるだけのことさ。そんなもののために、われわれの水兵の命を危険にさらすわけにはいかないだろう？特に今は、ナポレオンとの戦いの真っ最中なんだからな」

「しかし、王女の身はどうなるのですか？」トムはイザベラに対する将軍の冷淡な態度が信じられなかった。

「彼女の将来のことかね？」将軍は興味がないといった口調で言った。「モンテヴェルデに帰らなければ、何かの名目で年金のようなものがいくらか支給されることになるだろう。だが、妹の屋敷に住まわせるわけにはいかない。ロンドンのどこかに部屋でも借りて、暮らしてもらい――」

「それならどうして、彼女はそもそもロンドンに連れてこられたんですか？」イザベラのことを思うと、トムは怒りを抑えられなくなりそうだった。なぜ、だれもが彼女を外国の王女という肩書きだけで見るのだろう？ロンドンには、イザベラのことを感情を持った一人の人間として見てくれる者はいないのか？「なぜ、家族と離ればなれにさせてまで彼女をロンドンに連れてきたんです？」

「彼女の父親がそのように頼んできたからだよ。それに、あの時点では彼女はわれわれの役に立つ存在だった」将軍は肩をすくめた。「妹の屋敷で最初に話したことを覚えているだろう？　王女は大陸ヨーロッパにおける反ナポレオン陣営の象徴になるはずだった。つまり、われわれ一国だけがフランス軍と戦っているわけではないということをロンドン市民に思い起こさせるには、モンテヴェルデの王女はうってつけの存在だったのだ」

もちろん、トムはイザベラの価値について将軍から最初に同じような説明を受けたことを忘れてはいなかった。だがそれは、以前のことだ。今では、あらゆることがすっかり変わってしまっている。「ところが、今はもう王女には利用価値がなくなってしまったということですか、将軍？」

「それはわたしが判断することではないよ、グリーヴズ」将軍は顔をしかめた。「ましてや、きみが判断することでもない。とにかく今は、引き続き王女の面倒を見てやってくれ。ロンドンの町に連れ出して、好きなだけ遊ばせてやり、きみもせいぜい楽しむといい」将軍は机の上の折りたたんだ紙をトムのほうに押し出した。「きみの名前でコベントガーデンのボックス席を取ってある。王女も面倒なことを忘れられるだろう」

「コベントガーデンですか、将軍？」トムは驚いてきき返した。

「そうだとも、グリーヴズ、明日の夜の公演だ」将軍は言った。「ただし、バンリーには気をつけるんだぞ。女どもはあの侯爵に魅力を感じるらしいからな。あいつは酔っぱらいのろくでなしで、危険な連中と付き合いがあるという評判だ。王女に近づけないように十分に気をつけてくれ」

「了解しました」トムはダーデンのことをすっかり忘れていた。そうでなくても、イザベラはいろいろな面倒に巻き込まれている。「しかし、トリニータ党のことが明らかになった以上、王女を公の場に出すのは控えたほうがいいのではないでしょうか？

劇場のボックス席に座らせるのは、あまりに危険が大きすぎます。みすみす敵に狙撃《そげき》の機会を与えるようなものではありませんか？」

将軍はトムに鋭い視線を向けた。「まさかきみが怖《お》じ気《け》づくとは思わなかったな、グリーヴズ」

「怖いわけではありません、将軍。慎重であるべきだと言っているのです」

「大げさに考えすぎているよ。王女はコベントガーデンで芝居を楽しみ、人々の注目を浴びる。それにはボックス席に座ってもらわねばならん。真綿に包んで箱にしまっておいたのでは、なんの役にも立たんからな」

「でも、命を守る役には立ちます」どうして、だれもイザベラの命を第一に考えようとしないのだろう？「昨夜あんなことがあったばかりです。せめて二、三日だけでも、レディ・ウィロービーのお屋敷から出ないようにしたほうがいいのではありませんか？ それから、もし許可していただけるなら、屋敷の外に衛兵を配置して——」

「バークレー・スクウェアに歩哨《ほしょう》を立たせるというのか？」クランフォードは信じられないといった表情で言った。「ばかを言うんじゃない。そんなことをしたら、妹夫婦はいい笑い物になる。これまでだって、あんな恩知らずな客人を我慢してもてなしてきたんだ。これ以上、あの二人に迷惑をかけるわけにはいかんよ」

「しかし、将軍、王女は——」

「王女にはきみがついている、グリーヴズ」将軍の表情は厳しく硬いものになっていた。これ以上の口答えは断固として許さないといった顔つきだった。「きみ一人をつけているだけでも、あの娘にはもったいないくらいだ。運がよければ、それだけで十分に生き延びることができるだろう」

トムは立ち上がって将軍に礼をした。クランフォード将軍の最後の言葉が正しいことを、トムは祈るしかなかった。

「ほんとうにわくわくするわ、トム。この気持ち、言葉では表せないくらいよ」イザベラはボックス席の手すりから身を乗り出し、下のフロアを行き交う観客を興味深げに見つめた。もうすぐ開演時間の七時になろうとしているのに、二人の周囲のボックス席や一階の平土間《ピット》の席には観客はほとんどいなかった。これらの席に座る上流の人間たちは、幕開けが迫っているにもかかわらず、席について開演を待つよりも友人と談笑したりドレスを見せびらかしたりするのに夢中なのだ。「こんな劇場を見るのは初めてだわ」

「幕が上がるまで、見て面白いようなものはないだろう？」トムは座席に深く座って、オーケストラの団員が楽器をチューニングする音を聞きながら、油断なく周囲の状況に目を光らせていた。

「初めて見るものばかりだから、面白くてたまらないわ」イザベラは楽しそうに笑いながら、トムの指に自分の指を絡ませて言った。「今夜は何もかもが楽しく感じられるの。わたし、幸せそうでしょ？あなたのおかげよ」

イザベラの笑顔は喜びに輝いていた。彼女がこれほど幸せな気分でいるのには、理由があった。昨日、ホワイトホールを出てからずっと、二人のあいだには思ってもみなかったほど幸せな時間が流れたのだ。トムと将軍のあいだで、そうした喜ばしい変化のきっかけとなるような話し合いがなされたのかもしれない。

昨夜も、イザベラはトムの寝室に行った。二人で笑い、じゃれ合ってビスケットをつまんでココアを飲んだ。それからゆったりと、しかも情熱的に愛を交わしたのだ。これから毎日一緒だと彼は約束してくれた。昼も夜も、そしてまた次の日も、一緒にいることだけが二人にとってただ一つたしかなことだった。それ以上のことは望まない、いや望めないということを二人は理解していた。

「実は、わたしのおかげじゃないんだよ、イザベラ」トムが言った。「芝居でも見に行ってはどうかと勧めてくれたのは、クランフォード将軍だ。それに、ここのチケットを取ってくれたのも彼なんだよ」

イザベラは不満そうな表情で言った。「でも、わたしをここに連れてきてくれたのはあなたよ、トマソ。それに、ここを出たあとに行くのはあなたのベッドだわ」

「そのベッドで、わたしはきみを今よりもっと幸せにしてあげるよ」トムがイザベラの耳元でささやくと、彼女は甘い期待に身を震わせた。「それに、ベッドのなかはどこよりも安全だ。さあ、手すりから身を乗り出すのはそろそろやめにしよう。きみの華やかさをわざわざ世界じゅうに見せてやることはないさ」

イザベラは手すりから体を離し、椅子に深く座り直して言った。「今夜のわたしはちっとも華やかじゃないわ。見てよ！　これじゃあだれもわたしが王女だと気づかないわ。あなたの言うことを聞いて、こんなにさえない格好で来たのよ。ティアラもつけていないし、たいした宝石も身につけていない。どれだけ手すりから身を乗り出したって、わたしに目を向ける男なんて、いやしないわよ」

「ほかの男になんて、見られなくていい」トムが言った。その目が、どんな服装をしていてもイザベラは世界のだれよりも美しいと語っていた。

今夜のイザベラは、いつもに比べるとあっさりとした服装をしていた。襟元と膨らんだ袖《そで》に地味な銀の刺繍《ししゅう》をしただけの濃紺のシルクのドレスを着て、ティアラもネックレスもブレスレットもつけず、持っているなかでいちばん小さな目立たない金のイヤリングをしているだけだった。装いだけを見れば、だれも彼女が王女だとは思わないだろう。それでも、彼女は愛する男性の腕につかまっているだけで、どんな宝石をつけたときよりも美しく輝いていた。

「でも、どうしてそんなに物珍しそうにしているんだい？　劇場なんてどこも似たようなものじゃないのかい？　こんな風景は、子どものころから見慣れているだろうに」

イザベラは首を振った。「言ったはずよ。劇場に来るのは初めてなの。フォルトゥナロの人間は、こういう場所には行かないのよ。こちらから出かけるかわりに劇団を王宮に呼んで、舞踏会で使う広間に肘かけ椅子を並べてオペラやお芝居を見るの。俳優も歌手も音楽家もみんな一生懸命にやってくれるけれど、幕もないし舞台装置も照明もないから、あまり楽しめないわ。ここで見るほうが、きっとずっとすてきよ」

だがトムは、舞台の出来とは別のことが気になっていた。「王宮では囚人のような暮らしをしていたんだね？」

「今にして思えば、そんな気がするわ」彼女はほほ笑んだ。先ほどまで感じていたような浮き立った気持ちは消えていた。「それが普通だと思っていたから、そんなふうに考えたことはなかった。けれど、あなたと馬車に乗っていろいろなところに行くようになってから、今までずいぶん損をしていたと思うようになったわ」

トムはため息をついて、いたわるように彼女の手を握った。「わたしも、船の上で敵艦の影を探しながら何時間も寒風に吹かれていると、ロンドンできれいな女性を相手に酒を飲んだり踊ったりしているやつらを呪《のろ》いたくなったものさ」

イザベラは探るような目でトムの顔を見た。「たとえばダーデン卿《きょう》のような人のこと？」

「やつの顔が真っ先に浮かんだこともあったな」トムは笑った。

イザベラは、トムの笑顔を見て自分もほほ笑みながら、ふたたび手すりの下をのぞき込んだ。ようやく観客たちが席につきはじめていた。イザベラは、いちばん安い席に座る若い男女に目を引かれた。その二人は、幕が上がるのも気づかずに互いに相手に夢中になっていた。女性のほうはイザベラと似たような年齢だ。市松模様のスカーフと質素なリネンのワンピースという格好から見て、おそらく酪農場で働く女性か女子工員だろう。男のほうは水兵だ。屈強そうな体に一張羅を着込み、頭には船名の入った光沢のある黒の麦わら帽をかぶって、首には真新しいバンダナを巻いている。水兵は愛する娘の腰に手をまわして彼女をしっかりと抱き寄せ、娘のほうは、水兵が贈った花束から抜き取ったひな菊で彼の鼻をくすぐってはくすくすと笑っていた。

「あの二人を見て、トム」イザベラは手に持った扇子で彼らを指した。「ほら、あそこに座っている二人よ。あれはわたしたちだったかもしれないわ。もし運命がわたしたちを違った親の下に運んでいたら、わたしたちは、あそこの席に、ああして仲よく座っていたかもしれない」

トムは二人の姿を見て、眉を上げた。「きみがコテッジで暮らしている姿なんて、想像できないな。夜明け前に起きて井戸から水をくんだり、鶏《とり》に餌《えさ》を撒《ま》いたりしているところなんて、とても想像できないよ」

「わたしだって、やり方さえ教えてもらえれば、そのくらいのことはできるわ」

「特別に習わなくたってできるような仕事だよ」トムは笑った。「でも、生まれてからずっと大きな宮殿で数えきれないほどの使用人に囲まれて暮らしていたんだから、今さらそんな暮らしには耐えられないだろう？」

「だけど、どこにでも行きたいところへ行けるわ」イザベラは言った。「好きな場所に、好きなときに、だれの目も気にせずに出かけていくことができるのよ。フォルトゥナロの名前に縛られずに、ただのイザベラでいられるわ」

トムの顔から笑みが消えた。彼女は冗談を言っているのではないらしい。「本気で言っているんだね、イザベラ？」彼は穏やかな声でそう言いながらイザベラの手を握った。「そういう人生のほうがいいと思うんだね？」

「ええ、そうよ」彼女はためらいもせずに言った。「だって、そうなったら、あなたをいつまでも好きでいられるでしょう？　そんなふうに思うのは、いけないことなの？」

舞台の幕が上がり、客席から歓声と拍手が起こった。だがイザベラもトムも舞台には目を向けず、ただ互いに見つめ合っていた。

「そんなことはないさ、イザベラ」トムはようやく口を開いた。その声には、二人が決して手にすることのできない幸福への憧《あこが》れがにじんでいた。彼はイザベラの手を強く握った。「いけないことなんかじゃない」

・

ラルフ・ダーデン卿は酒場を出て、ポケットの中身を確かめるように上着の胸を叩《たた》いた。折りたたんだ新聞は、たしかにここにある。その新聞には、彼の詩が活字になって印刷されていた。幸運の女神は、ふたたび彼にほほ笑んだのだ。

この二日間、バークレー・スクウェアを訪ねるたびに王女は屋敷を留守にしていた。だが今夜、玄関に応対に出てきた若い従僕が、王女はグリーヴズ大佐と一緒にコベントガーデンに出かけたと教えてくれたのだ。ダーデンは最初の演目が終わるのを待った。そして幕間《まくあい》の今、彼は二人を探しに劇場のなかに入ろうとしているところだった。さすがのグリーヴズも、たくさんの観客が見ているなかで侯爵を手荒く追い払ったりはしないだろう。ようやくわたしは、あの傑作を美しい詩作の女神に手渡すことができる。

ダーデンは王女に会うというだけで、内気な少年のように頭が真っ白になって手のひらに汗をかいていた。これだけ神経が高ぶっていれば、酒場に寄って一杯引っかけるのも無理からぬことだ。酒の力で自信を取り戻したダーデンは、劇場に向かって通りを横切る前に、もう一度胸のポケットを叩いた。

「こんばんは《ボナ・セーラ》、ダーデン卿」老人の手が驚くほど強い力でダーデンの袖をつかんだ。「こんなところで会うとは、奇遇だね」

「マエストロ・ペッシじゃないか」ダーデンはわざと冷たい声で言った。こんな老人にかかわり合っている暇はない。それに、ペッシのような評判の悪い外国人と一緒にいるところを人に見られるのも避けたかった。「すまないが、急ぎの用があるものでね」

「わしもあんたに用があるんだよ」ペッシはしみのついた汚らしい歯をむきだしにして、にやりと笑った。「大事な話がある」

ダーデンは腕を引いた。「わたしはもう骨董品《こっとう》には興味はないのですよ、マエストロ」彼は通りすがりの人間に聞かれてもいいように、わざわざ大きな声で言った。「ごきげんよう」

だがペッシはふたたび手を伸ばしてダーデンの腕をつかんだ。「わからない人だね、侯爵。あんたにとっても大事な話なんだ。あんたが詩を書いてやったふしだらな女神さんがどうなってもいいというなら、話は別だが」

今度はダーデンがペッシの肩をつかみ、歩道に並ぶ露店の陰に彼を引きずり込んだ。「彼女のことをそんなふうに呼ぶのは許さん」

ペッシの目がぎらりと光った。「あんたに言葉遣いを教えてもらうとは思わなかったね、侯爵。あの淫売《いんばい》がロンドンにいると教えてくれたのはだれだった？　恨みを晴らせとけしかけたのは、あんたじゃなかったかね？」

「事情が変わったんだ」ダーデンは、つかんでいた老人の肩を強く押した。ペッシはよろめいて露店の支柱につかまった。「王女には手を出すな。さもないと、おまえのところに警察を行かせるぞ」

「そうしたければ、するがいいさ、侯爵。何人でも警官をよこすといいさ！」ペッシは甲高い声で言い放ち、震える指で上着の元を探って三角形のペンダントを引き出すと、三本の小枝に指を走らせ心を静めた。「わしはこれまでさんざん悪魔の顔を見てきたんだ。今さらイギリスの警察を怖がると思うのかね？　わしは片脚を棺桶《かんおけ》に突っ込んだ年寄りだ。暴君の一族に復讐《ふくしゅう》することだけを楽しみに生きている。あの一族に、わしと同じ苦しみを与えるために生きているんだよ」

ダーデンは自分が原因で王女に命の危険が迫っていることを、このとき初めてちゃんと理解した。「フォルトゥナロの王女は、おまえには何もしていない！」

「だが、あの女の体には悪魔の一族の血が流れている。復讐の理由としては十分だ」ペッシは咳《せ》き込んだ。喉の奥から嫌な音が聞こえた。「フォルトゥナロ家をモンテヴェルデから一掃し、やつらの腐った魂が一つ残らずこの世から消えてなくなるまで、わしはこの戦いをやめるつもりはない」

老人が抱く強い憎しみにダーデンは恐怖を感じた。「すでに三人の男が返り討ちに遭って殺されているだろう?」

ペッシはあざけるような表情で言った。「あんたの見事な剣さばきにやられたわけじゃないがね、侯爵」

ダーデンは顔を赤らめながらも言った。「モンテヴェルデの男が三人も死んだんだ」彼はくり返した。「おまえのところには、あと何人ああいう男がいるんだ?」

「いくらでもいるさ。ロンドンはフォルトゥナロに迫害を受けた人間であふれているからな。わしがひと言指示すれば、やつらはなんでもしてくれる」

ダーデンは絶望的な気持ちになった。

「悪魔はおまえのほうだ、ペッシ!」

「わしが悪魔かね? そうかもしらん」老人は目を細めてダーデンを見た。悪魔のような目だった。「あんたのいとしい女神さんが、ほかの男といい仲になっているのは知ってるのかね? あの淫売は、護衛の男と同じベッドで寝ている」

ダーデンは呪いの言葉を吐いた。彼の額にみるみるうちに玉のような汗がにじんだ。「でたらめを言うな!」

「うちの若い者が王女の部屋に宝石を探しに行ったんだがね、侯爵、あの女のベッドは空だった。だが、護衛のベッドはそうじゃなかった。わかるかね? あの女は生まれついての淫売なのさ」ペッシはにやりと笑った。明らかにダーデンの反応を楽しんでいるようだった。「侯爵、あんたは宝石のことでわしに嘘《うそ》をついた。あの淫売がロンドンにそんなものを隠しているなら、若い衆が見つけたはずだ」

「たぶんグリーヴズにあずけたんだろう」ダーデンは、話題を王女から大佐のことに移そうとして言った。目の前の男が、イザベラのことで何かを言うのをもう聞いていたくなかった。「グリーヴズが自分の部屋に隠したのかもしれない。あるいはホワイトホールに保管してあるのかもしれないじゃないか！」

「それは違うね。フォルトゥナロの人間は、大事な家宝を他人の手に委《ゆだ》ねるようなことはしない。あの女は自分のことしか信用しない。侯爵、あんたの女神さんは人間の心も魂も生まれつき持ち合わせてはいないのさ。あの一族のほかの者たちと同じように、あの女も堕落して腐りきった人間なんだよ」

「しかし大佐は――」

「大佐のことはどうでもいい！」

ダーデンは首を振った。ペッシから聞いたことすべてを否定したい気持ちだった。だが、いくら否定しようとしても、王女と結婚するという彼の希望は胸のなかで粉々に砕けていった。今、彼に必要なのは一杯のブランデーだ。酒さえ飲めば、頭もすっきりするはずだ。心を落ち着けてペッシの嘘から事実を選《え》り分けることもできるだろう。虚《むな》しい希望から純粋な愛を拾い上げることができる。

「言っておくが、ペッシ、おまえが王女について言っていることは間違っている」ダーデンは最後の抵抗を試みた。「彼女はそんな人間じゃない」

「それなら、あの淫売のところへ行って自分で確かめてくるといい」ペッシは三角形の結んだ小枝に手を触れた。「だが、覚えておくといい、侯爵、わしも彼女のところへ行くつもりだ。そのときには、あの女は永遠にあんたの前から姿を消すことになる」

13

「次はバレエだったわね、トマソ？」イザベラは芝居の幕が下りると満足そうなため息をついた。「とてもいいお芝居だったわ」

「ほんとうに楽しめたよ」だが実際には、トムは芝居のあいだじゅう舞台よりも客席に意識を向け、警戒を怠らなかった。結局、将軍の言うとおり、トムは危険に対して必要以上に身がまえていたのかもしれない。王女とダーデンを襲った三人はロンドンのトリニータ党のリーダーたちで、彼らの死とともに王女暗殺の陰謀は完全に粉砕されてしまった可能性もある。

だが、油断は禁物だ。トムは劇場の案内係にも自分の連れがフォルトゥナロの王女であることを伏せていた。ほかの観客にも劇場関係者にも、彼女はトムの恋人だとでも思わせておけばいい。実際、イザベラの幸せそうな顔を見れば、だれもが二人を恋人同士だと思うに違いない。

「バレエが始まる前に、お菓子か飲み物でも買ってこようか？」

「わたしは飲み物よりも、もっといいことを考えていたわ」彼女は言った。「この個室の奥のほうは、バレエが始まるときっと真っ暗になるわ。観客の目は舞台に向くから、わたしたちのほうを見る人はいないでしょう？」彼女は後ろを振り向いて言った。「あのビロードの長椅子なら、ほかの客席から絶対に見えないわ」

「イザベラ」彼女の言葉を聞いて、トムの口のなかは、からからに乾いた。早くも彼女は、愛の行為に変化をつけることの楽しみに気づいている。このボックス席でそんなことをするのは無理だとわかっていながらも、トムの肉体はズボンの下で完全に硬くなっていた。「ここがどこだか忘れているんじゃないのかい、イザベラ?」

「覚えているわよ」イザベラはいたずらっぽく誘うようなほほ笑みを浮かべ、自分の椅子をいっそう近づけ、トムの膝に手を置いた。ドレスからこぼれ出しそうな胸の膨らみがトムのすぐ目の前にあった。

彼女は低くかすれた声でトムにささやいた。「最後に愛し合ってから、もう何時間もたっているわ、トマソ」

「そんなことを言われると、わたしも我慢ができなくなるよ、イザベラ」彼はイザベラの腕に指を滑らせた。彼女の肌は、いくら触っても飽きることはないだろう。ビロードのような柔らかい感触が彼の興奮をいっそう高めた。「もし、よかったら――」トムは言葉を止め、ボックス席の個室の入り口を振り向いた。ドアをノックする音に、イザベラも首をまわして入り口のほうを向いた。

「無視しましょう」イザベラは声をひそめて言った。

「そうもいかないだろう」トムがそう言うあいだにも、ノックは続いていた。彼は苛立《いらだ》ちの言葉をもらしながらイザベラの手を自分の膝から下ろさせた。

「しかたがないよ。あのドアは鍵《かぎ》がかからないんだから」彼はドアに向かって声を張り上げた。「どうぞ!」

案内係がドアを開け、二人に向かって頭を下げた。

「バンリー侯爵をご案内いたしました」

「ダーデン?」トムは不機嫌な声でそう言うと立ち上がり、ダーデンに向かって恭しく礼をした。このような場所では、侯爵に向かって横柄な態度をとるわけにはいかない。「どうしてまた、こんなところへ?」

「驚かせてしまったかね、グリーヴズ?」侯爵は優雅な足取りでイザベラに近づき、彼女の手を取って、指の上でキスをするようなしぐさをした。「わたしを引き寄せたのは、きみではなくて王女だよ。ちょっとした捧《ささ》げものを献呈しに来たというわけさ。お芝居は楽しんでいらっしゃいますかな、マーム?」

「ええ、さっきまでは」イザベラは手を引っ込め、ダーデンに当てつけるように膝の上で固く拳《こぶし》を握った。「今夜は王女としてではなく、グリーヴズ大佐の友人として来ているの。プライバシーを尊重していただけるとうれしいわ」

「しかし、あなたは王女ですよ」ダーデンは彼女の機嫌をとろうとした。「だれよりも気高く美しい王女です。位の低い者の真似《まね》をして、どんな得があるんです?」彼は壁際の椅子をイザベラの横に置き、肩が触れ合うほどの距離に腰を下ろした。相変わらずしゃれた格好をしているが、顔は青白く、目の下には隈《くま》ができている。

「王女はきみに帰ってくれと言っているんだ、ダーデン、失礼じゃないか」

「ところが、グリーヴズ、わたしは王女さまに礼を尽くしに来たんだよ」ダーデンはイザベラの顔を見て、芝居がかったしぐさで自分の胸に手を当てた。「わたしはあなたの僕《しもべ》です。あなたの高貴な願いを、ほかのだれにも真似できないような方法でかなえて差し上げました」彼は胸のポケットから大げさな手つきで新聞を取り出し、指先で軽くしわを伸ばしてからイザベラに差し出した。「王女さま、本日の〈ヘラルド・ガゼット〉です。さあ、ご覧ください。願いがかなったのですよ」

イザベラはしぶしぶながら新聞を受け取り、ダーデンが指さすあたりに目をやった。イザベラは英語を読むのが苦手だと言っていた。だが、眉をひそめて小さく唇を動かしながら、見慣れない言葉の並ぶ英語の記事を懸命に読んでいる様子だった。

「わたしに依頼してよかったでしょう？」ダーデンは興奮のあまり、イザベラの顔に広がる当惑の色に気づかなかった。「国を奪おうとする成り上がり者の集団と勇敢に戦う王家の心を余すところなくとらえた作品だと自負しております。勇壮な戦いを謳《うた》うには、こうした叙事詩が最適でしょう。善なる高貴な魂が真の勝利を収めるのです！」

「やめて！」彼女は手に持った新聞を見つめながら震える声で言った。「ぜんぜん違うわ。こんなものを新聞に載せて、人々に読ませるなんて」

ダーデンは彼女の反応に明らかに狼狽《ろうばい》しているようだった。「たしかに外国の方には少し難しいかもしれません。しかし、言葉に込めた微妙な意味合いが十分にご理解いただければ――」

「どこが微妙だというの！」彼女はダーデンに新聞を突き返した。「これを読んだら、だれもがフォルトゥナロ一族が血に飢えた残虐な支配者だと誤解してしまうわ！」

ダーデンはくしゃくしゃになった新聞を傷ついた小鳥を抱くようにして手のひらにのせたまま、力なく言った。「最後まで読んでいただければ、おわかりいただけるはずです」

「途中まで読めばわかるわ」イザベラは怒りと悲しみと悔しさで目に涙をためて言った。「詩を書いてほしいという言葉は、あなたの馬車で出かけたときに取り消したはずよ。やっぱりあなたは思ったとおり、最低の詩人だった」

「もういいだろう、ダーデン」トムは侯爵の腕をつかんだ。「帰ってくれ」

ダーデンはトムの手を振りほどこうともがきながら言った。「わたしはあなたのありのままの姿を書いたつもりです、マダム。祖国の灰のなかから不死鳥のごとくよみがえる王女を書いたんです」

「あなたが書いたのは、自分のことしか考えない憎むべき利己的な女よ」彼女は怒りに震えた。「庶民の赤ん坊を踏みつけ、彼らの苦しみを笑い、自分が豊かになるためなら民衆の死をも喜ぶような女がモンテヴェルデの王女だとあなたは書いたのよ！」

「それは比喩《ひゆ》というものです、マダム」ダーデンは必死に弁解した。「単なる詩的な空想です。読者はみなそう思って読んだはずですよ。なぜわかってくださらないのですか？」

「これはモンテヴェルデの王家に対する侮辱よ。あなたはわたしだけでなく、フォルトゥナロ家そのものを侮辱したのよ」彼女は立ち上がり、ダーデンの手から新聞を奪い取って両手でそれをずたずたに引き裂いた。破れた新聞がダーデンの足元にひらひらと舞い落ちた。

ダーデンはトムに肩をつかまれたまま、足元に散らかる新聞の切れ端を見つめて言った。「決して侮辱したわけではありません、マーム。絶対にそんなことは――」

彼の言葉はトランペットのファンファーレに掻《か》き消された。舞台を見ると、先ほどの芝居で主役を務めた俳優が紫色のマントをはためかせながらステージの中央に現れ、手を上げて客席に静粛を求めた。

「紳士淑女のみなさま！」俳優は芝居がかった調子で客席に声を響かせた。「今夜は、当劇場に大変高貴な方がいらっしゃっています。ぜひとも最敬礼でお迎えいただきたい。みなさま、二階ボックス席の中央にご注目ください。モンテヴェルデ王国のイザベラ・ディ・フォルトゥナロ王女でございます！」

俳優が腕を振り上げてイザベラのボックス席を指すと、オーケストラがモンテヴェルデになじみの深い曲の演奏を始めた。イザベラは突然自分に集まった注目の視線に当惑しながら、ほほ笑みつつもしぶしぶ手すりの前に進んだ。

場内の観客がいっせいに彼女のほうを向いた。イザベラは背筋を伸ばし、しっかりと首を立て、堂々と観客全員の視線を受け止めた。

トムは彼女の後ろ姿に見とれた。なんて風格のある立ち姿だろう。しかし同時に、暗殺者たちにとってあまりに狙《ねら》いのつけやすい標的になっているのはたしかだ。

「ダーデン」トムは言った。「俳優に音楽――おまえの仕業だな？」

ダーデンはうめき声をもらし、額に手を当てて力なく壁にもたれかかった。「観客の注目を浴びれば王女が喜ぶと思ったんだ。イギリス人の注目を集めて、祖国のためにできることはなんでもしたいと言っていたものだから、それでわたしは――」

だが、観客からイザベラに浴びせられたのは激しい野次だった。おそらく、観客のだれもがダーデンの詩を読んでいるのだ。

これ以上ここにいるのは危険だ。トムはイザベラの肩に腕をまわした。「さあ、出よう、イザベラ。雪辱を期して軍を引くのは決して屈辱ではない」

「せめて国歌が終わるまで立っていないと――」かじりかけのりんごが椅子に当たって砕け、彼女のスカートに飛び散った。

「行こう、こっちだ。急いで！」

今度はイザベラも素直にうなずき、頭を低くしてトムの手を握った。

「ダーデンは、どこ？」ボックス席からロビーに向かう通路に出ると彼女は言った。「あんな詩を書いてわたしを辱めておきながら、あの腰抜けは、こそこそと逃げ出したのね？」

「あいつはどうせ地獄に落ちる運命だ」通路は思いのほか多くの客で込み合い、二人はなかなか前に進めなかった。「おそらく今ごろは、近くの酒場にでも――」

「見ろ、王女がいるぞ！」男の声が聞こえた。「護衛も一緒だ！　王女、あんたもマリー・アントワネットみたいに首をはねられるのかい？」

トムは急いで方向を変え、人込みを押しわけながらやってきたほうへと戻り、ボックス席の手前にあるドアを開けてイザベラをなかに押し込むと自分もあとに続いた。そのドアは裏階段に続く非常扉だった。彼はドアの掛け金をかけ、彼女をうながして階段を下りた。その階段は、何年も前にここに来たときに使ったことがあった。そのときは、一緒に来た友人がある女優に熱を上げていて、どうしても楽屋に行きたいからと言って、トムを連れてこの階段で舞台裏に下りたのだった。

「ここを下りると舞台裏だ。そこから通路を進んでいけば裏口から外に出られる」

イザベラは緊張した表情でうなずいた。「追ってくる人たちがいるわ、トマソ。足音が聞こえるもの」

足音はトムの耳にも聞こえた。だれかがドアに体当たりでもして掛け金を壊したのだろう。「急ごう。こっちだ」

階段を下りきると、トムは目の前に出てきたドアを押し開けた。ドアの向こうは舞台袖《そで》だった。

「ここは立ち入り禁止ですよ」劇場関係者とおぼしき男が二人を呼び止めた。「最後の幕が下りるまで、お客さんはここに入ってはいけないことになっています」

「間違ってここに出てしまったんですよ」イザベラが恐怖を抑えて男にほほ笑みかけた。男なら、だれもが心を許してしまうような笑顔だった。「おかしな男につきまとわれて、夫と二人で外に出ようと思ってここに下りてきたのですけれど」

「それなら、あの通路を下りてください。そうすれば、裏口に出られますから」

二人は男に言われたとおり、右手にある通路を下りて劇場の外に出た。トムは上着のなかから拳銃《けんじゅう》を抜いた。イザベラは息をつめて彼の腕につかまった。劇場の裏の暗い路地には大道具の残骸《ざんがい》が積み上げられ、そこかしこに暗がりができていて、暴漢や路上強盗が潜むには絶好の場所になっている。野良犬や野良猫がごみを漁《あさ》る横で二人の売春婦が暗がりの壁に手をつき、卑猥《ひわい》な声をあげながら客の欲望を満たしていた。

「目を伏せてくれ、イザベラ」トムは彼女の手を引いて、前方に見える広い通りの街頭を目指して足早に路地を抜けた。

通りに出るとトムは劇場の前にたむろする群衆に背を向けて、辻《つじ》馬車を探して通りを歩きはじめた。イザベラは歩くのには向かない踵《かかと》の高い靴を履いていたが、不平も言わずにトムについていった。

彼はイザベラと最初に会った日のことを思い出していた。あのとき彼女は、周囲の人間の目を引きつけることばかり考えていた。それなのに、今はうつむいてショールで顔を隠している。目立つことがどれほど危険なものなのかを嫌というほど理解しているのだ。王女と呼ばれる女性なら普通は一生に一度も味わうことのないような辛《つら》い出来事を、彼女はこの数日のあいだにいくつもくぐり抜けてきたのだ。

しばらくして、ようやく二人は辻馬車を見つけた。イザベラはため息をついて馬車の座席に身を沈めると、目を閉じて息を整えた。

「よくがんばった、イザベラ。勇敢だったね」トムは優しく言った。「大丈夫かい？」

彼女は目を閉じたままうなずいた。「あの人たち、わたしのことをマリー・アントワネットのようだと言ったわ。革命家たちが彼女に何をしたか、知っているでしょう？」

「ここはロンドンだ。パリじゃない」彼はイザベラの手を取った。その指は氷のように冷たかった。

「レスター・スクウェアにはギロチンはないよ」

「モンテヴェルデにはあるかもしれないわ」イザベラの声には絶望がにじんでいた。「国に帰ったら、いつまでこの首がつながっているか、わからないわ」

「それなら、もう少しぼくと一緒にロンドンにいたらいいさ」トムが抱き寄せると、イザベラは深い吐息をもらして彼の体に寄りかかってきた。トムは思った。イザベラと別れるなんて考えたくもない。人から何を言われようと、イザベラのいない人生など、もはやトムには考えられなかった。「これからクランフォード将軍の屋敷に行って、どうしたらいいか考えよう。しばらく田舎の空気を吸うのも、きみにはいいかもしれない」

「もうロンドンは安全な場所じゃないということ?」彼女はふたたび吐息をもらし、ますますぴったりと彼に体をくっつけた。「答えなくていいわ。あなたと一緒なら、どこにいても怖くないもの。昼も夜も、今このときだけがわたしたちに与えられた時間よ」

「イザベラ……」

「今、このとき」彼女は同じ言葉をくり返した。「そう約束したわよね、トマソ?」

トムは答えなかった。イザベラはきき返そうとはしなかった。彼女の問いかけを二人の胸に残したまま、馬車はロンドンの町を走った。

二人は将軍の屋敷の客間の小さな固い椅子に座っていた。場所をわきまえて、二人の椅子は離してある。こうしてトムの体に触れることもなく座っていると、不機嫌な顔をした執事が持ってきた一本の燭台《しょくだい》が灯《とも》るだけの薄暗い部屋は、ますます陰気で寒々しく感じられた。イザベラはショールの下に手を差し入れた。執事は暖炉に火を入れるでも熱いお茶を運んできてくれるでもなく、ほとんど無言で客間を出ていった。南国の太陽の下で生まれ育ったイザベラは、ロンドンでは寒さを感じることが多かったが、特に今夜は、この町の夏の肌寒さが骨の髄までしみ込んでくるようだった。

「寒いわ、トマソ」彼女は肩を震わせて言った。

「すまないね、イザベラ」トムが優しく言った。「こんなに早く使用人たちが寝室に引き上げてしまうなんて思っていなかったよ」

「将軍は農家の人たちのような時間帯で生活しているのね」

「いや、船乗りの時間で暮らしているのさ」トムはイザベラの言葉を訂正した。「でも、結局は同じことだけどね。いずれにしても、遅い時間に訪ねてくる客には、あまりありがたくないな」

「でも、わたしたち、ご機嫌うかがいに来たわけではないわ」イザベラは笑おうとしたが、彼女の喉からは乾いて疲れた声が出ただけだった。

「心配いらないよ、イザベラ」トムがささやくような声で言った。「今夜の最悪の出来事は、もう終わったんだから」

「そう願いたいわ」イザベラは心のなかで祈った。きっとトムの言うとおりだ。これ以上ひどいことが起きるわけがない。

そのとき、トムが口を開こうとした瞬間に、派手な刺繍《ししゅう》を施したナイトガウンを着たクランフォード将軍が慌ただしく部屋に入ってきた。

「グリーヴズ、相変わらず素早いな」将軍は言った。「わたしの送ったメモを見て事の重大さを察するとは、さすがだ」そう言ってから、彼はイザベラの姿に気づいて目を丸くした。「おや、王女さまではありませんか」

将軍はそれっきり絶句して、当惑した表情で顔をしかめた。

「メモはいただいていません、将軍」トムが将軍に告げた。「王女とわたしは今夜はコベントガーデンに行ったんです。覚えていらっしゃるでしょう？　ボックス席を確保してくださったのはあなたですよ」

「そうだった。もちろん覚えているよ」将軍はナイトガウンの飾り帯を指でもてあそびながら、複雑な表情で足元の床を見つめた。まるでトムやイザベラと視線を合わせるのを嫌がっているようだ。彼は目を伏せたまま言った。「それにしても、こんな時間に二人で訪ねてくるというのは、少しばかり、ぶしつけではないかね？」

「コベントガーデンで王女に起こったことに比べれば、ぶしつけでもなんでもないと思いますが」トムが口を開くと、将軍は手を上げて彼を制した。

「申し訳ないが、席を外してくれませんか、マーム」彼は執事を呼ぶためにベルの引き綱に手をかけた。「海軍の仕事の話を聞いていても退屈でしょう。それよりも――」

「退屈だろうとなかろうと、これはわたしに関する話よ、将軍」彼女は座り心地の悪い椅子で背筋を伸ばした。「わたしは出ていかないわ。ここにいて、お話を聞かせてもらいます」

将軍は首を振った。「やめたほうがいいと思いますよ。これからグリーヴズ大佐に伝えねばならないことは、あなたには、なんというか、耳障りのいい話ではありません」

「本人が望むかぎり、王女はここに残られますよ」トムは静かな口調で言った。「彼女は強い女性です。それに、どんな話かは知りませんが、彼女の人生にかかわることであれば、本人には聞く権利があるはずです」

クランフォード将軍は顎を突き出した。「王女にとって幸せな話ではない」

「今だって特別に幸せな気分ではないわ、将軍」イザベラは気分が悪くなるほどの恐怖感と戦いながら言った。「話してちょうだい。グリーヴズ大佐に言おうとしていたことを聞かせてちょうだい」

将軍はイザベラの顔をじっと見て言った。「わかりました。そうまでおっしゃるなら、お話ししましょう」彼は息を継ぎ、言葉を続けた。「つい先ほど、モンテヴェルデから最新の報告が届きました」

イザベラは膝の上で組んだ手を不安げにもみ合わせた。「家族のこと？　家族のことが何かわかったの？」

「現在のところ、ご家族は無事です。お父さまとお兄さまは、少人数の軍隊とともにイタリア半島のパルマに逃れて、王国を奪回する機会をうかがっています」

「それなら、あまり時間はかからないわ」イザベラは自信ありげにうなずいた。「父に忠誠を誓う者たちは、まだたくさんいるから」

「しかし、勢力としては十分ではありません」将軍はナイトガウンの飾り帯をきつく結び直した。「バンリー侯爵があなたのために書いた戯《ざ》れ言《ごと》が力を持つと信じるにしても、まだまだ不十分です。現状を考えると、あんな詩がお父さまの戦いに貢献するとは思えません」

「あの詩はわたしとなんの関係もないわ」

「それでも同じことです」将軍は咳払《せきばら》いをした。「残念ですが、マーム、イギリス政府は本日、モンテヴェルデの王制を支持することをやめ、トリニータ党が指導する新政府を承認することが国益にとって最良だとの決断を下しました」

イザベラは衝撃のあまり息をのんだ。「どういうこと？　父に対する、いいえフォルトゥナロ家に対する反逆の罪を犯した集団を支持するというの？　わたしや家族を殺そうとして剣を抜く悪漢をイギリスは手助けするというの？」

「これは政治的な決断です、マダム。慎重に検討を重ねたうえで下した判断なのです」将軍の声は石のように硬かった。「われわれは、すべての国民と軍にとっての利益を考えなくてはなりません。外国から来たひと握りの人間を優先するわけにはいかないのです。政府は、あなたのお父さまよりも新しい政府のほうが、対ナポレオン同盟のパートナーとしては頼りがいがあると判断したのですよ」

〝外国から来た人間〟これまで、クランフォード将軍は心のなかでイザベラのことをそう呼んでいたのだろう。

「でも、軍の司令官たちが父に協力して――」

「軍は司令部も含めてトリニータ党を支持しています。お父さまを支持しているのは側近の廷臣たちと、パルマに同行している少数の貴族だけですよ。イギリスとお父さまとの外交上の関係は、今日をもって公式に打ち切られたということです」

「こんなふうに王女に伝えるなんて、ひどすぎます、将軍」トムは立ち上がり、唖然《あぜん》として言った。「少しは彼女の気持ちを思いやるべきです。彼女の安全や幸福や将来を――」

「わたしは王女の望みどおりに話したのだぞ、グリーヴズ」将軍はトムの反応を予測していたかのように冷静な口調で応じた。「彼女に事実を伝えただけのことだ」

それが事実だとしたら――イザベラは何度も深く息を吸い込み、必死で頭を働かせようとした。気を失ったり泣き崩れたりしている場合ではない。わたしもフォルトゥナロ家の一員なのだ。「父は同盟国であるイギリスに一人娘の保護を頼んだのよ。それなのに、これが栄光ある大英帝国の出した答えなのね」

「残念ですが、マーム、そのとおりです」将軍は心のこもらない機械的な口調で答えた。「こればかりは、どうすることもできません」

「残念ですって？」イザベラは立ち上がり、精いっぱい背筋を伸ばした。将軍に見下ろされていては、対等に話ができない。「あなたの国が父の政府を支持しないというなら、わたしもあなたとのお付き合いを終わりにするしかないわ、クランフォード将軍。フォルトゥナロの人間をばかにしておいて、ただですむとは思わないほうがいいわ」

将軍は不安げな表情でほほ笑んだ。イザベラの反応は、彼には意外だったらしい。「落ち着いてください。あなたを路上にほうり出すつもりはありませんん」

「それはご親切に」イザベラは苦々しい思いを隠そうともせずに言った。「父を良心の呵責《かしやく》もなく腐った魚のように捨てたのに、わたしにはずいぶんと寛大だわ」

「妹の家からは出てもらいます」将軍は急いで言った。「急いでほかの場所を探してみることにしましょう」

「もちろんよ。わたしも、これ以上レディ・ウィロービーの親切にすがるつもりはないわ」イザベラは最初に受けた衝撃をとりあえず心から追いやり、これからのことを考えた。すぐにロンドンを出て、パルマにいる家族に合流しなくてはならない。しかも、あの宝石をすべて身につけて無事にパルマまでたどり着かなくてはならないのだ。まずはバークレー・スクウェアに戻り、ルビーを縫い込んだペチコートをだれにも知られずに天蓋《てんがい》の上から回収する必要がある。

「それが親切のつもりなんですか！」トムがテーブルを叩《たた》いて怒鳴った。「この町では、どこに行っても、だれかが彼女を殺そうとして近寄ってくるんです。いったいどこに行けばいいというんです？」

イザベラはトムの顔を見た。将軍に怒りを感じているのは彼女も同じだったが、それでもクランフォード将軍はトムの上官だ。イザベラのことを思いやるあまり、あとになって悔やむようなことをトムには言ってほしくなかった。

「やめて、トマソ」彼女はイタリア語に切り替え、小声で言った。「わたしに任せてちょうだい。これはわたしのことなんだから」

「わたしたちはいつだって一緒だ、イザベラ」トムは強い口調で言った。「今、きみにはわたしの助けが必要だ。そんなときにきみを見捨てるなどということは、絶対にしたくない」

「わたしのために将来を台なしにしてほしくないの。あなたの指揮官としての未来が――」

「英語で話していただけますか、マーム？」将軍が鋭い口調で割り込んだ。「何を言っているかは知りませんが、英国海軍の指揮官にそのような口調で話しかける権利はあなたにはありません」

イザベラは怒りに燃えた目で将軍をじっと見た。「それならば、将軍、わたしがグリーヴズ大佐となんの話をすべきかを決める権利は、あなたにはないわ！」

「ありますよ。あなたがわが軍の将校を侮辱するのを見過ごすわけにはいきませんからね」将軍は感情を抑えずに言った。「あなたは、もはや海軍の保護下にはありません。したがって、グリーヴズ大佐には、すでにあなたを守る責任はない。彼はこれまで、あなたを保護するという難しい任務を立派に果たしてきた。軍司令部はその功績を認めて、明朝、彼に新たな任務を与えることになっているんです」

「まさか」イザベラはつぶやいた。トムを彼女から引き離すような命令が下されたなどということを、イザベラは信じたくなかった。「だめよ！」

「だめです」トムの声が部屋に響いた。「この任務はまだ終わっていません、将軍。ここで王女をほうり出すのは、海の真んなかで船を捨てて逃げるようなものです。そんなことは、軍人としてしたくありません」

　将軍は鋭い目つきでトムを見た。「自分が何を言っているか考えろ、グリーヴズ！　一度でも任務を拒否したら、次にいつ機会が巡ってくるかわからないんだぞ」

　イザベラは絶望的な気持ちで首を振った。トムがどれだけ軍務に復帰したがっているか、どれだけ軍船の指揮をしたがっているかを彼女は知っていた。今回の任務を放棄したら、トムはその損失をイザベラのせいにし、やがて彼女を憎むようになるだろう。

「お願い、トマソ、わたしのためにそんなことをするのはやめて！」

　だがトムは断固として譲らなかった。「どんなことになるかはわかっています、将軍。司令部には、あなた方をはじめとして記憶力に優れた方々がそろっていますから。しかし、わたしは自分自身の良心に従って生きなければならないんです」

　将軍の口からうなり声がもれた。「そんなに愚かな良心に従ってどうするというんだ、グリーヴズ？　きみが死の淵《ふち》から生還したのはなんのためだ？　外国人の女のためにすべてを捨てるためか？　その女が、ほんとうにそれだけの価値を持つというのか？」

「わたしにとって、王女は無限の価値を持っています、将軍」トムはイザベラの横に立ち、彼女の肩に手を置いた。「わたしはいつも高潔さを旨として行動しています。ここで彼女をほうり出すわけにはいきません。さあ、行こう、イザベラ。少しでも早いうちにロンドンを出たほうがいい」

　イザベラは将軍に会釈をしてからトムの腕につかまって客間を出た。階段を下りるあいだに彼女の胸には絶望が広がった。以前なら、愛する男性が自分のためにこれほど大きな犠牲を払ってくれたことに喜びを感じただろうし、そうすることを期待すらしただろう。だが今は、とてもそんな気持ちになれなかった。わたしはトムの幸せを壊してしまった。イザベラの心は責任感と罪悪感で押しつぶされそうになっていた。

「トマソ、わたしのためにすべてを捨てるなんて」彼女は消え入るような声で言った。「かわりに、わたしは何をあげたらいいの？」

「愛だ」トムは揺るぎのない声で言った。「きみはわたしに愛を与えてくれた。イザベラ、これからもわたしを愛してほしい」

イザベラは目を閉じて彼にキスをした。「心から祈りましょう。愛がすべてを洗い流してくれるように」

ダーデンは幌《ほろ》を下ろした馬車の座席に身を沈め、クランフォード将軍の屋敷を見つめていた。酒瓶だけが今夜の彼の友人だ。馬車は人目につかない場所を慎重に選んで停《と》めてある。自分は、つくづくこうしたことに向いていないようだと彼は思った。馬車に潜んでから何時間もしないうちに早々と退屈と疲労を感じ、頭痛さえしてきた。彼は、グリーヴズと王女が、予想に反してまっすぐにバークレー・スクウェアに帰ったのではないかと疑いはじめていた。だが将軍の屋敷のドアが開き、玄関からもれる明かりのなかを一人の男性とショールで顔を隠した背の低い女性が走り出て歩道に停めてあった馬車に急いで乗り込むのを見たとき、ダーデンは自分の勘が正しかったことを確信した。

ダーデンは身を乗り出して馬車の扉の掛け金に手を伸ばした。顔は確認できないが、あの二人に決まっている。こんな時間に急いであの屋敷を出ていく人間があの二人のほかにいるとは思えない。ダーデンは王女に説明する機会が欲しかった。自分がほんとうは臆病《おくびょう》な人間ではないことをわかってもらい、許しを乞《こ》うことだけが今の彼の望みだった。長く時間を取ってもらう必要はない。最愛の女神に、妻になってほしいと願う女性に、自分のことを理解してもらうことだけが彼の願いだった。

だが、グリーヴズの腕にすがって馬車に乗り込む王女の姿を見て、ダーデンの心はくじけた。グリーヴズがいる前では、自分が望むような話はできない。彼女とは二人きりで話す必要がある。今、二人の前に出ていくのはやめよう。ダーデンはふたたび椅子の背もたれに身をあずけ、二人を乗せた馬車が歩道を離れて走り去っていくのを見送った。

ダーデンは意気地のない自分自身に悪態をつきながら、御者に馬車を出すように命じた。だが、そのとき別の馬車が建物の陰から現れるのを見て、彼は慌てて御者に待つように言った。粗末な服装をした黒髪の男が、新たに現れた馬車の窓から身を乗り出して王女を乗せて遠ざかる馬車を確認すると、後ろの座席の男たちに大声で何かを言った。英語ではない。男の言葉はモンテヴェルデ訛《なまり》のイタリア語だった。ペッシが差し向けた殺し屋に違いない。王女はまたしても、ダーデンのせいで命を狙われる羽目になったのだ。

ダーデンは呪《のろ》いの言葉を吐いた。心臓が胸のなかで跳ねまわっている。ピストルかライフルでも持っていれば暴漢を止めることもできる。だが、丸腰で、しかも一人きりで彼らに立ち向かうことはできない。今はただ、彼女の無事を祈る以外にないだろう。ダーデンは酒瓶の中身をあおり、これからどうすべきかを必死に考えた。

しかしそのとき、さらに二つの人影が現れた。長身の男性と背の低い女性だった。服装を見るかぎり、使用人に違いない。二人は将軍の屋敷の横手のドアを出て、馬車が去ったのとは逆の方向へ足早に歩き去ろうとしていた。安っぽいボンネットの下の女性の顔が、通りすぎる窓の明かりに一瞬だけ照らされた。それから二人は路地に滑り込み、夜の闇《やみ》に消えていった。

ダーデンの心臓が胸のなかで跳ねまわった。少なくとも今、彼の女神は無事に生きている！　暴漢の目をあざむいて、生きて明日を迎えることができるはずだ！

14

「もう少しの辛抱だ」トムはイザベラの名前を口にしてだれかに聞かれたりすることのないよう注意しながら、優しく彼女に声をかけた。「もうすぐテムズ川に出る。渡し船が見つかれば、あとは歩かずにすむ」

とっさに思いついた計画にしては上出来だとトムはあらためて思った。クランフォード将軍の使用人と衣装を取り替え、彼らを念のため囮《おとり》にして馬車に乗せ、ロンドンの町に送り出す。将軍はそこまでする必要はないだろうと言っていたが、案の定、物陰から別な馬車が現れ、使用人たちを追って走り出した。トムの計画に将軍が手を貸してくれたのは、将軍の最後の好意だったのだろう。ただしそれはイザベラのためではなく、トムの身を案じてのことだった。

計略が功を奏したおかげで、二人は追っ手を振り払い、少なくとも一時間は時間を稼ぐことができた。暴漢どもは、王女が徒歩で逃げるとは思わないだろう。豪華な馬車に乗って田舎の屋敷に向かうと思っているに違いない。こうして、飾り気のない渡し船に乗って釣り小屋に向かうとは、夢にも思わないはずだ。

トムをよく知る者であれば、彼が川に向かうのは予測できるだろう。だが、たとえ暴漢がそのことを知っていても、大佐の意見は王女のひと言でいともも簡単にくつがえされると彼らは考えるはずだ。

小屋に着けば安心できる。あとは好きなだけそこにいて、危険が去るまで待っていればよい。モンテヴェルデで王権が倒れたという知らせが広まれば、トリニータ党はイザベラに関心を示さなくなるに違いない。そうなれば二人は小屋を出て、好きなところに行くことができる。そのあとのことは、そのときになってから考えればいい。

「温かい服に着替えられたのはよかったよ。将軍のメイドのおかげだ」トムはイザベラが着ている分厚いリンネルの服を見てほほ笑んだ。「シルクのドレスのほうがレディらしいけれど、夜の川辺は特に冷え込むからね」

「こんなに寒いんだもの、イギリス人がこういう野暮ったい服を着ているのも当然だわ。夏でもこうなんだから、冬になったら、いったいどうなるのかしら？」彼女はエプロンの紐《ひも》を物珍しそうに引っ張った。「でも、バークレー・スクウェアに戻ったら、このみっともないウールの長靴下だけはすぐに脱がせてもらうわ。こんなにごわごわしているんじゃ、脚に水ぶくれができてしまう」

「バークレー・スクウェアに戻るのは危険だ」トムは首を振った。なぜ、イザベラはそんなことを言うのだろう？　それくらいのことは彼女も理解しているはずだ。「これからまっすぐに官舎の階段を川辺に下りて、渡し船を探すんだ」

「だめよ」彼女は急に立ち止まり、ボンネットの下からトムの顔を見上げた。「バークレー・スクウェアに戻るのよ。それまでは、ロンドンを出られないわ」

「何を言っているんだ。暴漢がわたしたちを最初に探しに来るのは、あの屋敷に決まっているじゃないか。そのくらいのことは、きみにもわかるだろう？」

「すべてわかったうえで言っているのよ！」彼女は譲らなかった。どうして、これほど断固とした口調で言い張るのだろう？「理由があるの。あそこに置いていくわけにはいかない持ち物があるのよ。それだけは絶対に持っていかなくてはならないの！」

「声が大きいよ」トムは不安げな表情で周囲を見まわした。幸いなことに、付近の家で彼女の声に目を覚ました住民はいないようだった。このあたりは道幅が狭い。大きな声を出せば、家のなかにまで響くはずだ。人々が起き出してくると、厄介なことにならないともかぎらない。「身のまわりのものはレディ・ウィロービーが保管しておいてくれるよ。きみが彼女を嫌っているのは知っているけれど、だからといって、彼女がきみのトランクを歩道にほうり投げることはないさ」

「そんな保証はないわ！」

「大丈夫だよ。心配いらない」トムは安心させるような口調で言って、イザベラの手を握った。いつまでもこんなところに突っ立っているわけにはいかない。「レディ・ウィロービーには将軍の屋敷から手紙を書いただろう？　明日の朝には届くはずだ。わたしたちの持ち物は、きちんと保管しておいてくれるさ」彼はイザベラの手を引いた。「さあ、行こう。こんなところで時間を浪費するわけにはいかない」

彼女はトムの手を振りほどき、激しく首を振った。

「わたしはあの屋敷に戻らなくてはならないの。そうするしかないのよ」

トムの返事を待たずに彼女は背を向け、歩き出した。

「どうしたんだ、イザベラ。待て!」トムは彼女の腕をつかんで引き留めた。「そもそもきみは、どっちに向かって歩いたらいいかもわかってないじゃないか」

「それじゃあ、教えてちょうだい」彼女は言った。

「どっちに行けばいいの?」

「どうしたんだ、イザベラ。わたしの顔を見て。さあ、見るんだ」

彼女は、にらみつけるようにトムの顔を見た。

「教えてくれ、イザベラ、わたしときみの命を危険にさらしてまで取りに帰らなくてはならないものとは、いったいなんなんだ?」

彼女はトムに反抗するように口を真一文字に結んだ。だが、それとは裏腹に、その目は今にも泣き出しそうなくらいに潤んでいた。「言えないわ」

「どうして言えないんだ?」トムが問いつめるような口調で言った。「わたしはきみのために自分の未来を捨てようとした。それなのに、なぜこんな質問にも答えられないんだ?」

「それは……国家機密だからよ」彼女は急にしおらしい声でささやくように言った。「モンテヴェルデの国家機密なの。わたしの一存で口にできるようなことじゃないのよ」

トムは唖然《あぜん》とした顔でイザベラを見つめた。「なんなんだ? 書類か? それとも地図か?」

イザベラは首を振った。「これ以上は言えないわ。

お願い、トマソ、わかって」

「わかるわけがないだろう！　国家機密だなんて、冗談じゃない」それでもトムはイザベラを愛していた。彼女にとってそんなに大切なものなら、取りに行くしかない。「しかたがない。戻ろう。だが、できるだけ早くするんだ。そうでなければ、きみを置いて一人で屋敷を出ることにする」

イザベラは椅子の上に上り、ベッドの天蓋《てんがい》に手を伸ばした。トムは、すぐに戻ってくると言い置いて自分の寝室に持ち物を取りに行った。イザベラは天蓋を覆うリンネルの端を引き上げた。ペチコートは無事だった。彼女は感謝と安堵《あんど》のため息をもらしながらペチコートを天蓋の上から引きずり下ろし、音もたてずに椅子を下りた。

宝石と金貨を縫い込んだペチコートは、身につけてみると思っていた以上に重く、腰や脚にずっしりと重みがかかった。だが彼女は、それ以上にトムに対する責任を重く感じていた。トムは彼女を信用してここに戻ることを許してくれた。しかし、その信頼に応《こた》えられる自信が彼女にはなかった。

イザベラはため息をつきながらペチコートの平紐を結び、その上にクランフォードの使用人から借りた分厚いリンネルの服を着て鏡の前に立ち、いろいろな角度から自分の姿を映して、ペチコートが外から見えないことを確認した。フォルトゥナロの財宝がこんな粗末なリンネルのドレスの下に隠れているとは、だれも気づかないだろう。

だが、トムだけは別だ。彼にいつまで隠しておけるかしら？　これから一緒に旅に出るのだ。すぐに言いたくなってしまうかもしれない。母親との約束を破って彼に秘密を打ち明ける日も、そう遠くはない可能性もある。

「終わったかな、イザベラ？」

イザベラははっとして振り向いた。こんなに早くトムが戻ってくるとは思っていなかった。

「ええ、約束どおりがんばったわよ、トマソ」彼女は顔ににじんだ罪悪感を隠そうとして、にっこりとほほ笑んだ。それから地味で安っぽいボンネットのリボンを顎の下で結び、ヘアブラシや長靴下や寝間着やハンカチなど手当たりしだいに適当なものをほうり込んだバスケットを腕にかけて、戸口に立つトムのほうへ行った。「ほら、わたしだってあなたに負けないくらい仕事が早いでしょう?」

「欲しいものはみな見つかったのかな?」彼はバスケットを見て眉をひそめた。「そんなに小さなバスケットじゃ、ティアラだって全部は入りきらないだろう?」

「そんなものを取りに来たんじゃないわ」彼女はトムの腕を取り、屋敷の人間を起こさないですむように小さな声で言った。「これから行くところでは、そんなものは必要ないでしょう? それに、だれかに止められて持ち物を調べられたときに、ティアラがあったら説明が難しくなるわ」

トムはほほ笑んだ。「説明は簡単さ。ティアラは盗んだと言えばいい。簡単に信じてくれるさ」

「王女だと疑われるより、いいわね」彼女は裏口に続く階段を下りながら小声で言った。「この国の泥棒は、少なくとも有罪になる前に裁判にかけてもらえるわ。でも、王女だとわかったら、そんな情けはかけてもらえないでしょう? 裁判なしで、すぐに首をはねられる」

二人は厨房《ちゆうぼう》を抜け、裏口から屋敷を出て、月明かりだけを頼りに狭い裏路地を急いだ。ランタンは使わなかった。少しでも目立たないようにしなくてはならない。通りにはほとんど人影はなく、ときおりすれ違う人も、二人にはまったく関心を示さなかった。

イザベラは常に王女として人々の注目を浴びる暮らしをしてきた。そのわたしが、今は人目につかないよう細心の注意を払って行動している。彼女は新鮮で奇妙な感覚を味わっていた。劇場で水兵の恋人と一緒にいた若い女のように、束縛を離れて自由の身になったような気がしていたのだ。ただしわたしは、あの若い娘と違って、殺し屋から逃れるために庶民のふりをしている。それに、恋人は海軍大佐で、上着の下に二丁の拳銃《けんじゅう》と一本のナイフを忍ばせ、わたし自身のペチコートのなかには王家の財宝が縫い込んである。

「あとどれくらいで川に出るの、トマソ？」イザベラは時間や距離の感覚を失っていた。靴ずれで足が痛み、今夜だけで、普段の一カ月分の距離を歩いた気がしていた。「あなたは毎朝何キロも散歩をしているから長い距離を歩き慣れているでしょうけれど、わたしはあなたと違って――」

「つけられている」トムは声をひそめて言った。「がんばって歩くんだ。あと少しの辛抱だから」

「だれなの？」イザベラの胸に劇場で感じた恐怖がよみがえり、狼狽《ろうばい》して思わず肩越しに後ろを振り向いた。

「やめろ。やつらに顔を見せるんじゃない！」トムは彼女の背中を押して前を向かせた。「モンテヴェルデの悪党かもしれないし、ただの追いはぎかもしれない。どちらでも同じことだ。もうすぐ川に着く。余計なことは考えないで、運よく渡し船が川岸で客を待っていることを祈ってくれ」

二人は積み上げられた樽《たる》のあいだを抜けて広い通りに出た。その通りを早足でわたると、突然、目の前にテムズ川が現れた。驚くほど広く大きな川は、月明かりを受けて鈍く灰青色に光っていた。

「さあ、下りよう」トムは彼女の手を引いて、長く急な石段を川岸に向かって下りていった。階段には手すりはなかった。濡《ぬ》れた石段で靴が滑った。イザベラはトムの腕にしがみつきながら、息をつめて一歩ずつ慎重に階段を下りた。間違って水に落ちたらまっすぐに水底に沈み、ペチコートに縫い込んだ財宝が重りになって、浮かび上がることはないだろう。

「まだ運は尽きてないようだ。ちょうどいいぐあいに、下に客待ちの渡し船がいる」

イザベラは足元に神経を集中するあまり、ボートのことを忘れていた。川岸に視線を向けると、階段の下に船頭が乗った小さなボートが見えた。立派な髭《ひげ》をたくわえた船頭の顔が、船尾に灯《とも》るランタンの光と口にくわえたパイプの火にぼんやりと浮かんでいる。それにしても小さな船だ。おそらく長さは四メートルほどだろう。命をあずけるには、あまりに頼りなく思えた。

「いいかな?」トムが船頭に声をかけた。「乗せてもらいたいんだが」

「もちろんです、旦那《だんな》」男が行った。「さあ、お乗りください。どちらまで?」

「東へ行ってくれ」トムが言った。具体的な場所はまだ言わないほうがいい。彼は先にボートに飛び乗ってから、イザベラに手を伸ばした。「さあ、早く乗って。ぐずぐずしている時間はない」

だが、イザベラは階段とボートのあいだの揺れ動く隙間《すきま》を見下ろしたきり動かなかった。下に見える真っ黒な水が、彼女をのみ込もうとしているように見えたのだ。

「無理よ、トム」彼女はみじめな気持ちで言った。「怖いわ」

「おかしいよ、きみが怖がるなんて」トムはさらに手を伸ばし、イザベラの手を取った。「さあ、ここにいると危険だ」

「だめよ。落ちたらどうするの?」彼女の目には、もがきながら水底に沈んでいく自分の姿がありありと見えていた。

「沈みはしないさ。人間は水に浮くようにできているんだ」トムは言った。「落ちたらすぐに引き上げてやるから心配しなくていい」

「でも――」

「いい加減にするんだ、イザベラ。さあ！」トムはボートから身を乗り出して彼女の腰に手をまわし、体を階段から引っこ抜くようにして彼女を抱き上げ、ボートに下ろした。イザベラは小さく悲鳴をあげてトムの足元にへたり込んだ。ボンネットがずれて目隠しをするように顔を覆った。そのとき彼女の耳に、小石が水に投げ込まれるような奇妙な音が聞こえた。トムはとっさに上着の下から拳銃を抜き、前に出て彼女を盾のように守りながら銃をかまえた。ふたたび奇妙な音が聞こえた。今度のは、耳の近くで何かが空気を切り裂くような音だった。船頭が階段に櫂《かい》を当ててボートを押し出した。三人を乗せた小舟は川の流れに乗って岸辺を離れた。

「あれはピストルの音だったのね、トマソ！」イザベラは顔を覆ったボンネットを押し上げながら、ボートの床に手をついたまま顔を上げ、トムに向かって驚きの声をあげた。二発の弾丸が、一発はトムを狙《ねら》い、もう一発はイザベラを狙って発射されたのだ。

「いったいどうして、そんなことを」

「どうもこうもないさ。最初からそのつもりであとをつけてきたんだろう」トムは腰を下ろして拳銃を上着の下に戻し、イザベラに手を貸して自分の隣に座らせると彼女の肩を抱いた。

「でも、なぜ今さらあんなことをするの？」イザベラは船頭が理解できないようにイタリア語で言った。彼女はまたもや殺されそうになったのだ。しかも、トムも一緒に。「彼らはわたしの家族を破滅させて国を奪ったのよ。それだけじゃ足りないというの？」

「おそらく、まだその知らせを受け取っていないんだろう」ボートは川の流れに沿ってかなりの速度で進んでいた。二人の顔に水しぶきが飛んでいる。

「情報が入れば、やつらもきみに手出しをしなくなるはずだ」彼は川岸に目をやった。「ひとまず今は安全だ。ここまで来れば弾は届かない」

「でも、暴漢たちは、どうやってわたしたちのことを見分けたのかしら、トマソ？」イザベラは震えながら言った。頼りない小舟の上で銃撃を受けたのだ。トムの腕に抱かれていても不安は去らなかった。

「こんな変装までして、気づかれないように注意していたのに」

「すみませんが、旦那」船頭が二人に声をかけた。

「あなたはグリーヴズ大佐じゃないですか？」

「ほら、これだ」トムは観念したような声でそう言ってため息をついた。「どれだけ注意していても、こうなるのさ、イザベラ。わたしたちの顔には、はっきりと名前が書かれているんだろう」トムは英語に切り替えて船頭に言った。「そのとおりだ。わたしはトーマス・グリーヴズ大佐だよ」

船頭はうれしそうに何度もうなずいた。「光栄です、大佐。こんなに光栄なことはありません。わたしは、ジョナス・パーキンスです。うちの弟があなたの船に乗り組んでいたことがありましてね。アスパイア号ですよ。砲手のアダム・パーキンスを覚えていらっしゃいますか？　覚えておいでなら、そいつがわたしの弟です。あなたのお顔は、ポーツマスで拝見したことがありましてね、大佐。それで、階段のところから声をかけてくださったときに、すぐにあなただとわかったんですよ」

「あのパーキンスか！」トムはうれしそうに笑った。彼の笑顔を見て、イザベラは彼がどれだけ船や乗組員を愛していたか、どれだけ大きなものを彼女のために捨ててしまったのかをあらためて思い知らされた。「もちろん覚えているとも。立派な男だった。優秀な砲手だったよ。彼から連絡はあるかい？　元気でやっているのかな？」

「元気ですよ。いつもあなたの話をしています、大佐。あなたは最高の司令官だってね」船頭は厳粛な顔で深くうなずいた。「ところで、今夜はどちらにいらっしゃるんです？」

「グリニッジの東だ。川縁に〈ホワイト・ローバック〉という宿屋があるんだが――」

「もちろん知ってますとも、大佐。あそこの海亀《うみがめ》のスープは絶品ですからね。すぐにお連れしますよ」

「でも、わたしたちのことはだれにも言わないでね」イザベラが船頭のほうに身を乗り出して、懇願するような口調で言った。「お願いよ。絶対に言わないでほしいの。そうじゃないと、わたしたちを追ってきた男たちが――」

「心配いりません、お嬢さん。だれにも言いません」船頭はうなずいた。「大佐のためとなったら、わたしは自分の名前だって忘れますよ。死人みたいに黙りこくって絶対に口を開けませんから、どうか安心してください、お嬢さん」

「ありがとう」イザベラは静かな声で言った。彼女の声は風に乗って川の上を流れていった。「黙っていてくれたら、わたしも大佐も、心からあなたに感謝するわ」

錆《さ》びた鉄製の鍵《かぎ》が鍵穴を引っ掻《か》くような音をたてて一回転した。トムは肩を押し当て、全身に力を込めてドアを開けた。家族のあいだで〝ウィロー・ラン〟と呼ばれていたその小屋のなかには、窓枠をひし形に取った窓を通して朝の光が差し込んでいた。ざっと見たかぎりでは、それなりに整頓《せいとん》はされていたが、長いあいだ締めきられていたせいで、かびの臭《にお》いに加えて、かすかにねずみの排泄《はいせつ》物の臭いがした。

トムはドアを押さえてイザベラを小屋のなかに招き入れてから、彼女のバスケットと、〈ホワイト・ローバック〉で食べ物をつめてもらった大ぶりのバスケットをテーブルの上に置いた。ウィロー・ランは、昔風の小さな小屋だった。厨房と食堂と居間を兼ねたこの大きめの部屋のほかには、小さな寝室が二つと、四台の簡易ベッドが置かれた屋根裏部屋があるだけだった。家具は、近所の家が捨てたものを修理した時代遅れの椅子や、ソファーを寄せ集めただけの統一感のないものだった。壁には、トムの父親が好んでいた卑猥《ひわい》な漫画絵の切り抜きや版画が、画鋲《がびょう》で貼《は》られていた。部屋じゅうを見まわしても、装飾といえそうなものはほかに何もなかった。

ウィロー・ランは男たちの隠れ家だった。おそらく、これまで女性が立ち入ったことはないはずだ。もちろん、王女が訪ねてきたことなど一度もない。トム自身も、ここに来るのは少なくとも十年ぶりだった。こうして久しぶりにやってきて、新鮮な目で室内を眺めてみると、ここにイザベラをかくまおうと決めたのは間違いだったのではないかと思えてきた。

「驚いただろう、イザベラ」トムはおずおずとした口調で言った。「申し訳ない。わたしがきみをどこかに連れていくたびに、だんだんと王宮とはかけ離れた場所になっていくようだ」

「そんなこと、気にしないで。わたしはもう王宮に暮らせる身分ではないのよ」イザベラは古びた肘かけ椅子に倒れ込むように腰を下ろし、背もたれに身をあずけて目を閉じた。髪は川の風に吹かれて乱れたままだ。スカートには、飛んできた水しぶきの跡がしみを作っていた。顔は青白く、目のまわりには隈《くま》ができている。「つまりこの小屋が、イギリスの大伯爵家の息子たちが休暇を過ごす田舎家なのね？」

「それよりも、イギリス人の伯爵夫人から二週間ほど逃げ出したいと思ったときに逃げ込む場所と言ったほうが正確かな」彼はイザベラの左右の肩に手を添えて、身をかがめてキスをした。「わが伯爵家の言い伝えによれば、このウィロー・ランは、わたしの曾《そう》祖父がカードゲームの席で手に入れたものだそうだ。曾祖母は、こんなにみすぼらしい小屋を押しつけられたのを知って、曾祖父はゲームに負けたのだと思ったらしい」

「みすぼらしくなんかないわ」イザベラは言った。

「王宮ではないけれど、みすぼらしくもない」

「でも、そう言われているんだ。わたしの意見は違うけれどね」トムは言った。「ここには懐かしい思い出がたくさんつまっている。祖父も父もわたしたち兄弟をここに連れてきて、魚釣りをさせたり沼で遊ばせたり、とにかくなんでも好きなことをさせてくれたんだ」

イザベラは両腕を力なく肘かけの上にのせたまま、疲れきった顔でトムを見上げてほほ笑んだ。「だからわたしをここに連れてきたのかしら、トマソ？つまり、あなたが好きなことをするために？」

「きみに好きなことをしてもらうためにだよ、イザベラ。きみが楽しそうにしているのを見ることが、わたしの喜びなんだ」彼はイザベラにもう一度キスをした。

「とても楽しんでいるわよ」彼女は満足げに喉を鳴らした。「それに、ここにいると安心だわ、トマソ。モンテヴェルデを出てからこんなに安心した気持ちになるのは初めてよ。どうしてかしらね？」

「わたしも同じ気持ちだ」この小屋に来ると、なぜか安心感を覚える。それは、二百年のあいだに建物が周囲の景観の一部になるほど自然のなかに溶け込んでいたからかもしれない。ぶなや樫《かし》などの大木や、すいかずらの蔓《つる》などが建物を覆って絡みつくように生い茂る様子が、この小屋に落ち着きと安心感を与えているのだろう。ここはまさに周囲から守られた隠れ家だった。近くを通る道からは屋根の煙突さえ見えない。玄関に続く小道の入り口を知っている者でなければ、この小屋にたどり着くことはできないのだ。

「安心したらおなかがすいてきただろう？」トムは言った。「朝食は何にする？」

「いらないわ。おなかはすいてないから」

トムは心配そうな表情で立ち上がった。「きみが好きそうなものを全部バスケットにつめてもらったんだ、イザベラ。ローバックの料理人に特別に作らせたおいしいものがたくさんあるよ」

「ごめんなさい、トマソ」彼女は、突然目に涙を浮かべてトムに詫《わ》びるように頭を下げた。「あなたはこうしてお金を払って食べ物を用意してくれ、ボートも雇ってくれて、それにバークレー・スクウェアにも戻ってくれたわ。なのに理由もなく銃で狙われた。全部わたしのせいよ。ほんとうにごめんなさい」

「イザベラ」トムは肘かけ椅子の横に膝をついて目の前の彼女の顔を見つめ、頬にかかる黒い巻き毛を優しく払った。「どうしてそんなわけのわからないことを言うんだい？」

「わけのわからないことじゃないわ、トマソ。ほんとうのことよ」イザベラは涙をこらえながら鼻声で言った。トムがハンカチを差し出すと、彼女はためらいながらそれを受け取り、目尻にそれを押し当てた。「このハンカチもそうよ。あなたはいつもわたしを気遣ってくれるし、喜ばせようとしてくれるわ。それなのに、わたしは何もあなたにしてあげていない」

「わたしは貸し借りの帳面なんかつけていないよ、

イザベラ」彼は辛抱強く言った。「わたしはきみを愛している。きみもわたしを愛している。それだけで十分じゃないか」

「でも、その結果がこれよ、トマソ」イザベラのまつげから朝露のように涙がこぼれそうになった。彼女は声を震わせながら言った。「わたしのせいであなたは危険な目に遭っているわ。わたしが愚かなせいで、あなたは命を落としそうになった。ああ、トマソ、もしあなたの身に何かが起こったら、わたしは絶対に自分を許せない！」

「自分の言葉に耳を傾けてごらん、イザベラ」トムは彼女の頬を優しく撫《な》でた。「今の言葉で、自分がどれだけ変わったかがわかるはずだ。わたしが最初に会ったときの王女とは別人のようだよ。レディ・ウィロービーの居間に乗り込んで騒ぎ立てていたときのきみとは、まったくの別人だ」

「意地悪を言わないで、トマソ」彼女ははなをすすり、ハンカチを鼻の下に当てた。「わたしは、あのときと同じよ。どんな人間になったというの？」

「最初に会ったとき、きみはわたしをテムズ川の一滴の水ほどにも思っていなかった。きみはあのとき、世界じゅうが、特にイギリスがきみを誤解し、虐待し、ないがしろにしていると思い込んでいた。それで、どうやってわたしたちにその償いをさせてやろうかということばかり考えていたんだ」

「そんなことは思ってもいなかったわ！」

「いや、思っていたさ」トムはきっぱりと言った。「あの小舟に乗ったときのことを考えてみるといい。きみは船頭に黙っていてくれと頼んだだろう？　最初に会ったころのきみなら、あんなふうに頼んだりはしなかったはずだ。わたしの言うことを聞かなければ、モンテヴェルデの牢獄《ろうごく》に投げ入れて水責めにして溺死《できし》させたあと八つ裂きにすると言って脅していたに違いない」

彼女は目を細めてトムの顔を見た。「まるで、わたしが弱くて意気地のない小娘になったみたいな言い方ね」

「きみはフォルトゥナロ家の殻を脱して、イザベラという一人の人間になったと言っているのさ」彼はイザベラの手を取り、優しく彼女を椅子から立たせた。「以前とは違って、きみは月や太陽や天上のすべての星が自分を中心にまわっているような態度をとらなくなった」

「わかったからよ。わたしは、自分が宇宙の中心ではないということを学んだの」彼女はトムを見上げて言った。その声は悲しみと嘆きに満ちていた。

「あんなに屈辱的な経験はなかったわ、トマソ。もう、自分がなんの中心でもなくなったことを知るなんて、思ってもみないほど悲しい経験だったわ」

「でもきみは、わたしという宇宙の中心だよ」トムは言った。「わたしにとって、すべてはきみを中心にまわっているんだ」

「トマソ」イザベラは涙に濡れる目で彼を見上げてほほ笑んだ。その表情はあくまでも甘く柔らかく、トムへの愛にあふれていた。「あなたを愛しているわ」

「うれしいよ」トムは彼女の腰に手をまわし、柔らかい体を抱き寄せた。イザベラは、そうされるのがいつも好きだった。彼女は全身で彼のキスを受け入れた。「わたしも愛している」

「あなたの観察眼はほんとうに鋭いわ、トマソ」彼女はつぶやくように言った。「望遠鏡なんていらないんじゃない?」

「そんなもの、使ったことはないよ」トムは言った。「わたしの鋭い観察眼によれば、今きみに必要なのは休息だ。寝室は二つある。どちらでも好きなほうを選ぶといい。でも、お望みとあれば、はしごを上がってロフトで寝たっていいよ」

トムが彼女の腰からヒップを手を撫でると、イザベラはまるで突然そんなふうに触られるのに耐えられなくなったかのように急に身を引き、トムに背を向けた。イザベラの気まぐれな反応に、トムは濃霧のなかに取り残されたような気持ちになった。

「どうしたんだ、イザベラ？　何か気に障るようなことでも？」

「なんでもないわ、トマソ」彼女は背を向けたまま落ち着かない様子で両手をスカートに滑らせた。まるで、彼が触った跡をなぞって何かを確かめているかのようだった。「気にしないで」

「それなら、どうして急に――」

「あなたは何もしていないわ」イザベラはトムに向き直って言った。将軍の使用人から借りてきた厚地のリンネルのスカートは、魅力的な彼女の体をふんわりと包むいつものシルクやモスリンとは違って、見るからに野暮ったく扇形に広がっていた。自由に外に出られるようになったら、すぐに彼女にふさわしい装いをさせてやろうとトムは思った。「話があるの」彼女はためらいながら言った。「今すぐ話さなくてはならないことがあるのよ」

トムは唖然とした表情で彼女を見つめた。「話って？　イザベラ、話なら、ずっとしていたじゃないか」

「違うの。今していたような話じゃないわ」彼女は表情を曇らせた。「トマソ、ほんとうは話したくなかった。でも、いつまでも隠しておくことはできないわ。ほんとうのことを話すから、聞いてちょうだい」

15

「ほんとうのこと?」トムは警戒するような目でイザベラを見た。まるで最悪の事態を覚悟しているような彼の表情に、イザベラの心は揺らいだ。「いったいなんの話をするつもりなんだ、イザベラ?」

どうすれば、トムを傷つけずに自分が嘘《うそ》をついていたことを説明できるかしら? 何から話しはじめたらいいのだろう? 「あなたを騙《だま》すつもりはなかったの、トマソ。お願いだから、それだけはわかって。わたしが勝手に口にしてしまえるような秘密ではなかったのよ」

「秘密?」トムの顔からすべての表情が消えた。「どういうことだ、イザベラ? まさか、結婚しているとでも言うのかい?」

「違うわよ。そんなことじゃないわ」彼女は急いで否定した。「あなたはわたしが愛する唯一の人よ、トマソ。最初で最後の恋人だわ」

「ひとまずその点は神に感謝しよう。それなら、きみの話したいことというのは——」

「これよ」イザベラはドレスのスカートを片方に寄せ、緊張に震える指でペチコートの腰紐《こしひも》をほどいた。リネンのペチコートが、くぐもった打撃音をたてて床に落ちた。彼女は丸まったペチコートから足を抜き、拾い上げてテーブルの上に広げて置いた。そうしてひと思いに縫い目を裂き、なかから一つ目のルビーを取り出した。

「ほら」イザベラは宝石を光にかざしてトムに見せた。表面に彫り込まれたライオンが真っ赤な炎のように燃え上がった。「これが一つ目の秘密よ。ほかにも数えきれないほどあるわ」

トムは感嘆して低く口笛を吹いた。「ルビーだね？　ペチコートのなかにルビーをいくつも仕込んで運んでいたんだね」

「ただのルビーとは違うわ」彼女は言った。声に王家の誇りが戻っていた。「フォルトゥナロ家のルビー、つまり、王家の宝石よ。わたしの先祖がローマ帝国から奪って以来、子々孫々とわが家に伝えられてきた王家の秘宝なの」

「ローマ帝国からの戦利品ということか」トムはペチコートに手を触れた。宝石を縫い込んで丸く膨らんだ箇所がいくつもある。「いったい、いくつあるんだい？」

「ライオンを彫り込んだルビーは十六個よ」彼女は宝石を手のひらにのせ、もう一方の手で守るようにそれを覆った。「ほかにもいくつか宝石があるわ。それも値がつけられないほど価値があるものだけど、このルビーほどの由緒があるわけではないの。そのほかに、何百年も前に異教徒の聖地から奪った金を鋳造したフォルトゥナロの金貨が数えきれないほどあるのよ」

トムはペチコートの縁を持ってテーブルから引き上げ、重さを確かめた。「モンテヴェルデからの船旅の最中も、ずっとこれを身につけていたのか？　だれにも気づかれずに？」

「ええ、このことを知っているのは、あなたを除けば母とわたしだけよ」イザベラは言った。トムは今、どんな気持ちでいるのだろう？　彼の胸にはどんな感情がわいているのかしら？　それを考えると、イザベラはなおいっそう不安になった。「ペチコートに縫い込んでわたしに持たせるというのは、母が考え出したことなの。だれも、わたしがこうして宝石を身につけているとは思わないだろうし、宝石を盗むために武装したイギリスの戦艦を襲おうとする者はいないはずだと母は考えたのよ」

「これだけの宝石があると知られれば、襲う者もいるさ」トムは彼女の顔から視線を外し、妙に感情のこもらない声で言った。「英国海軍の戦艦を恐れない海賊もいるんだ。それにしても、こんなものをスカートの下に隠して持ち運んでいたなんて、信じられない」

「選択の余地はなかったのよ、トマソ」彼女は言った。手のなかの宝石が異様に固く冷たく感じられた。

「この宝石と金貨はフォルトゥナロ家に残された最も大切な権力の象徴なの。フランス人やトリニータ党に奪われるわけにはいかない。だから、わたしだけが家族と離れてイギリスに送られたのよ。わたしには、この宝石を守る責任があるの」

「なるほど」トムは静かな声で言った。「しかし、わたしに対する責任はどうなんだ、イザベラ?」

「だからこうして話しているでしょう? こうやって宝石を見せているじゃない」彼女の声はますます不安に震えた。「二人で一緒に危険を乗り越えてきたから、それでわたしは禁を破って――」

「もっと早く話してくれるべきだった」トムは苦々しい思いを隠そうともせずに言った。「出会ってすぐのころは、わたしを信用できるかどうかもわからなかったのだから、話す気にはなれなかっただろう。だが今は、わたしも少しはきみにとって大切な存在になっていると思っていたんだがね」

「もちろんよ」彼女は困り果てていた。どんなふうに説明したら、トムはわかってくれるのだろう?

「でも、これはわたし個人の問題ではないのよ、トマソ。フォルトゥナロ家全体の問題だわ。わたしはママに約束したの。このことは、絶対だれにも言わないと誓ったのよ。たとえそれが――」

「たとえぼくでも、ということか」彼は首を振り、爆発しそうになる感情を必死で抑えた。「わからないのか、イザベラ? きみがそのちっぽけな秘密を守ろうとしたせいで、危険は何倍にもなったんだぞ！　きみだけじゃない。ウィロービー夫妻も、その使用人たちも、レディ・アレンや彼女の訪問客たちも、さらには皇太子さえも、きみのせいで大きな危険にさらされることになった。つまらない秘密を守ったせいで、きみは半径三メートル以内に近づく罪のない人間を一人残らず命の危険にさらしていたんだ！」

「ばかなことを言わないで」イザベラは顔を上げ、真正面からトムをにらんだ。こんなに頑固に自分の理屈ばかりを言い張るトムに対して、彼女は激しい怒りを感じていた。自分はこうして王家の誓いを破ったのだ。新しい任務を見送った海軍将校と、少なくとも同等の犠牲を払ったはずではないだろうか？

「暴漢の狙《ねら》いはわたしよ。ほかの人たちじゃないわ。なぜなら、わたしこそがフォルトゥナロの王女だからよ！」

「きみがおいしい獲物だということは認めよう、イザベラ。だが、彼らのほんとうの狙いはこれだ！　これを手に入れるためなら、やつらは何人だって殺すつもりなんだ」

イザベラが止める間もなく、トムはペチコートをつかみ、床に叩《たた》きつけた。金貨が飛び散り、床の敷石の上を四方八方に転がった。イザベラは悲鳴をあげて床に膝を突き、部屋じゅうを這《は》いまわって金貨を拾い集めた。

「それがきみのほんとうの姿だ。結局は何も変わってはいないのさ」トムは彼女を見下ろしながら言った。「いつも財宝が第一なんだ！」

「違うわ、トマソ」イザベラは激しい口調で言った。「あなたは、ちっともわかっていない！」

「いや、間違っていない」トムの執拗《しつよう》な言葉を聞いて、イザベラは自分がどれだけ彼を傷つけてしまったのかを痛いほど感じた。「これでいろいろなことがはっきりしたよ。寝室を荒らされたと知ったとき、どうしてきみがあれほど狼狽《ろうばい》したかも、どうして真っ先に宝石のことを心配したのかも、これで説明がつく。なぜティアラには目もくれなかったのかも、これでよくわかった。それに、昨夜《ゆうべ》あれほどの危険を冒してまでバークレー・スクウェアに戻りたがった理由も、今になってやっとわかったよ」

イザベラは顔を真っ赤にして言った。「まるでわたしがあなたを騙したような言い方ね」

「ほかにもある」トムは彼女の言葉を無視して言った。「ボートに乗るときだって、そうだ。きみは川に落ちることを異常に恐れていた。当然だろう。そんなものを身につけていたら、一直線に川底に沈んで浮かび上がれなくなるからな。そうだろう？　その不潔な金貨が重りになって、きみはテムズ川の底に沈んだままになる」

「じゃあ、どうしてわたしは秘密を打ち明けたと思うの？」イザベラは拾い集めた金貨をスカートの上に置いて膝を折って座り、顔にかかる髪をかき上げた。「そんなになんでもわかるのなら、教えてほしいわ」

「そこまで言わせるつもりか？」トムは首を振った。その表情はますます暗くなっていた。「それじゃあ教えてやるよ、イザベラ、いや、王女さま。きみはイギリスでの滞在を、なかったことにするつもりだからさ。わたしのこともきれいに忘れるつもりなんだ。そうすれば、わたしに秘密を打ち明けたって、誓いを破ったことにはならない」

「何を言っているの！」イザベラは叫んだ。腹の底から怒りが込み上げてきた。「あなたを忘れるはずがないでしょう、トマソ！」

「いや、忘れるさ」彼はかたくなに言い張った。「自分の姿を見てみろ。家族が何代も前にどこかから略奪してきた金貨だの飾り物だのを握り締めてモンテヴェルデに戻り、何事もなかったかのように以前と同じ暮らしをしようと思っているんだ。以前と同じ傲慢《ごうまん》な心で、いつまでも暮らしていきたいと思っているんだよ。ただし、きみに心があれば、の話だがね」

「二人で一緒に生きていくんじゃなかったの？　昼も夜も二人で生き抜いていくと約束したじゃない！」

「知らないね。どうせきみは、最初からそんな話を信じていなかったんだろう」

「信じているわ。今でもその約束を信じているわ。どうしてそんなに冷たい態度をとるの？　自分の心の声に耳を傾ければ、わたしの気持ちだってわかるはずよ」彼女は立ち上がり、拾い集めた金貨を投げ捨ててトムの手を握った。「わたしはあなたを愛しているからこそ、家族との約束を破って秘密を打ち明けたのよ、トマソ。あなたを愛しているわ。あなたもわたしを愛している。そんなこともわからないふりをするなんて、あなたはばかよ！」

彼女の手を握るトムの指に力が入った。彼はイザベラを手荒く抱き寄せた。「それなら、証明してくれ」彼は言った。「イギリスに残って、わたしの妻になるんだ」

イザベラは息をのんだ。驚きのあまり声が出なかった。これまで、何度も彼との甘い未来を夢想したことはあったが、結婚のことまでは考えていなかった。そもそも、そんなことが可能だとは思っていなかったのだ。フォルトゥナロの血脈は、あらゆることに優先する。彼女は、子どものころから一貫して、結婚は王女の義務だと教え込まれてきた。結婚は政治的なものであり、王家の権力を強化するためのものだと思い込まされてきた。それなのに、自分よりもはるかに身分の低いイギリス人と結婚するなどという話を聞いたら、それだけでイザベラの両親は卒倒してしまうだろう。愛のために結婚するなどということは、考慮にさえ値しないことなのだ。

だが、今は違う。

イザベラはトムの顔を両手で探りながら、自分の気持ちを彼に伝えるための言葉を探した。彼の顎には無精髭《ひげ》で陰ができ、青い目には疲労の色がにじみ、体に合わない粗末な使用人の衣服を着た姿は、颯爽《さっそう》とした軍服姿とはまるで違っていた。それでも、トムはだれよりも立派で威厳があり、イザベラが愛する唯一の男性だった。

イザベラは手を引き、トムに背を向けて考えた。トムは彼女にすべてを捨てるように言っている。王女としての過去も、王宮での生活も捨てて、彼のものになってくれることを望んでいる。とはいえ、王女の身分も王宮での生活も、もはや永遠に失われてしまったも同然のものだが。

トムはそうしてすべてを失ったイザベラに手を差し伸べ、心や名声までも捧《ささ》げようと言ってくれている。彼と結婚すれば、イザベラは永遠に彼の妻でいられるし、彼だけのイザベラ、彼だけのレディ・トーマス・グリーヴズでいられるのだ。もうペチコートのなかに重たい宝石や金貨を入れて歩く必要はない。権謀術数の渦巻く王宮に閉じ込められ、ティアラの重みに耐えて背筋を伸ばして人前に立つような暮らしから解放されるのだ。そうしてトムとのあいだに子どもをもうけて……そうだわ。かわいらしい子どもをたくさん産もう！　そうして、この小屋の外でいとしい子どもたちが木登りをしたり川遊びをしたりするのを見ながら過ごせたら、どんなに幸せだろう！　王女でも王子でもないのだから、好きなだけ大きな声を出して泥んこになって遊んだってかまわない。

何より、わたしは愛する男性と夫婦になることができる。夢にも思っていなかったほど幸福に暮らすのだ。

「結婚してくれ、イザベラ」トムはイザベラの耳にかすれた声でささやきかけた。「妻になってくれ。わたしは本気で言っているんだ。お願いだから、イエスと言ってくれ」

「どうしてイエスと言わなくちゃならないの？」イザベラは言った。最後に残っていた怒りのせいで素直な言葉が言えなかった。彼女はふたたびトムの顔をまっすぐに見て言った。「あなたの命令だから？あなたの言うことには従わなければならないの？」

「それが正しいことだからだ」トムは言った。「自分の心の声を聞くんだ、イザベラ。そうして自分で決めてくれたらいい。今日だけでも、今夜だけでもない。これから死ぬまで一緒に生きていこう。わかってくれ。きみを愛しているんだ。だから、きみもわたしを愛してくれているのなら、どうかわたしと結婚してほしい」

イザベラは震える手をトムの左右の頬に当てた。

「もちろんよ」彼女は喜びに全身を震わせた。「答えはイエスよ、グリーヴズ大佐。あなたを愛しているから、わたしはあなたの妻になるわ。この気持ちは、何があっても絶対に変わらない！」

トムは答えるかわりに深いうなり声をあげ、イザベラの体を両腕で抱え上げると、ルビーや金貨や王女としての過去をあとにして寝室に向かい、二人がともに生きる未来へと彼女を連れていった。

ダーデンは宿屋の奥のいちばん小さなテーブルに席を取った。ここならば、ほかの客と相席にならずにすむ。彼は見知らぬ客と楽しく話ができるような落ち着いた気分ではなかった。ホワイト・ローバックは、このあたりにやってくる旅人にとっては気のきいた場所かもしれないが、ダーデンの趣味からすると、かなり低俗な店に思えた。本来ならば、自分はこんなところに座っているような人間ではない。その点だけは、必要とあらば、周囲の客にもはっきりと伝えなくてはならないだろう。

宿屋の酒場は、いろいろな種類の客でにぎわっていた。畑仕事を終えた農場労働者もいれば、水兵や渡し船の船頭もいるし、派手な衣装で着飾った女たちを腕にぶら下げていい気になっている若い紳士の一団もいる。盛りのついた猫の泣き声のようなバイオリンの音に合わせて酔っぱらいが張り上げる歌声や笑い声が、すでにダーデンの繊細な神経を苛《さいな》んでいた。

新聞には短い記事しか載っていなかった。それによると、コベントガーデンの劇場を出たモンテヴェルデの王女は、しばらく田舎に滞在するためにロンドンを離れたということだった。その記事を読めば、たいていの人間は、王女がどこかの田舎の大邸宅に客として迎えられるのだろうと思い込むはずだ。なかには、皇太子の客としてブライトンの豪奢《ごうしゃ》な別荘に行ったのだと思う者もいるかもしれない。

だが、ダーデンにはわかっていた。トム・グリーヴズとは子どものころからの知り合いだ。王女を連れてロンドンを逃れて身を隠す場所となれば、一つしかない。つまり、ウィロー・ランだ。

ダーデンはブランデーをなめた。あの小屋で過ごしたのは一度だけだ。それは思い出したくない経験だった。彼は伯爵の四人の息子と違って荒っぽい遊びが得意ではなかったので、彼らから離れて一人で厩舎《きゅうしゃ》で遊んでいた。だが、犬が飛べるかどうかを知りたくて伯爵家の犬をロープにつないで振りまわしていたところをトムと三人の兄に見つかり、犬のかわりにロープで縛られ、樫《かし》の木の枝からつり下げられた。そして、四人の兄弟はダーデンを置いてどこかに行ってしまった。そのあと伯爵がやってきてロープを切ってくれるまで、彼はぶざまに木の枝からぶら下がったまま助けを求めて泣き叫ぶしかなかったのだ。

あれ以来、彼はウィロー・ランには行っていなかった。だが、近くまで行けば場所は思い出すはずだ。小屋に着いてからどうするかは、まだ考えていなかった。いずれにしても、グリーヴズをイザベラから切り離して、彼女と二人きりで話をする時間を確保しなくてはならない。今回ばかりは、ためらってはいられない。ここまできて、引き返すわけにはいかなかった。

宿の玄関のあたりからざわめきが聞こえた。ダーデンはなんの気なしにそちらに目を向けた。たばこの煙の向こうに、杖《つえ》をついた老人と、黒いマントを羽織った小柄で色黒の女性が立っているのが見えた。息をのむほど美しい女性の顔には、明らかに疲れの色が浮かんでいる。会話の内容は聞こえなかったが、二人は何かを言い合っているようだった。女性のほうは特に大げさな身振り手振りを交えて、激しい口調で老人に話しかけている。ようやく宿の主人が現れ、二人をダーデンの近くのテーブルに案内した。二人の声が聞こえてきた。驚いたことに、イタリア語だった。低く抑えた激しい口調の貴族が話すイタリア語だ。

「ご身分は、明かさないほうが賢明だと決めたばかりではないですか」老人が言った。「イギリス政府がわれわれをどのように扱うつもりかがわかるまでは、身分は隠しておくにかぎります」

黒マントの女性が不機嫌そうな表情で扇子を開いた。見事な絵付けがされた象牙《ぞうげ》と黒のレースの贅沢《ぜいたく》な扇子だった。ダーデンは彼女の横顔に見覚えがあった。だが、どこで見た顔か、どうしても思い出せなかった。

「でも、あなたも言っていたでしょう、ロマーノ？」彼女は言った。「あの汚らしい船の船長が、わたしたちをこんなところにほうり出すのはけしからんって」

老人は、女性をなだめようと空中を撫《な》でるかのように優しく手を振った。「あれはしかたがなかったのです、お妃《きさき》さま。あの船はずいぶん浸水していましたから、船長はあなたの身の安全を考えてわたしたちをこの宿屋に下ろし、船の修理が終わるまで待つようにと言ったのですよ」

「何が宿屋よ」女性は吐き捨てるように言った。「豚小屋と言ったほうがいいくらいよ。こんなところでほうり出されて、いったいどうやってロンドンにいる大事な娘を探し出せというの？　こんな野蛮な国にイザベラを一人で行かせたのは間違っていたわ。こういう無礼な国には、あの娘《こ》は向かないわ。あの娘は優しすぎるし、繊細すぎるもの。それに、イギリス人とわたり合えるようなずる賢さもないでしょう？　あの娘を送り出したときから、わたしは自分がどれだけひどい間違いを犯したか、気づいていたのよ」

「だからこそ、われわれは彼女を探しにこの国までやってきたのですよ」ロマーノがゆっくりとなだめるような口調で言った。「たいして時間はかからんでしょう。すぐに王女と再会できますよ。わたしが保証します」

「お話の邪魔をして申し訳ありません、お妃さま」ダーデンは興奮を抑えて深々と頭を下げた。「もしやあなたがお探しになっていらっしゃるのは、モンテヴェルデのイザベラ・ディ・フォルトゥナロ王女ではございませんか？　もしそうなら、わたくしがお力になれると思います」

王妃は答えず、最下等の昆虫でも見るかのような目でダーデンを見つめた。

「名前をお聞かせ願いたい」ロマーノが少しだけ丁寧な口調で言った。

「バンリーの領主、ラルフ・ダーデン侯爵でございます」彼はふたたび頭を下げた。「光栄にも王女さまには親しくしていただいております。この国では数少ない、彼女の親友の一人であると申し上げて差し支えありません。特に、彼女にあのような危険が迫っている状況では、わたしのほかに信頼できるイギリス人は数えるほどしかいないでしょう」

「まあ！」王妃は息をのみ、胸に両手を当てた。

「わたしの娘が危険な状態に？　どのような？　なぜ？」

「今のところは無事でいらっしゃるはずです。友人たちが彼女を献身的に守っておりますから」ダーデンは控えめにうなずき、グラスの中身で喉を湿らせ、勇気を奮い起こした。恋愛と戦争では、あらゆることが許されるのだ。愛する王女の母親にこんなところで会えるとは、またとない幸運だ。この機会を逃せば、かえってばちが当たる。王妃を味方につければ、もう怖いものはない。そうしたって、だれが傷つくわけでもないのだ。それに、この場でグリーヴズの手柄を少しばかり分けてもらっても、だれに知られるわけでもない。「実は王女は、このすぐ近くに身を隠していらっしゃるのですよ」

王女はマントをひるがえして立ち上がり、音をたてて扇子を閉じた。「それなら、すぐにわたしたちを娘のところへ連れていきなさい、ダーデン卿《きょう》。今すぐに！」

16

イザベラはトムの腕のなかで目を覚ました。部屋は真っ暗で何も見えない。枕《まくら》やシーツが黴臭《かびくさ》かった。彼女は自分がウィロー・ランに来ていたことをすぐには思い出せなかった。ロンドンとは違って、ここには町の明かりがないのだ。こんなに暗くて、異様に静かなのも当然だった。

彼女は背を丸めてトムの体にすり寄った。彼は眠りながらも彼女を守るように腰に腕をまわしてくれた。両親に対する罪悪感は捨ててしまおう。トムと結婚して幸せになることに罪の意識を感じる必要はない。トムはわたしを愛しているし、わたしもトムを愛している。何があっても、それだけは変わらない。彼女はトムの体に身を寄せ、深い安心感を覚えてため息をついた。

そのとき、玄関のドアを叩《たた》く音がした。イザベラは目を開けた。あの音は夢ではないわ。

「トマソ?」

「わたしにも聞こえたよ」彼はそう言いながらベッドを下り、一瞬のうちにズボンをはいて拳銃《けんじゅう》を手に取ると、長いナイフを差したベルトを腰に巻いた。「きみはここにいてくれ、イザベラ。わたしが行って確かめてくる」

「わたしも行くわ」イザベラはベッドを下り、暗闇《くらやみ》のなかで手探りで衣服を探したが、すぐにあきらめて毛布を肩から羽織って体に巻きつけた。「バークレー・スクウェアに泥棒が入ったときも、あなたはそう言って一人で出ていった。もう二度と置いていかれるのは嫌よ」

トムはランタンの蝋燭《ろうそく》に火をつけてから言った。

「わかったよ。そんなに言うなら、わたしの後ろに影のようについてくるんだ。たぶん、危険はないと思うけれどね。おそらく動物が迷い込んで、ドアにぶつかったんだろう」

だが、そのときもう一度ドアを叩く音がした。あんなふうにノックをする動物などいない。

「気をつけて、トム」イザベラはささやいた。トムはシャツも羽織らずに拳銃とナイフを持ち、緊張した面持ちで玄関に向かった。彼自身も危険を感じているのだ。

イザベラは裸足《はだし》のままで足音をたてずにトムについていった。トムは片手にランタンを持ち、もう一方の手に拳銃を握っている。ランタンの光がぼんやりと周囲を映し出した。イザベラは体に巻いた毛布を両手で押さえながら、ロフトに上がるはしごの陰に体を入れた。そして自分に言い聞かせた。トリニータ党のような暴漢たちは、わざわざノックなどしない。だから、危険な訪問者ではないはずだ。彼女は、自分たちの無事を願って小さな祈りの言葉をつぶやいた。

トムは銃口を上に向けて拳銃を持つと、引き金に指をかけた。それから体をドアにぴったりと寄せた。そうすれば、訪問者が横の窓から室内をのぞいても彼の姿は見えないからだ。もう一度ドアを叩く音がした。ノックの音は、先ほどよりも大きくて激しいものになっていた。

「だれだ？」トムは戦艦の艦長のような威圧的な声で言った。「名乗れないなら、帰ってもらおう」

「ダーデンだよ、グリーヴズ」ドアの向こうからくぐもった声が聞こえた。「開けてくれないか？　なかに入れてくれ」

イザベラは眉をひそめた。ダーデンがここに？　どうしてだろう？　どうやって二人がここにいることを突き止めたのかしら？　彼女は不安を感じ、毛布を肩の上に引き上げた。この小屋に来てから感じていた安心感と平穏な気持ちが、急にどこかへ消えてしまった。

「何時だと思っているんだ、ダーデン」トムは鍵《かぎ》を開けようともせずに言った。「人を訪ねるなら、もっとまともな時間を選んでからにしろ」

「今すぐ王女に伝えなくてはならない話があるんだよ」ダーデンは言った。「彼女はそこにいるんだろう?」

トムは小声で呪《のろ》いの言葉を吐いた。「おまえと一緒にいるのはだれだ、ダーデン?」

「なんのことだい?」ダーデンの声が急に慌てて言い逃れをするような口調に変わった。それを聞いてイザベラの胸にさらに不安が広がった。「わたしのほかに、いったいだれがいるというんだ、グリーヴズ?」

「わたしはきみのように愚かな男ではないぞ、ダーデン。きみのほかにも人の気配がする。いったいだれを連れてきたんだ?」

ドアの近くの窓に人の顔が見えた。ガラスに顔を押しつけて、なかをのぞき込んでいる。ランタンの光にぼんやりと浮かんだ顔は、ひし形に区切られて、古いガラスの向こうに歪《ゆが》んで見えた。だが、それだけでイザベラには十分だった。彼女は自分の目が信じられなかった。彼女の胸に悪夢を見ているかのような恐怖が広がった。

「ママなの? 今ごろ、こんなところにママが来るなんて、ありえないわ」彼女はかすれ声でつぶやいた。「ほんとうにママなの?」

「開けろ、グリーヴズ」ダーデンは言った。「わたしがお連れしたのはモンテヴェルデの王妃さまだ。ドアを開けなければ大変なことになるぞ」

やはりさっきの顔は母だった。イザベラは小さな叫び声をあげてドアに駆け寄り、鍵に手をかけ、ドアを開けようとした。

「やめろ、イザベラ！」トムはイザベラを脇《わき》に押しやろうとした。「何を考えているんだ？」

「ママが来たのよ、トム」彼女は涙声で言った。

「窓に顔が見えたの。ダーデンもママを連れてきたと言ったわ！　ママはわたしを探しに来たのよ。そうに違いないわ！」

イザベラは鍵を外してドアを開けようとした。だが、トムは肩でドアを押さえて開かないようにした。

「だめだ、イザベラ。ダーデンは前にもわたしたちを騙《だま》そうとしたじゃないか。ほんとうにきみの母上なのかどうか、わかったものではない」

「イザベラ？　そこにいるの？」ドアの向こうからイタリア語が聞こえてきた。「すぐにこのドアを開けなさい！」

「わかったでしょう？　たしかにママよ、トム！」

イザベラは叫ぶように言ってドアを押し開けた。

「ママ！」

ロマーノ侯爵と並んで戸口に立っていた王妃は、以前とは別人かと思えた。母であることに間違いはないが、げっそりとやせ、老けて小さくなったように見えた。目の前に立っていたのは、宝石や派手な刺繍《ししゅう》のついたドレスを着て髪を美しく結い上げ、見事な化粧をした王妃ではなく、黒の外出用ドレスとマントを身につけた地味な旅行者だった。後ろにまとめてきっちりとピンで留めた黒髪には、驚いたことに、ところどころ白いものが交じってさえいた。だが、変わっていたのは外見だけで、中身は以前と同じだった。

「イザベラ」王妃は娘の姿に顔をしかめ、髪の乱れた頭の先からむきだしのつま先まで、驚愕《きょうがく》と非難の入り混じった目で見つめた。「いったい何があったの？」

王妃はイザベラの返事を待たずにダーデンをにら

みつけて言った。

「この娘《こ》は無事だと言っていたわね。しかるべき身分の友人に守られて安全な場所にかくまわれているとあなたは言ったはずよ。でも、これはなんなの？　フォルトゥナロの王女が、馬小屋でイギリス人の卑しい馬番と淫売《いんばい》のように戯《ざ》れ合っているじゃない！」

「お許しください、マダム！」ダーデンはみじめに頭を垂れた。「どうやら最後に連絡をもらってから事態が変わったようで……」

「ママ！」イザベラはようやく、自分が母の目にどう映っていたかに気づいた。「誤解しないで。ママが思っているのとは違うわ。こちらはトーマス・グリーヴズ大佐よ。とても善良で立派な紳士なの。伯爵家の生まれで、わたしの護衛をして、何度も命を救ってくれたのよ。これは敵の目をあざむくための変装なの」

トムはドアの横の鉄のフックにランタンをかけ、銃を下ろして頭を下げた。「王妃さま、お目にかかれて光栄です」

だが、王妃はトムを無視して娘に言った。「イザベラ、あなたはわたしの信頼を裏切っただけでなく、自分自身も破滅させたのよ。こんなことで自分の価値を下げてしまって、だれがあなたを妃に取りたがるというの？」

「ママ、お願い！」フォルトゥナロ家にあれだけのことがあっても、母は何一つ変わっていない。イザベラは母の冷たく厳しい態度が意外でもあり、恥ずかしくもあった。どうして母はトムに対して、いや、だれに対しても、こんなに無礼で思いやりのない態度をとることができるのだろう？

「それが変装だと言うの？　裸でいることをいつから変装と呼ぶようになったのかしら？　あなたのような不道徳でふしだらな女を自分の娘だとは思いたくないわ」

小屋に入るくらいなら、星の下にいるほうがはるかにましよ。結婚だなんて、聞いてあきれるわ」

「王妃、わたしたちは、ほんとうに結婚するつもりです」トムが噛《か》んで含めるようにゆっくりと言った。「わたしは彼女を愛しています。二人で幸せになれると信じています」

「驚いた。愛と幸福ですって？」王妃はばかにしたような口調で言った。「ねえ、ロマーノ、こんなに愚かな言葉を聞いたことがあるかしら？　この二人は、愛し合っていれば結婚ができると思っているらしいわ」

イザベラは母の言葉を呆然《ぼうぜん》と聞いていた。トムはイザベラが別人のように変わったと言った。今、母の態度を見て、イザベラは自分がどれだけ変わったのかをはっきりと自覚した。

「さあ、服を着るのよ、イザベラ。そんな格好のままでは、ここを出られないわ」王妃が言った。「どくないわ」

「わたしも大佐もふしだらではないし、不道徳でもないわ、ママ！」イザベラは叫んだ。彼女は母の言葉が恥ずかしかった。とりわけ、トムに対する母の刺々《とげとげ》しい態度が恥ずかしくてならなかった。どうして、わたしは普通の家に生まれなかったのだろう？　なぜ、身分だけですべてを決めてしまう美しい王妃の娘に生まれてしまったのかしら。「わたしは彼を愛しているのよ、ママ」イザベラは言葉を続けた。「彼もわたしを愛しているわ。二人で結婚しようと決めたの。結婚して彼と一緒にイギリスに残ることにしたのよ。だから、お願い。なかに入って、ママ。一緒にこれからのことを――」

「イギリス人の女房らしく、自分でやかんを火にかけて、おいしいお茶でも用意してくれると言うの？」王妃はイザベラの言葉をさげすむようにあざ笑い、鋭く目を細めた。「おまえたちの罪深い家畜うやったらあなたの名誉を回復できるか、考えなくては——」

「ごめんなさい、ママ。わたしはここに残ります」イザベラはトムの腕を取って、自分でも驚くほどきっぱりとした口調で言った。「いくらママでも、わたしの意志を無視することはできないわ。わたしはグリーヴズ大佐と結婚します。それがわたしの意志よ」

「わがままはやめなさい」王妃はイザベラの言葉を無視するように言った。「さあ、荷物をまとめるのよ。大切な荷物があるのはわかっているわね、イザベラ?」

「宝石のことですね、マダム!」ダーデンがついうっかりと声をあげた。彼の顔は興奮で上気していた。

「フォルトゥナロの宝石のことでしょう?」

イザベラは驚きのあまり絶句した。宝石はバスケットの底に入れて、台所の炉台の横のテーブルの上に置いてある。大きなナプキンに包んで、チーズやパンやローストチキンの下に隠してあるのだが、そもそも宝石がモンテヴェルデの国外にあることを知っているのは、王妃とトムのほかには一人もいないはずだ。なぜダーデンが知っているのだろう?

「それはきみの思い違いだ、ダーデン卿《きょう》」ロマーノが杖《つえ》で地面をこつこつと叩きながら鋭い声で言った。「フォルトゥナロの財宝は王女の手にはない。年若い娘に、そんなに大きな責任を負わせることはできませんのでな」

王妃は無言のまま冷たい目でダーデンを見つめた。

「否定はなさらないのですね、マダム」ダーデンは祈るように両手を合わせ、食いつくように身を乗り出して言った。「偉大なフォルトゥナロのルビーは、王女とともに、このイギリスにあるのですね?」

トムが鋭い声で言った。「そちらの紳士の言葉を聞いただろう、ダーデン。そんな貴重な宝石が、どうして年若い王女に託されるというんだ？」

ダーデンは両手をひらひらと振ってトムに言った。

「グリーヴズ、フォルトゥナロのルビーはただの宝石じゃない。そしてこちらの王女も、そこいらの若い娘とはまったく違う」

「礼を言うよ、ダーデン卿」突然ざらざらとした男の声がダーデンの背後の暗闇から聞こえてきた。「あんたのおかげで母と娘の両方に会えたんだからな」

イザベラは声のするほうに目を凝らした。ランタンの明かりは、古い柳が枝を垂らすあたりまでかろうじて届いていた。そのあたりに、ぼんやりと三人の人影が見えた。真んなかの男は、老齢か病気で腰が曲がり、杖にすがるようにして立っている。だが、両脇の男は二人とも大きくて強そうだった。その二人の手には銃が握られていた。こちらを向いた銃口が、かすかな明かりのなかで鈍く光っているのが見えた。

「ペッシ！」ダーデンが目を丸くして叫んだ。安全な隠れ家だったこの小屋が、ダーデンの登場とともに、急に最悪の人間たちの集まる場所になってしまった。イザベラの横で、トムがののしりの言葉を吐いた。機会さえあれば、すぐにでもダーデンを絞め殺しそうなほどの怒りがトムの全身から伝わってきた。ダーデンは腰の曲がった男に言った。「どうやってつけてきたんだ？　どうしてここがわかったんだ？」

「川だよ、ダーデン卿。あんたの後ろを舟でついてきたんだよ」老人は笑い、すぐに咳《せ》き込んだ。肺か喉が弱っているらしい。「つけられたくなければ、今度からもう少し後ろを気にしたほうがいい。おかげで、ここの地図をもらうより、もっと簡単にたどり着くことができたがね。あらためて礼を言うよ、侯爵さん」

「だれなの、あなたたちは？　無礼は許しませんよ」王妃が胸を張り、三人の男をにらみつけながら言った。「わたしたちになんの用があるの？」

「あんたがたには用はないさ。少し前なら、あんたやきれいな娘さんの首をもらえればわしは満足だったがね」男の言葉を聞いてイザベラの背筋が凍りついた。「だが、今欲しいのはフォルトゥナロのルビーだよ」

イザベラは相手に立ち向かおうとする王妃の腕をつかんで引き戻した。男たちの胸には三角形のペンダントがかかっている。王家の誇りにこだわって高圧的な態度をとれば、相手の殺意をあおるだけの結果になる。

「ママ、やめて、お願い」

だが王妃はイザベラの手を振りほどいた。「あなたたちはわたしの臣民ね。言葉を聞けばわかるわ。わたしはあなたたちの支配者よ。服従なさい！」

ペッシは首を振った。「昔はあんたの奴隷だったが、今ではモンテヴェルデは民衆のものだ。あの国はトリニータ党が治めているんだよ。何もかもが変わったのさ。わからないのかい？」

「何も変わっていないわ」王妃は言い張った。「銃をしまいなさい。だれかが怪我《けが》をしてからでは遅いわ」

「だがね、銃というのは人を怪我させるためにあるんだよ」老人は柳の枝をかき分け、ゆっくりと近づいた。「グリーヴズ大佐、あんたの銃を地面に投げてくれないか？　わしらが怪我をするといけないからね」

トムはしぶしぶながら銃を草むらに捨てると、老人に言った。「さあ、女性たちを解放しろ」トムはそう言って、いざとなったら自分の体を盾にして彼女を守るつもりでイザベラを背後に押しやった。

「王女も王妃も、宝石のことは何も知らないんだ」

「違うわ！」イザベラはトムの前に出て言った。「わたしを守るために自分を犠牲にするのはやめて、トマソ」彼女は老人に向かって叫んだ「グリーヴズ大佐は宝石のことは何も知らないわ」

「イザベラ、やめるんだ」トムが叫んだ。

だがイザベラは胸を張り、三人の男と対峙《たいじ》した。自分はライオンの心を持ったフォルトゥナロ家の人間だ。トムのために勇気を持たなくてはならない。

「彼の言うことは聞かないで」彼女はさらにしっかりと毛布を胸に引き寄せ、老人に言った。「ルビーは、わたしが衣装に隠してモンテヴェルデからイギリスに運んできたの。隠し場所を知っているのは、わたしだけよ」

ペッシはほほ笑んだ。「いい娘だね、ほんとうのことを言ってくれるなんて。今回ばかりは、ダーデン、あんたの言ったことは正しかったようだな？」

ダーデンはイザベラに駆け寄ってその手を取ろうとした。だが、彼女が手を差し伸べてはくれないのを見て、しょんぼりと肩を落として言った。「あなたを裏切るつもりはなかったんです、王女。わたしが望んでいたのは、あなたに賛美と献身と愛を捧《ささ》げることだけです」

ペッシが乾いた声で笑った。「王女さん、ダーデン卿はあんたを騙そうとなんてしていませんよ。この男には、そんな知恵も勇気もありませんからな」

「いい加減にしてちょうだい！」

イザベラは怒りを抑えきれずに叫んだ。老人の態度を見ているうちに無性に腹が立ってきたのだ。彼女は露に湿った下草を踏みながら、毛布を引きずって三人に近づいた。

「勇気がないのはあなたたちのほうだわ。トリニータ党の威を借りなければ何もできないんでしょう。あなたたちは自由のために戦うとか言うけれど、ほんとうは、手に入れられるものはなんでも盗もうとする強欲なごろつきの集まりよ」

「何を言っているんだ」老人はイザベラをにらみつけた。「それはトリニータ党ではなくてフォルトゥナロのほうだ」老人が顎をしゃくると、右側の男が前に飛び出し、イザベラの腕をつかんだ。

「痛い！　放して！」彼女は手首に食い込む男の指を振りほどこうとしてもがいたが、相手の手に握られている拳銃を見て、抵抗をやめた。男が引き金を引けば、自分ばかりかトムも母親も、みんなが一瞬にして死んでしまう。

「いい娘だね、王女さん」おとなしくなったイザベラを見て、ペッシが言った。「わしらに刃向かってもいいことはないよ。わかってるだろうね？」

イザベラは答えなかった。口を開いたら、殺されてもしかたのないようなことを言ってしまいそうだったからだ。彼女は振り向いてトムの顔を見た。彼は殺意に顔を歪めながら直立不動で立っていた。この距離で動けば、イザベラを助ける前にペッシの手下に撃たれてしまうだろう。

ペッシは胸のペンダントに触れながら言った。「さあ、ルビーはどこかね、王女さん？　家のなかかい？　それとも、庭の木にでも隠したのかい？」

イザベラはトムの顔を見た。彼との距離が悲しいくらいに遠く感じられた。彼女は自分に命令した。考えるのよ！　どうしたらいいか考えて！

「そうかもしれないわ」彼女はごくりと息をのんでから言った。「でも、隠し場所を言う前に、宝石が見つかったらみんなを解放すると約束してほしいわね」

ペッシはにやりと笑った。「わしのような人間の言葉を信じようというのかい？」

「それなら、あなたにとって大切なものに懸けて誓ってちょうだい」彼女は言った。「胸に下げたその三角形のペンダントに懸けて誓って」

老人は急に厳粛な表情になり、小枝を組んだペンダントを節くれだった指で握り込んだ。「よろしい。トリニータ党の名に懸けて誓おう。ルビーの隠し場所を聞いたら、すぐにほかの者たちは解放する」

「イザベラ！」王妃が叫んだ。「言っちゃだめ！ あのルビーこそがフォルトゥナロなのよ！ こんな男たちに触れさせてはならないわ」

イザベラはトムの顔を見た。彼はかすかにうなずいてみせた。何に同意しているのだろう？ 男たちにルビーを渡すことに？ あるいは、フォルトゥナロの財宝を手渡さずにおくことにかしら？

「ひょっとしたら、宝石は意外と近くにあるのかもしれんな」ペッシは欲に駆られた目つきになってイザベラに近づいた。老人の息の臭《にお》いに耐えきれず、イザベラは顔をそむけた。「衣類に隠してイギリスに持ち込んだと言ったね？ ひょっとしたら、さっきから大事そうに握り締めているその毛布に縫い込んであるんじゃないか？」彼は期待に震える指で毛布をつかみ、イザベラの裸の体からそれを引きはがそうとした。

「やめて！」イザベラは身を引こうとしたが、男に腕をつかまれていて身動きがとれなかった。「放してちょうだい！」

急にペッシがあえぎ声をもらし、奇妙な音を喉から発しながら両手で胸を掻《か》きむしった。彼の杖が地面に落ち、次に彼の体が草むらに倒れた。その瞬間にイザベラの耳に銃声が聞こえ、目の端に閃光《せんこう》が見えた。彼女の手首を握る男の手が、ふいの出来事に一瞬だけ緩んだ。彼女はその手を振りほどき、地面に膝をつき、ペッシの杖を拾って、銃を握ったもう一人の男の膝に思いきり杖を打ち当てた。そのはずみで男の銃が火を噴いた。男は呪いの言葉を吐きながら、立ち込める硝煙《しょうえん》のなかからイザベラに手を伸ばした。だが、その手が彼女を捕らえる前に背後から別の銃声が聞こえ、男の胸がみるみるうちに赤く染まった。

地面に伏せたイザベラの頭上で何度も銃声が交錯した。しばらくして銃声がやむと、イザベラは杖を握ったまま首をひねって周囲を見た。もう一人の男がうつ伏せに倒れていた。

「イザベラ！」トムが銃を捨ててイザベラに駆け寄り、彼女を両腕で抱き上げた。彼は力いっぱい彼女を抱き締めながら言った。「イザベラ、無事か？怪我はないかい、いとしい人？」

「もちろんよ。かすり傷一つないわ」彼女はそう答えると、震える息を吐き出しながらトムを抱き締めた。「トマソ、あなたも無事だったのね。よかった！」

「二人とも無事だったんだ。ほんとうによかったよ」トムはイザベラをいっそう強く抱き締めた。

「これを見て！　この邪悪な男の背中を見てちょうだい」王妃が、うつ伏せに倒れたペッシの死体を憎々しげに見下ろしながら言った。「ダーデンがこの年寄りを撃ったのかと思っていたわ。でも、血が出ていないでしょう？　まさか心臓の発作で倒れるとは思わなかったわ」王妃はペッシの首から三角形のペンダントを引きちぎり、力いっぱい遠くに投げると、ふたたび死体を見下ろした。「いつまでも地獄の業火に焼かれるといいわ！」

イザベラは王妃に背を向けた。憎悪に満ちた母の姿を見るのが苦しくてたまらなかった。これまで、トリニータ党の標的にされ、心の休まらない日々を過ごしてきたのだ。今は憎しみや暴力ではなく、ただ平穏が欲しかった。

「これで安心だ」トムはイザベラの心の内を理解していた。「ペッシはイギリスで活動するトリニータ党の指導者だ。彼がいなくなれば、党はなくなったも同然だよ」

イザベラはうなずいた。戦いの興奮が冷めるにつれて彼女は疲労を感じた。トムが支えていてくれなければ、草むらに倒れてしまいそうだった。

「ほかの人たちは?」彼女は尋ねた。「ダーデンは?」

「ロマーノは無傷だ。やつらは彼には興味がなかったようだ。だが、ダーデンは……」

トムの悲しげな顔を見て、イザベラは何が起こったのかを理解した。彼女はトムの手をほどくと、侯爵の横にひざまずくロマーノのところへ急いだ。ダーデンの真っ白いシャツの胸に真っ赤な花が咲いていた。彼の目はすでに光を失い、魂は肉体を離れようとしていた。だが、イザベラがひざまずくと、彼は最後の力を振りしぼり、霞《かす》む視線を彼女に合わせた。

「わたしは……雄々しく戦いました」彼は途切れる息の下から声を出した。「あなたのために、命を捨てて戦いました」

「わかっているわ」イザベラはダーデンの冷たい手を握り、優しく語りかけた。「ほんとうに立派だったわ。ありがとう」

ダーデンはふたたび何かを言いかけ、口を開いたまま事切れた。

トムが無言でイザベラの肩を抱き、ゆっくりと彼女を立たせた。イザベラは震えながら目を閉じて、トムの胸に頬を押しつけた。今夜の、この憎しみと死が、いったい何を生み出したのかしら? トムはいつまでもイザベラの英雄だ。イザベラは永遠に彼を愛するだろう。だが、彼女の胸のなかには、哀れなダーデンの姿も永遠に刻まれるに違いない。イザベラのためにダーデンがしてくれたことを、彼女はいつまでも忘れはしない。

「イザベラ」王妃は落ち着きを取り戻していた。マントの下から扇子を取り出す姿は高貴な美しさに満ちていた。「ルビーはあなたが持っているのね？」

イザベラは振り向き、トムの腕をほどいて母親に言った。「もちろんよ、ママ。でも、あんなものはテムズ川に投げ捨ててしまいたいわ。あの宝石がこれだけの悲しみを招き寄せたんだもの」

「それがフォルトゥナロのルビーなのよ」王妃はほほ笑んだ。「あのルビーの色は、流れた血の分だけ深みを増していくと言われているわ」

「それなら、ママが持ち帰ってちょうだい」イザベラは一瞬言葉を切った。「モンテヴェルデでもパルマでも、どこでもいいわ。ここ以外の場所に持っていってほしいの。もうあの宝石とはかかわりたくないわ」

「そうするわ」王妃の目が光った。「これまで長いあいだよく守ってくれたわね、イザベラ。どんなに道を外れたとはいっても、やっぱりあなたはフォルトゥナロの娘だわ」

イザベラはトムの手を取った。「でも、わたしの決心は変わらないのよ」

「そんなことだろうと思ったわ」王妃はイザベラを見つめた。その目はルビーのように冷たく鋭い光を放っていた。「愚かな世界ね。あらゆることが変わってしまった。おかしなことばかりよ。この男性はあなたの純潔を奪い、命を救った。あなたはその男性とここに残ると言っている」

「彼を愛しているの、ママ」イザベラが言った。「愛しているのよ。どうしてそれをわかってくれないの？」

王妃は娘の言葉をさげすむようにふふんと笑った。「ここに残るなら、今後のことは何も約束してあげられないわ。フォルトゥナロが権力を奪回して、お父さまがふたたび玉座についても、あなたには居場所はなくなるのよ。このイギリス人の子どもを産んでも、モンテヴェルデではただの私生児としてしか扱われないでしょう。あなたの愛に、それほどの価値があるのかしら?」

イザベラはうなずいた。彼女が母親の理屈を理解できないのと同じように、母親もイザベラの選択を理解できないのだろう。

「あなたは昔から頑固な子どもだったわ」王妃はため息をつき、イザベラの頬にキスをした。「いずれにしても、こうなった以上、あなたにはイギリス人のならず者と結婚するしか残された道はなさそうね。この野蛮な国でせいぜい幸せに暮らしなさい」

イザベラはほほ笑もうとした。母としては最大限の祝福を与えてくれたのだ。

「母上の許しはもらえたようだね、イザベラ」トムはイザベラを優しく腕に抱いた。「結婚しよう。この野蛮な国でも、ぼくはきみを幸せにしてみせるよ」

「もちろんよ、トマソ」イザベラはそっと静かな声で言った。「これからいつまでも一緒にいられるんだわ」

それから彼女はトムの妻として、終わりのない幸福のなかで暮らした。

何日も、何年も、そして何十年も……。

王女の初恋
2009年4月20日発行

著　　者　ミランダ・ジャレット
訳　　者　高田ゆう（たかだ　ゆう）

発 行 人　立山昭彦
発 行 所　株式会社ハーレクイン
東京都千代田区内神田 1-14-6
電話 03-3292-8091（営業）
03-3292-8457（読者サービス係）

印刷・製本　凸版印刷株式会社
東京都板橋区志村 1-11-1

ISBN978-4-596-32361-3 C0297

4月20日の新刊　好評発売中！

愛の激しさを知る　ハーレクイン・ロマンス

奇跡を生んだ一日	マギー・コックス／春野ひろこ 訳	R-2378
ブラックジャックの誘惑	エマ・ダーシー／萩原ちさと 訳	R-2379
木曜日の情事	キャロル・モーティマー／吉本ミキ 訳	R-2380
ボスと秘書の休日	リー・ウィルキンソン／中村美穂 訳	R-2381

ピュアな思いに満たされる　ハーレクイン・イマージュ

天使の住む丘	アビゲイル・ゴードン／佐藤利恵 訳	I-2007
プリンスはプレイボーイ（王宮への招待）	マリオン・レノックス／東　みなみ 訳	I-2008
仕組まれた王家の結婚	ニコラ・マーシュ／逢坂かおる 訳	I-2009
荒野の堕天使　下（恋の冒険者たちＩ）	マーガレット・ウェイ／柿原日出子 訳	I-2010

別の時代、別の世界へ　ハーレクイン・ヒストリカル

裏切られたレディ	ヘレン・ディクソン／飯原裕美 訳	HS-360
王女の初恋	ミランダ・ジャレット／高田ゆう 訳	HS-361

この情熱は止められない！　ハーレクイン・ディザイア

まやかしのクイーン（キング家の花嫁Ⅱ）	モーリーン・チャイルド／江本　萌 訳	D-1293
悪女に甘い口づけを（ダンテ一族の伝説Ⅲ）	デイ・ラクレア／高橋美友紀 訳	D-1294
三度目のキスは…	ケイト・ハーディ／土屋　恵 訳	D-1295
今宵、カジノで	ハイディ・ライス／愛甲　玲 訳	D-1296

多彩なラブストーリーをお届けする　ハーレクイン・プレリュード

異星のプリンス	ニーナ・ブルーンス／宙居　悠 訳	HP-15
愛しさが待つ場所へ	レベッカ・ヨーク／木内重子 訳	HP-16

人気作家の名作ミニシリーズ　ハーレクイン・プレゼンツ 作家シリーズ

恋はポーカーゲームⅡ　男と女のゲーム	ミランダ・リー／柿原日出子 訳	P-344
誓いは破るもの？Ｉ		P-345
ドクター・ハート	クリスティーン・フリン／大谷真理子 訳	
内気なプレイボーイ	スーザン・マレリー／小池　桂 訳	

お好きなテーマで読める　ハーレクイン・リクエスト

背徳の烙印（地中海の恋人）	ミシェル・リード／萩原ちさと 訳	HR-220
彼女の秘密（恋人には秘密）	タラ・T・クイン／宮沢ふみ子 訳	HR-221
花嫁になる資格（愛と復讐の物語）	ケイト・ウォーカー／秋元由紀子 訳	HR-222
謎めいた後見人（シンデレラに憧れて）	ゲイル・ウィルソン／下山由美 訳	HR-223

“ハーレクイン”原作のコミックス

●ハーレクイン コミックス(描きおろし) 毎月1日発売　●ハーレクイン コミックス・キララ 毎月11日発売
●月刊HQ comic 毎月11日発売　●月刊ハーレクイン 毎月21日発売
※コミックスはコミックス売り場で、月刊誌は雑誌コーナーでお求めください。

5月5日の新刊 発売日5月1日

※地域および流通の都合により変更になる場合があります。

愛の激しさを知る ハーレクイン・ロマンス

結ばれたパリの夜	ロビン・ドナルド／森島小百合 訳	R-2382
情熱の残り火	メラニー・ミルバーン／みゆき寿々 訳	R-2383
報われぬ愛を胸に（王家をめぐる恋Ⅱ）	ルーシー・モンロー／山科みずき 訳	R-2384
傷心のモナコ	シャンテル・ショー／澤木香奈 訳	R-2385

ピュアな思いに満たされる ハーレクイン・イマージュ

偶然の恋人	フィオナ・ハーパー／南 和子 訳	I-2011
美しい会計士の誤算（ウエディング・プランナーズⅤ）	スーザン・メイアー／仙波有理 訳	I-2012
赤い薔薇とキス	ベティ・ニールズ／朝戸まり 訳	I-2013
まぶしすぎる恋人（恋の冒険者たちⅡ）	マーガレット・ウェイ／藤村華奈美 訳	I-2014

別の時代、別の世界へ ハーレクイン・ヒストリカル

夢の舞踏会へ	シルヴィア・アンドルー／田村たつ子 訳	HS-362
罪深き修道女	テリー・ブリズビン／辻 早苗 訳	HS-363

この情熱は止められない！ ハーレクイン・ディザイア

ラベンダーの残り香（キング家の花嫁Ⅲ）	モーリーン・チャイルド／八坂よしみ 訳	D-1297
唇の刻印（疑惑のジュエリーⅤ）	ポーラ・ロウ／野木京子 訳	D-1298
愛さずにはいられない	ステラ・キャメロン／小長光弘美 訳	D-1299
幼さと戸惑いと（テキサスの恋35）	ダイアナ・パーマー／杉本ユミ 訳	D-1300

永遠のラブストーリー ハーレクイン・クラシックス

傲慢なエスコート	ルーシー・ゴードン／名高くらら 訳	C-786
家族のレッスン	ペニー・ジョーダン／平江まゆみ 訳	C-787
明日ハリウッドへ	キャロル・モーティマー／上木治子 訳	C-788
いちばん残酷な嘘	スーザン・ネーピア／進藤あつ子 訳	C-789

ハーレクイン文庫 文庫コーナーでお求めください 5月1日発売

天駆ける騎士	シャーリー・アントン／小長光弘美 訳	HQB-224
子爵の誘惑	エリザベス・ロールズ／井上 碧 訳	HQB-225
愛のゲーム	エマ・ダーシー／麻生 恵 訳	HQB-226
ハナの看護日記	ベティ・ニールズ／前田雅子 訳	HQB-227
闇に魅せられて	ジョアン・ロス／片山真紀 訳	HQB-228
ハーレムの夜	スーザン・マレリー／藤田由美 訳	HQB-229

クーポンを集めて キャンペーンに参加しよう！

30周年 2009 4月刊行 ← キャンペーン用クーポン

詳細は巻末広告他でご覧ください。